中国当代推理悬疑小说精选系列

幕后真凶

库玉祥 著

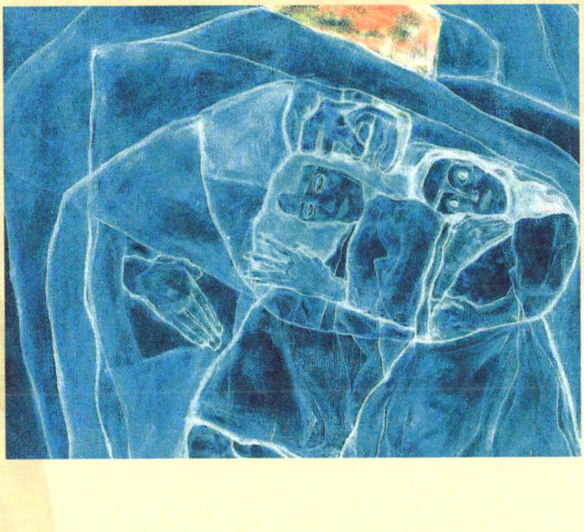

群众出版社
·北京·

图书在版编目（CIP）数据

幕后真凶／库玉祥著．—北京：群众出版社，2021．12

ISBN 978-7-5014-6167-7

Ⅰ．①幕…　Ⅱ．①库…　Ⅲ．①长篇小说—中国—当代　Ⅳ．①I247．5

中国版本图书馆 CIP 数据核字（2021）第 177472 号

幕后真凶

库玉祥　著

出版发行：群众出版社
地　　址：北京市丰台区方庄芳星园三区 15 号楼
邮政编码：100078
经　　销：新华书店
印　　刷：涿州市新华印刷有限公司

版　　次：2021 年 12 月第 1 版
印　　次：2021 年 12 月第 1 次
印　　张：9．25
开　　本：880 毫米×1230 毫米　1/32
字　　数：230 千字

书　　号：ISBN 978-7-5014-6167-7
定　　价：49．00 元

网　　址：www．qzcbs．com
电子邮箱：qzcbs@ sohu．com

营销中心电话：010-83903991
读者服务部电话（门市）：010-83903257
警官读者俱乐部电话（网购、邮购）：010-83901775
文艺分社电话：010-83901330　　010-83903973

目 录

第一章

1

顾盛宽晚间8点钟回家，没见妻子柳晓宇。他不由得想，说不定她又以工作为借口，和那个高维斌市长在一起呢。

柳晓宇是东林市政府办公室副主任，关于柳晓宇和市长高维斌两人暧昧的传闻，顾盛宽曾有耳闻。他虽不相信传闻，可柳晓宇对他感情的淡漠和她时常以工作为借口夜半归家，似乎验证着传闻的真实性。

顾盛宽进了厨房，煮了袋方便面吃了。饭后，他坐到客厅沙发上，一支接一支地吸着烟。

茶几上的电话响起。看到电话上显示的010的区号，顾盛宽知道，电话是在中国人民公安大学读研究生的女儿顾梦阳打来的。他把烟捻灭在烟灰缸里，拿起电话："喂。"

"爸爸，吃饭了吗?"

"刚吃过。"顾盛宽问，"放假了吗？什么时候回来?"

"过一个星期回去。爸爸，我领一个人回去行吗?"

"是领你说过的那个韩宣吧？当然可以，我看看女儿给我找的女婿怎么样。"

"看了包您满意。"顾梦阳笑了声说，"爸，你让我妈接电话。"

"你妈没在家。"提到柳晓宇，顾盛宽又萌生郁闷，剧烈地咳嗽了起来。

顾梦阳似乎在电话里预感到了什么，她待父亲咳嗽完，说："爸，烟少抽点儿吧；再一个，跟我妈常沟通些。"

这时，电话旁边的手机响起。顾盛宽对女儿说："嗯，知道了。没别的事，我撂了。"

顾梦阳说："那好吧。"

顾盛宽撂了电话，拿起了手机。

手机是刑侦支队一大队大队长姜鹏打来的，他说："顾支队，坤江石油机械厂厂长程坤江在江边遇害。"

顾盛宽说："保护好现场，我随后就到。"

顾盛宽在衣架上拿起外衣，出了家门。

东林市有条江叫松江，松江北是老城区，松江南是开发区。程坤江被害现场位于松江南西四条路松江大桥下江边的浅滩处。

顾盛宽在现场附近下车。开发区公安分局副局长夏茂才和姜鹏迎过来，向他简要地汇报着案情，把他引到案发现场。

顾盛宽注视着程坤江，见他怒目圆睁，仰躺在砂石上，左前额有淤血。

程坤江是东林市知名民营企业家，市政协常委。顾盛宽知道，他的被害，定会引起市政府领导的关注。他拿起手机，向在省公安厅开会的市政府副市长兼市公安局局长刘玉东汇报了情况。刘玉东指示顾盛宽，成立专案组，即刻开展案件的侦破工作。他明天就赶回东林市，听取案情汇报。

顾盛宽跟刘玉东通完话，把姜鹏喊了过来，让他通知在家休息的支队民警尽快赶到现场。

2

在北山宾馆的大门口，柳晓宇和高维斌一行正送别韩国亚宇集团的投资客商。双方通过翻译寒暄着，直至客商坐的中巴车启动缓缓开去，一行人才放下脸上的热情。

或许是酒精的作用，柳晓宇觉得有些反胃，腰部也隐约作痛。她小声地对高维斌说：“我去下洗手间。”

高维斌点下头。

柳晓宇疾步进了洗手间，顷刻间就失去了端庄的仪态，她把手里的拎包扔在了洗脸池的台面上，解开脖颈的绒衣纽扣，打开水龙头，对着洗脸池呕吐了起来。

待把胃里的食物吐完，没有了反胃的感觉后，柳晓宇才洗了把脸，直起身来。她照着镜子，见自己面色灰暗，满脸水珠，额前的头发已湿成了绺，很不雅观。

拎包里传来手机短信声，柳晓宇从拎包里拿出手机，看到高维斌发来的短信：请到我房间来。

柳晓宇从拎包里拿出纸巾，擦干额前的头发，又从拎包里拿出了唇膏……她出了洗手间，已拾掇得神采奕奕。

高维斌一年前从南方某市调到东林任市长后，由于没带家属，就住进了北山宾馆带有套间的客房。

柳晓宇上了二楼，轻缓地推开了一间客房的房门。她见高维斌坐在办公桌后的椅子上看文件，办公桌前的茶几上放着有几片面包和一杯热牛奶的食品托盘。

高维斌听到门响放下文件，抬头指着托盘说："肚子又空了吧？过来吃点儿东西吧。"

面包和牛奶，让柳晓宇倏然间有了饥饿感。她嫣然一笑："谢谢高市长。"

高维斌说："我不是说过了吗，咱俩在一起的时候，不要管我叫市长，叫名字就可以了。"

柳晓宇在沙发上坐下，眼中透着柔情说："知道了，维斌同志。"

"这就对了嘛。快吃吧，奶都凉了。"高维斌笑着说完，接着看文件。

吃下食物，柳晓宇觉得胃舒坦多了，腰部似乎也没有了痛感。她心里忽地萌生出感动和凄凉，感动的是此时此景，凄凉的是自己的家庭。唉！那个当刑侦支队长的丈夫，何时在自己晚回家时，端过来一杯热奶呢？有的只是埋怨和冷落……

高维斌在文件上作了批示后，放到桌沿，说："你明天把这份文件给发改委。"

柳晓宇的思绪被打断，她说："这是关于亚宇集团收购造纸厂的文件吧？"

高维斌说："是的，亚宇集团提出的收购条件和计划是可行的。如果亚宇集团收购造纸厂成功，对松江的环境污染治理、企业的税收、扩大再就业，都将是好事。"

柳晓宇看了下手表，拿起茶几上的茶壶，边给高维斌杯里倒着水边说：“维斌，时间不早了，你该休息了。”

高维斌把手抚在柳晓宇的腰际，挽留着说：“这么晚了，在这儿多待一会儿吧。”

柳晓宇考虑了一下说：“我不知道他在不在家。”

“你打个电话吧。”

柳晓宇拿起手机，先给家里打了电话，可家里的电话没人接。

这时，办公桌上高维斌的手机响了起来，他拿起了手机。电话是刘玉东打来的，向高维斌汇报了程坤江被害的情况。

高维斌挂断电话，说：“民营企业家程坤江在江边被害。刚才刘市长给我打电话汇报了案情。你家那位，我想是在案发现场呢。”

“啊，怪不得家里没人接电话。”柳晓宇不愿给顾盛宽打手机，她关了手机说，“维斌，我的事，今天上午市常委会上通过了吗?”她说的是她从市政府办公室副主任提拔到主任的事。

“通过了。我还有个更好的消息告诉你，对你的职务，市常委会已作了重新任命，你将是市政府副秘书长兼办公室主任。明天就公示。”

“是吗?”柳晓宇充满了惊喜，激动地把双手搭在了高维斌肩上。

高维斌端详着柳晓宇的眼角纹，怜惜地说：“五十岁的人了，应当再向前进一步了。”

听着高维斌体贴的话，柳晓宇不禁眼圈儿发热。

3

在蓝天宾馆的一间客房里，商克峰仰面躺在沙发上，失神地望着天花板。

程坤江被商克峰所害，他作案后，便躲进了蓝天宾馆里。他在思考着该怎样逃避警察的抓捕。但他思绪很乱，难以思考出一个完整的方案。

商克峰想到了刘玉东，从拎包里拿出了手机……

在郊外牡丹峰山麓下，被皑皑白雪覆盖的乡村公路上，商克峰坐在车里等了半个多小时，才见一辆丰田大吉普开到自己车的前面。

刘玉东下了车，上了商克峰的车。

“我刚从清江回来。”刘玉东知道商克峰跟程坤江的妻子马文秀关系暧昧，严肃地问，“你找我，是因为昨天晚上程坤江被害的事吧?”

商克峰说：“程坤江的被害跟我有什么关系?”

刘玉东盯着商克峰：“那你为什么在这个节骨眼儿上给我打电话? 你在电话里提到程坤江被害的事，你怎么知道程坤江被害的?”

“我给你打电话，是想跟你聊聊生意上的事。”商克峰把一个装钱的大信封放到刘玉东的怀里，然后说，“程坤江被害，我听马文秀说的。”

刘玉东没有拒绝商克峰的大信封：“程坤江昨晚被害，警方应当还没有接触马文秀，马文秀怎么知道程坤江被害?”

商克峰有些结巴：“这……马文秀怎么知道程坤江被害的，我没有问。”

商克峰的慌乱，使刘玉东沉默了，心想，自己和商克峰仅说了几句话，他就露出了马脚。若是警察找他调查的话，不出几个回合，他就得把事情败露出来。他虽有钱有势，但是个纨绔子弟，没经过大的世面，这些年经商，也是因为自己罩着才走到了今天。刘玉东有些后悔跟商克峰见面，可是如果不帮他，待他进了看守所，后果也是堪忧。自己从省城清江市公安局副局长的位置，调任东林市副市长兼公安局局长后，便与商克峰合作，成为新概念酒店的幕后老板，三年来已从新概念酒店分得上千万的钱财。这些钱财有非法经营的一部分，是带有罪孽和血腥的，商克峰岂能放过自己？

刘玉东说："你和马文秀即使有暧昧关系，也不要紧。只要程坤江被害与你没关系就行。"

商克峰脸色沉郁，没有吱声。

刘玉东打开车门："我要回局里了。"

商克峰沉不住气了："你不要走。"

刘玉东转过了身……

4

傍晚下班时，顾盛宽接到刘玉东的秘书肖宪国的电话，说刘市长 5 点要听取案情汇报。

在刑侦支队会议室，姜鹏趁与会人员没来之前，对顾盛宽说："顾支队，在案情分析会上，我们能把了解的情况如实地说吗？"

顾盛宽没有立即回答姜鹏的话，踱着步。

程坤江的被害案，经过走访调查，已初现端倪：跟程坤江的妻子马文秀有暧昧关系的商克峰具有作案嫌疑。商克峰是市委书记商兆明的儿子，如果把嫌疑对象说出来，就会对商兆明造成声望上的影响；若是不说出嫌疑对象，案情分析会将少了重要的内容。

顾盛宽决定，在没有确凿的证据之前，还是不说出商克峰为好。他说："先不要把嫌疑对象说出来。"

刘玉东晚到会半个小时，环视了一下与会的二十余名刑侦人员。"诸位，抱歉，来晚了，市政府那边工作没脱离开。"他又对顾盛宽说，"开始吧。"

顾盛宽说："12月1日晚，也就是昨天，位于开发区西四条路松江边上，发生一起命案，坤江石油机械厂厂长程坤江被害。8点40分，市局和分局刑侦人员相继赶到现场，对现场进行了勘查和初步的走访工作。详细情况由刑侦支队姜鹏介绍。"

姜鹏说："昨天晚间8点10分，市公安局指挥中心接到报案，报案者是一对情侣。这对情侣7点钟到离案发现场五百米处的冰灯游园会去游玩。两人去的时候，走的是僻静的江堤下，回来时原路返回，发现了被害者。根据这对情侣提供的情况，被害者应是7点到8点10分之间被害的。在走访中，还有人证实，7点20分左右，一辆黑色的奥迪轿车停在案发现场附近的江堤上，案发现场的浅滩处，有两个男人在激烈地争吵。黑色奥迪车有可能是凶手的。从被害者的衣着和物品的完整程度上看，凶手不应是图财害命；从作案的工具和被害者致命伤的部位来看，凶手也不是故意杀人，而是临时起意伤害对方致死。从目前掌握的情况分析，凶手是一人作案，应是与被害者熟悉且具有较深矛盾的人。"

姜鹏说完，顾盛宽对法医肖刚说："你把你工作的情况讲讲。"

肖刚说："现场找到了沾有被害者毛发的鹅卵石，据此这块鹅卵石可认定为凶器，鹅卵石为十八厘米椭圆形。被害者致命伤在左侧额头，由于还没有解剖，现死因初步认定为颅骨凹陷性骨折，合并重型颅脑损伤。从死者的被害部位和伤势看，被害者是被强壮的成年男子，右手持鹅卵石击打额部致死。”

“程坤江在我辖区，我对他还是了解些的。”夏茂才说，“他虽是知名的企业家，但他为人低调，社会交往并不复杂。我们下一步的工作重点，应放在他做生意所接触的人上，如企业竞争或债务纠纷。”

刘玉东最后指示说：“程坤江是市政协常委，他的被害，社会影响较大，市领导也很重视。高市长指示，要在春节前将案件破获。2014 年 1 月 30 日是除夕，也就是说现在到春节也就两个月的时间。时间紧，我们的压力很大，我们要把压力变成动力，争取尽快将案件破获。鉴于此案的特殊性，我决定‘12·1’案件由刑侦支队主办……”

在案情分析会中，顾盛宽没有发表自己的意见。

刘玉东感觉，顾盛宽或许知道些案件的情况，只是在案情分析会上不适宜说出来而已。散会时，他对顾盛宽说：“你留下来。”

当会议室只有刘玉东和顾盛宽两人时，刘玉东问：“顾支队，是不是有像样的线索了？”

对于顾盛宽来讲，案件的真实情况是应当及时向领导汇报，可“12·1”案件非同一般，一方面，被害者是知名的企业家；另一方面，嫌疑人是市委书记的儿子。嫌疑人的特殊身份，在线索和证据不明朗或不充分的情况下，是难以贸然说出的。但既然领导专门问及了此事，他就不得不说了。

“我还想单独向你汇报呢。”顾盛宽说，“经过工作，我们了解到一条线索，那就是程坤江跟商克峰有仇怨……”

刘玉东装作惊诧地问：“你是说，程坤江跟市委书记的儿子商克峰有仇怨吗？”

顾盛宽点下头：“是的。”

“他俩有什么仇怨?”

“商克峰是新概念酒店的老板，程坤江的妻子马文秀是个有姿色的女人，在新概念酒店当前厅经理。程坤江与马文秀不知什么原因没有孩子。马文秀经常不着家，程坤江不缺钱，想让马文秀辞掉工作，可马文秀不同意。程坤江怀疑马文秀与商克峰关系暧昧，便跟踪马文秀。一个月前，程坤江在新概念酒店客房里看到马文秀与商克峰在一起，跟商克峰厮打起来，商克峰指使保安把程坤江赶出了酒店。程坤江曾扬言要雇杀手杀商克峰……”

“这个情况是谁摸上来的?”

“姜鹏。”

“这个线索不错，那你们先查外围吧。商克峰毕竟是商书记的儿子，你们一定要在条件成熟后，再接触商克峰。”

“这点我知道。”

第二章

1

跟刘玉东见过面后，商克峰心里稳当了些。他回到蓝天宾馆，在沙发上昏沉地睡了一下午。

商克峰睁开眼，室内一片漆黑。他起身到窗边推开小窗，看见三十层高楼的楼下华灯璀璨，隐约可以听到熙熙攘攘车流的笛声。

屋外的冷风吹进，商克峰一激灵，猛然想到了马文秀，回身开灯，拿起沙发上已关闭的手机，打开，默念着：但愿警察还没找马文秀。

手机接通了，马文秀说：“你怎么关机了？你一天干什么去了?”

商克峰问:“单位没什么事吧?”

马文秀说:“单位每天都有事。”

商克峰问:“没什么大事吧?”

马文秀说:“哪有什么大事?”

商克峰说:“我在蓝天宾馆，你过来一趟……”

20分钟后，响起了敲门声。

商克峰窥视了一下门镜，打开了门。

马文秀进屋，环视了一下客房，问:“你神神秘秘地跑这儿来干什么?”

商克峰没有了以往的矜持，见到救星似的说:“我失手打死了程坤江。为了摆脱警察的怀疑，你得帮我……”

马文秀大吃一惊，一时语塞。

商克峰拥抱着马文秀说:“文秀，我一时冲动做的这事，也是为了你!”

马文秀愤怒地推开了商克峰:“你为了我什么?程坤江毕竟是我的丈夫!你怎么会那么狠心……”

“我看他把你身上掐得咬得青一块紫一块的，实在是太气愤了……”商克峰说，“另一方面，我始终想解开和他的过节。昨天晚间，我开车在西四条路见他自己溜达，便想和他心平气和地谈谈，让他想开些。我把他叫到车上，让他不要记恨我，也不要那样待你。开始他还冷静些，我跟他唠得还可以。谁知他临走时神经质般地踹着我的车，指着我大骂。我怕别人听着不好，就下车把他拽到江边，接着开导他，他却跟我动起手来……就这样，我捡起鹅卵石打了他，没想到……”

商克峰的话起了作用。马文秀坐在沙发上，点燃一支烟，深吸了一口烟缓缓吐出。此时，她的思绪也随着烟雾翻腾着，是啊，若不是为了我，商克峰怎会去打死程坤江呢？冲程坤江对待我的态度，他也该死！不是吗？多年前，他从东林石油机械厂下岗，干什么都不成。在家庭陷入困境时，我从北山宾馆辞职，商克峰聘请我到了年薪20万的新概念酒店，正因为我有了高年薪，他才承包了东林石油机械厂的一个车间，一步一步地走到现在。他性功能有问题，不能生育，心理也跟着变态，怀疑我在外边如何，还变着法地折磨我，离婚他又不同意。正因为如此，我出于对他的报复，才跟原先的恋人，市税务局办公室主任郝磊又有了联系，又跟商克峰有了暧昧关系。没想到却出现了现在的情况……

商克峰站在马文秀的跟前，焦虑地摊开双手说："文秀，你倒是说话呀。"

马文秀吹了下烟头上的烟灰，忽地与刚才判若两人："那我只能是你的同谋了。"

商克峰双手放在马文秀的肩上："记住，无论任何人问你，你都说案发时咱俩在一起来着，就在我的住处。"

马文秀冷笑："反正生不如死，或许我命该如此吧……"

商克峰感激涕零，双手从马文秀肩上离开，抹着泪说："谢谢你，救我一命！"

2

马文秀离开蓝天宾馆，给郝磊打电话，让他开车过来接自己。12月1日晚间她和郝磊在一起来着，她要让郝磊保守他与自己在一起的秘密。

不一会儿，一辆别克商务车停在了马文秀的身边。

马文秀上了别克商务车，让郝磊把车开到清静的地方。

“这么晚了，把车开哪儿去？”郝磊说，“还没吃饭吧？一起吃点儿饭吧。”

“我不饿。”马文秀说，“把车开离闹市。”

郝磊见马文秀心事重重，便问：“怎么了？”

马文秀没作声。

郝磊没再问。

郝磊把车停在了一个冷清的建筑工地旁。

马文秀下了车，深吸一口气。

郝磊随后下车。

路灯下，两人沉默半晌。

郝磊沉不住气地问：“到底怎么了？”

马文秀说：“程坤江死了。”

郝磊面露惊异：“什么时间死的？怎么死的？”

“昨天晚间，被人打死的，警察正在查。”

郝磊顾忌自己的声誉，不免有些紧张：“跟你有关系吗？警察不会怀疑到我吧？”

马文秀摇着头说：“跟我没有关系，警察也不会怀疑到你。”

“文秀，不要难过，我会待你好的。”郝磊舒了口气，搂着马文秀，把脸贴在她有些凉意的脸上。

马文秀伏在郝磊的肩膀上，“嘤嘤”地哭了起来。

郝磊了解马文秀的家境，拍着她的肩膀说：“既然出现这么个情况，你也解脱了。”

马文秀哽咽着说：“我告诉你，郝磊，无论什么人问起，你都不能暴露咱俩的关系，更不能说你昨晚和我在一起来着。”

“你说的多余，我怎会说咱俩在一起呢？”

“丈夫死了，我不想再因别的事，让别人指手画脚。”马文秀说，“即使警察问你，你也不能说。”

郝磊怔了一下，没有多虑，说：“当然。”

3

马文秀有种预感，警察会在家门口等自己。她没让郝磊送，而是打了个出租车到了滨江别墅小区门口。

马文秀没即刻进小区，而是往松江大桥方向凝望。她知道，就在昨天晚间，程坤江饭后散步时在距家一公里外的地方遇见了商克峰……

一辆闪着警灯的警车迎面驶来，马文秀疾步走进了小区。

马文秀所住别墅，是程坤江一年前买下装修后入住的。入住别墅时有四人，除夫妻俩外，还有程坤江的母亲邓梅和一个保姆。后来，邓梅难忍儿子儿媳闹矛盾，搬回到原住房。保姆因马文秀丢失一枚金耳钉而被辞掉。

大风乍起，吹透了马文秀身上的驼绒大衣，她的手如冻僵了般掏出钥匙，哆嗦了半天才打开大门。

进了家门打开灯，首先映入眼帘的是客厅墙上挂着的程坤江的大幅照片。马文秀感觉，照片里的程坤江在注视她，她有种芒刺在身的感觉。

外边传来呜咽的风声，马文秀“扑通”一声跪在程坤江的照片跟前：“坤江，你是不是在恨我呀？你不要埋怨我！你的死虽跟我有关系，但不是我杀的你，杀你的人事先也没跟我合谋。其实你的死由你自己引起，你若跟我离婚，就不会招致杀身之祸；或你不跟我离婚，你不虐待我，不那么严地拘束我，也不会出现这种结果。我是年轻的女人，我有七情六欲，我需要爱抚。你生理有问题，却那么自私。坤江，我愿你在天国安好……”

这时传来两声敲门声，马文秀一激灵。

马文秀站起身，走到门前问："谁？"

门外传来一个男人的声音："马文秀吗？公安局的。"

马文秀双手轻抚了下胸口，稳了下情绪，打开了房门。

门外站着两个着便装的陌生人。其中一人亮出《警官证》说："我们是市公安局刑侦支队的，我叫孟凡生。我们找你了解些情况。"

"那你们请进吧。"马文秀侧身说。

孟凡生说："你跟我们回局里谈谈吧。"

马文秀被带到市公安局审讯室。顾盛宽问话，孟凡生做笔录。

顾盛宽问："知道找你什么事吗？"

马文秀摇下头："不知道。"

顾盛宽察言观色地问："你好像心情挺沉重？"

"是吗？"马文秀挤出一丝笑意。

"你丈夫叫什么名字？做什么的？"顾盛宽问到了主题。

"我丈夫叫程坤江，是坤江石油机械厂厂长。"马文秀问，"我丈夫怎么了？"

顾盛宽直截了当地说："他死了。"

"啊！"马文秀惊呆状张大了嘴，急切地问，"他什么时间死的？怎么死的？"

"他昨晚死的，在江边被人害死的。"

马文秀的眼泪顷刻间涌了出来，她擦拭着眼泪说："是谁害的他？"

"我们正在查。你丈夫昨晚是什么时间出的家门？"

"我昨晚没和丈夫在一起。"

"那你和谁在一起？"

“我和商克峰在一起，在他的家里。”马文秀说这话时很坦然。

马文秀的回答，让顾盛宽有些惊讶，事情竟这么巧，难道……他接着问：“你怎么会跟商克峰在一起？”

马文秀说出了自己夫妻感情不和的原因，又坦白自己和商克峰是情人关系，并讲出了程坤江曾把自己和商克峰堵在酒店客房里、程坤江扬言报复商克峰等事情。

顾盛宽问：“程坤江是否有仇人，或在生意场上是否跟别人有过矛盾？”

马文秀说：“不清楚。”

顾盛宽感觉，马文秀似乎说的是实话。

做完笔录，顾盛宽对马文秀说：“你先回去吧，手机要保持畅通，我们有事再找你。”

马文秀不再悲戚，临出门说：“我会配合你们调查的。虽然我和丈夫感情不和，可毕竟夫妻一场，望你们早日破案，将凶手绳之以法。”

姜鹏走进审讯室，对顾盛宽说：“我到交警支队去了。昨晚西四条路附近路面上的摄像头出现了故障，今天刚修复。”

顾盛宽说：“既然不能通过视频找到案犯在案发现场附近开的那辆奥迪车，我们就查别的线索。要秘密提取商克峰的指纹，然后与案发现场遗留的鹅卵石上的指纹进行比对……”

4

2013 年 12 月 14 日晚，开发区公安分局辖区又发命案，一对夫妻开的金店被洗劫一空，夫妻俩被歹徒杀死在金店内。15

日早，路人发现卷帘门被人为破损，报了警。

由于案情重大，刘玉东亲率市公安局刑侦技术人员赶赴现场。

下午，在开发区分局开完案情分析会后，刘玉东问顾盛宽："怎么没见到姜鹏？"

"我那儿不是还有一个市领导批示的案件嘛。"顾盛宽说的是"12·1"案件。

"这件案件比市领导批示的那个案件大得多，影响也恶劣。省公安厅刑侦总队今天晚间也来协助侦破此案。"

"那好，我让一大队的民警都过来。"

"有件事我想跟你商量。"

"领导有什么事请指示。"

刘玉东摇了下头说："东林市的社会治安始终不稳定，一到年关岁尾就是刑事案件的发案高峰；开发区分局的辖区是城郊接合部，案件比较多。这儿又缺个刑侦大队长，姜鹏是从基层上来的，经验丰富，我想把他调到这儿任刑侦大队长，一大队的工作由教导员郑君暂时负责。你看怎样？"

顾盛宽当然知道，刘玉东跟自己商量事情就是走个过场，便说："我没什么意见。"

刘玉东说："那就这么定了。明天你让姜鹏到开发区分局先工作着。"

顾盛宽兜内的手机响了起来，他掏出手机接听电话。电话是柳晓宇打来的，柳晓宇说，女儿和男朋友韩宣晚间乘北京到东林的飞机回来，她让顾盛宽去接航班，自己在家做迎接的准备。顾盛宽跟妻子说，自己正在开发区分局搞案件，没有时间去接女儿和她男朋友。

顾盛宽挂断电话后，刘玉东说："女儿领男朋友回来，这事比什么都重要。我现在就准你假去接女儿，案件这边有人手。"

顾盛宽没有推辞："那好，我先回趟单位安排下，然后去接女儿。"

顾盛宽回到单位，把姜鹏叫到办公室，告诉了他工作调动的事。

姜鹏觉得在顾盛宽手下工作很舒心，不想到开发区分局去。他说："调动我怎么这么突然？开发区分局缺刑侦大队长也不是一天两天了，刑侦大队长始终由副局长夏茂才兼着，我去那儿工作也不一定就能施展得开。再则，我走了，那'12·1'案件正是要紧的时候，你岂不缺个人手？我明早找刘市长，要求留在刑侦支队。"

调动姜鹏工作的因由，顾盛宽心中有个揣测，可他不想把自己的揣测说出来。他说："既然组织决定让你去开发区分局，那你就去吧，争取把发的命案破了。这两天你把手头的工作交给教导员郑君。至于'12·1'案件，我会安排人手去搞。"

姜鹏悻悻地出了顾盛宽的办公室。

顾盛宽随后也离开了单位。

北京到东林的航班晚间 8 点 30 分降落，顾盛宽看了下表，现在才 6 点。他这时不想回家，竟不知能去哪儿。他把车停在了道边，脑海中浮现出对姜鹏工作调动的揣测：姜鹏工作的调动难道与"12·1"案件有关？这起案件似乎并不复杂，可调查这起案件的过程中，却出现了让人费解的情况：马文秀的神情看似有问题，而她的交代又使人看不出问题，并直接把案件的嫌疑人商克峰给否了。商克峰在案发时真的跟马文秀在一起吗？更蹊跷的是，案发当晚，西四条路附近路面上的视频探头怎么那么巧就出现了故障？再有就是，刘玉东在“12·1”案件发生时，对案件的侦破很重视，他也知道姜鹏是案件的主办人，可现在竟釜底抽薪般把姜鹏调走，难道与商克峰的背景有关系……

想到商克峰，顾盛宽萌生了要到新概念酒店娱乐城去看看的念头，他启动了车。

新概念酒店娱乐城在东林市很有名，一千余平方米的大厅四周是三层楼的包厢，包厢冲大厅一侧，是玻璃砖的墙面；人坐在包厢里可以看到大厅里的表演，若不想看，可以拉上厚重的帘子；大厅的中央是供表演的台面。

顾盛宽一走进新概念酒店，保安部部长安彦斌就打电话告诉了商克峰。商克峰进了监控室。安彦斌指着一个监控画面说：“商总，你看，他东瞧瞧，西看看，正往娱乐城里走呢。”

商克峰看着监控画面对安彦斌说：“你跟着他，看看这个顾支队长要干什么。”

安彦斌应声出了监控室。

顾盛宽走进娱乐城时，因时间还早，里面的人并不多。各色的镭射灯缓慢地旋转着，一个穿着紧身衣裤的女孩儿，随着声响不是很大的音乐，在大厅中央的台面上跳着钢管舞。

顾盛宽环视了下四周，坐在一张餐桌前。

一个服务生近前：“先生，需要点儿什么？”

顾盛宽说：“来瓶冰红茶。”

服务生转身从吧台拿来一瓶冰红茶。

顾盛宽拧开冰红茶刚喝两口，一个叼烟的女孩儿坐在他对面说：“大哥是自己来的吗？”

顾盛宽心中说：我是你父辈的年龄，你为了生计，竟管我叫起大哥来了。他打量了一眼女孩儿，女孩儿容貌俊俏，穿戴入时，眼神迷离。顾盛宽猜测，女孩儿是在娱乐城讨生活的。他没有回答女孩儿的话，而是问："你喝点儿什么？"

女孩儿说："来扎啤酒吧。"

顾盛宽向服务生要了扎啤，服务生把扎啤放在了女孩儿的跟前。

女孩儿端起扎啤，一口气喝了半杯。

顾盛宽问："渴了？"

女孩儿把杯重重地放在桌面上："摇了一下午，累了。"

顾盛宽知道，女孩儿是嗑药（指吃摇头丸）了。他说："你这样下去，身体吃不消的。"

女孩儿无所谓地说："我已经有几天没嗑药了，今天过下瘾。"她弹了下烟灰，"不知怎么，原先要什么有什么，这几天突然没了，难受得我够呛。"

"是吗？"顾盛宽有些吃惊，按女孩儿的说法，这里是比较乱的。顾盛宽是刑侦支队长，不管治安，对娱乐城的情况不甚了解。

女孩儿说："这地方看样子你不经常来。"

"这不是我这个年龄的人常来的地方。"

女孩儿端详着顾盛宽，问："那你今天来干什么？是烦闷了？还是寂寞了？"

顾盛宽淡笑，没作声。

女孩儿前倾着身子，悄声说："开个房间我给你解解闷吧？"

顾盛宽推脱说："今天不行，我待会儿还有事。"

女孩儿见在顾盛宽这儿得不到什么，看几个年轻人走了进来，跟顾盛宽挥手，说了声："拜拜。"

伴着震耳的摇滚音乐声，女孩儿和几个年轻人扭了起来。

顾盛宽听着强劲的音乐很不舒服，买完单后走出了新概念酒店娱乐城。

顾盛宽上了车，给孟凡生打了电话，孟凡生是一大队的一个中队长。他让孟凡生领人调查新概念酒店娱乐城开业以来是否发生过治安案件和刑事案件，以及处理的情况。

5

顾梦阳过了民航的安检口，见父亲在不远处张望，把手中的包塞给韩宣，小跑着奔向父亲。

“爸爸!”顾梦阳兴奋地扑在父亲的怀里。

顾盛宽说：“二十多岁的人了，怎么还像个孩子?”

顾梦阳见父亲满脸胡须，就说：“爸爸，又挺长时间没刮胡子了吧?”

“爸爸最近忙啊。”

“您老是忙。”顾梦阳对走到近前的韩宣介绍说，“爸爸，他就是我在电话里跟你说的韩宣。”

韩宣鞠下躬说：“伯父好。”

顾盛宽的目光停留在帅气的韩宣身上，看得韩宣腼腆地低下了头。

顾梦阳说：“爸，我们走吧。”

顾盛宽拍了下韩宣的肩膀说：“好，我们回家。”

顾盛宽等人回到家里，见柳晓宇已准备好了丰盛的晚餐。

韩宣从随身的包里拿出两条中华烟和一套化妆品。他先把烟递到顾盛宽的手里说：“伯父，我听梦阳说您抽烟，给您拿两条烟。”

顾盛宽看着烟说："拿两条一般的烟就可以了，买这么贵的干什么?"

柳晓宇在旁抢白说："你嘴上这么说，看到好烟，心里不知咋高兴呢。"

韩宣把化妆品递到柳晓宇的面前说："这化妆品是我代母亲送给您的。"

柳晓宇对化妆品是明白的，她接过来说："这是法国兰蔻化妆品，挺贵的。"

韩宣说："这化妆品是我母亲去法国旅游时买的。"

柳晓宇把化妆品放一旁说："代我谢谢你母亲。"

顾盛宽说："咱们坐下边吃边聊吧。"

几个人坐了下来。

柳晓宇打开一瓶干红葡萄酒，把四个杯斟满，对韩宣说："韩宣，欢迎你到我家来做客。你和梦阳的事情，梦阳都跟我说了。我想，你俩之所以有了现在这种恋爱关系，是你和梦阳在大学的几年间，相互间都有了更多的了解所处成的。我们是普通的人家，没有其他的要求，只要女儿感觉好，我们就满意。来，喝一口吧。"

"谢谢伯父伯母。"韩宣端杯欠起身拘谨地说。

柳晓宇曾听女儿在电话里说，韩宣的父亲是北京一个副部级领导干部，母亲是大学教授。她对眼前这个准女婿无论是家庭条件，还是本人，都甚是满意。她话说了不少，饭桌上气氛活跃，场面温馨。这种场面在顾盛宽看来是少有的，他孤寂、冷漠的心也被亲情温暖着。

顾梦阳说，她和韩宣毕业后准备到清江省公安厅工作。

柳晓宇说："清江省是经济欠发达的省份，且气候寒冷。你俩莫不如留在北京或到南方大城市。"

顾梦阳对母亲说："我觉得清江省挺不错的，我和韩宣到省公安厅工作，就等于留在您和我爸的身边，好对您俩有个照应。"

柳晓宇问韩宣："难道你父母同意你调到清江省?"

韩宣看了眼顾梦阳，笑着说："我父母尊重我俩的选择。"

顾盛宽对女儿的选择，没发表意见。

当柳晓宇说出自己即将被提拔为市政府副秘书长兼办公室主任时，顾梦阳调皮地举起杯说："我说我妈怎么年轻了呢，原来仕途有了进步。来，妈，我敬您一杯。"

顾梦阳把杯中的红酒一饮而尽，她的双颊绯红。柳晓宇喝下半杯红酒。

顾盛宽听了妻子即将提拔的话，心中不仅没有高兴的成分，还想了些别的。

顾梦阳对父母说："您俩明天谁把车给我用用?我和韩宣准备到附近的景点看看。"

柳晓宇说："那就开我的车吧。"

"好的。"顾梦阳侧脸对韩宣说，"领你到双峰林场看雪景。"

6

在东林通往双峰林场的路上，顾梦阳边驾驶着本田车边与韩宣交谈着。

韩宣问："到双峰林场得多长时间?"

"冬天道不好，得四个小时吧。"

"这么长时间，那我开车吧，你别累着。"

前面有个陡坡，顾梦阳变换着档位说："就这冰雪陡坡的道路，我让你开，你觉得自己行吗?"

韩宣望着冰雪道路，心里虽打怵，但嘴上却说："这有什么，开会儿熟悉了就行。”

顾梦阳撇下嘴说：“你就吹吧。”

韩宣看着顾梦阳娴熟的驾驶技术说：“你开车还可以。你跟谁学的开车？”

“之前我爸爸就教我开过车，我高考后那个暑假考的驾照。”

“那你枪打得那么好，也是你爸教的？”

“你算说对了。”

“我看你爸话很少，觉得你爸可能是除了工作对其他事情都挺淡漠的一个人，没想到，对你的培养还很上心的。”

说起父亲，顾梦阳的话多了起来，她说：“我爸是内向、细心的一个人。他的内向，加之他所从事的警察职业，使他经常板着脸，让人觉得他难以接近，或像你认为的，他可能除了工作，对其他事情都挺淡漠。我小的时候也是这么认为的。那时父母都忙于工作，对我疏于管教。上初中后，我对学习没兴趣，整天晃晃荡荡的，想做什么就做什么，还跟男孩子打架，成了一个疯丫头。我不听话，我妈是知道的，但她没有对我爸讲过，只是面上说说我。一次我爸去给我开家长会，我的成绩倒数几名，他那天铁青着脸回到家，气急了打了我……”

“你爸对你很严厉？”

“那时我爸对我有种恨铁不成钢的严厉。”顾梦阳说，“我妈见我爸打我，与我爸吵了起来。那时我不知怎么，主意特别正，趁爸妈吵架的工夫出了家门，在火车站上了一趟列车，离开了这个城市。清晨，我在一个叫亚布力的车站下了车，找了一个小饭馆打工。在我外出的第八天，我爸和当地派出所的民警找到了我打工的小饭馆。爸爸走到我的跟前，把我搂在怀里说：‘梦阳，咱回家。爸爸错了，不该打你。’我十五岁之前，没听爸爸说过认错的话，始终认为爸爸是很倔强的一个人。我听了爸爸的这句话，抬起了头，见爸爸消瘦的脸上满是胡子，眼泪禁不住流了下来。后来我才知道，我离家出走后，爸爸就向单位请了假，开始四处寻找我。我重新返回学校后，爸爸每天放学都来接我。他为了转移我的兴趣，一有闲暇时间和寒暑假，就领我到一家靶场教我射击，或让我跟巡特警们学习擒拿格斗。高考冲刺阶段，无论我学习多么晚，他都一直陪着我。填报志愿时，他让我报了中国人民公安大学……”

韩宣深有感触地说：“可怜天下父母心呀！你爸真伟大。”他问，“你高考时，你爸爸还能辅导你？”

“这你就不知道了，想当初我爸学习特棒，高考的时候，在东林市考第二名。他的成绩上清华、北大都够，可他一心想当警察，报的志愿是中国刑警学院。”

“你爸是出色的警察，培养的女儿，现在也是个准警察。”

“我有时琢磨，我的性格还是适合当警察的。”

第三章

1

东林市委书记商兆明的办公桌上放着一封举报信，是针对柳晓宇的。信的内容说，柳晓宇工作能力低下，道德败坏，用自己的姿色换取了领导的欢心，获得了官位。举报信附有一张照片，显然是偷拍的，地点是高维斌所住北山宾馆客房的门口，照片里是高维斌和柳晓宇的背影，高维斌搂着柳晓宇的腰，柳晓宇含情脉脉地望着高维斌。

“怎会这样?”商兆明说着这句话，脑海中浮现出高维斌在市委常委会上为提拔柳晓宇说着柳晓宇优点时的情景。

商兆明知道，这封举报信不能小觑，自己必须作出决断，否则的话，这封举报信有可能会飞到省领导的案头，这张照片日后也许会被挂到网上，将会对东林市领导层造成不可估量的负面影响，对自己也不利。

商兆明拿起电话，拨通了市委组织部李部长的电话，让李部长到他办公室来一趟。

李部长进了商兆明的办公室。商兆明让他坐在办公桌前的椅子上，问："这批拟提拔的处级干部名单在报纸上公示后，反响怎么样？"

"没什么大的反响……"李部长知道，商兆明问这话是有的放矢的，不说出什么来似乎不妥，他说，"倒是有几封举报信，举报的问题也是共性的东西，什么能力问题了，什么涉嫌买官了，在我看来都是难以查实……"

商兆明从办公桌上拿起举报信，挑明说："这封举报信，你也收到了吧？"

李部长一看照片就说："这封举报信我也收到了。"

"这封举报信反映的问题，你怎么看？"

李部长看了眼商兆明的脸色，沉吟着说："这封举报信……没有说出什么实质性的问题来。柳晓宇的工作能力，我们还是有目共睹的。"

"柳晓宇有一定的工作能力，给她提拔到市政府副秘书长兼办公室主任的位置，她的能力会有一个更好的展示空间。若这封举报信没有照片，倒也没什么了不起，可这张照片却很让人犯寻思。把柳晓宇提拔上来以后，举报人若不甘休，接着举报的话，造成的负面影响将是难以估量的，所以，我们对这个问题必须慎重。"

见商兆明态度明朗，李部长不得不说："那么，对柳晓宇的提拔先暂缓吧？"

“我看可以。”商兆明说，“维斌市长那儿，你跟他解释下，我想，他是能够理解的。”

商兆明送李部长出门，在走廊里遇见了向他请示工作的人，顺便说了几句话。这时，商克峰进了商兆明的办公室。

商克峰在办公桌上看见了关于柳晓宇的举报信。柳晓宇是顾盛宽的妻子他是知道的，他对举报信和照片很感兴趣，掏出手机，把举报信和照片拍了下来。

商兆明的秘书张建海在门口看见了商克峰的所为。

商兆明返回办公室，看了眼坐在沙发上的儿子，问：“你来干什么?”

“爸，我团市委的朋友何静，现在是办公室主任，团市委现有个副书记空缺，你帮她说句话……”

商兆明知道，何静是儿子身边的一个女人，没等儿子把话说完，就板着脸说：“这样的事我管不了，你走吧。”

“爸，你……”商克峰气恼地说，“你一点儿情面都不给我，你对你儿子可真好。”

“你让我给你情面，你问问你自己，你听过我的话吗?”

商克峰没回答父亲的话，起身耸下肩说：“好，我走。”

商兆明坐在椅子上，看着离去的儿子，面色沉郁地叹了一口气。

商克峰的到来，给商兆明带来了不好的情绪。商克峰是商兆明唯一的儿子，原是家乡河东市电视台的新闻记者。四年前，商兆明从河东市副市长的位置调到东林市任市委书记，商克峰便辞掉了电视台的工作，跟妻子离了婚，随父母来到了东林，接着，不知通过什么关系，低价购买了曙光机械厂文化宫，改造成了新概念酒店。有了大把金钱的商克峰，变得放荡不羁，身边女人成群。他跟程坤江妻子马文秀的不正当关系，惹得程坤江来找过商兆明，商兆明为此很是懊恼。可商克峰对父亲的话，向来是面上顺从，背后则我行我素。商兆明知道，儿子的所为，已给自己造成了一定的影响，他有一种预感，商克峰再如此堕落下去，很可能会闯出大祸……

张建海走了进来，打断了商兆明的思绪："商书记，您 10 点钟要参加全市经贸会议，现在是 9 点 40 分，我们现在是不是可以走了?"

"那好，我们现在就走。"商兆明穿外衣时说，"小张，下回我儿子来，你给我挡着。"

2

春节期间，侵财案件多发，加上两起命案，顾盛宽每天都在单位忙碌。

顾盛宽这两天没见到孟凡生，他给孟凡生打了个电话，问孟凡生对新概念酒店娱乐城是否发生过治安案件和刑事案件的情况调查得怎么样了。孟凡生说，政委耿禹让他到开发区分局协助侦查特大杀人案，对新概念酒店娱乐城还没有详查，不过已了解到，新概念酒店娱乐城发生过两起有影响的案件，一起是 2011 年 8 月份，市财政局的王成等几人在新概念酒店娱乐城消费时，与保安发生冲突，王成被保安打死。另一起是去年 5 月份，社会闲散人员二十余人，在新概念酒店娱乐城与保安群殴，造成一人重伤、五人轻伤的结果。这两起案件都是按照"寻衅滋事"处理的，好像处理得都比较轻。

顾盛宽与孟凡生通完话，更觉得"12 · 1"案件侦查工作不正常。自己身为刑侦支队支队长，怎么还指挥不了自己手下人的工作呢？开发区分局辖区发生了大案，但不能因为一起大案的发生就影响其他案件的侦破呀。不行，我得找刘市长，看他对“12・1”案件到底是什么态度。

从工作程序讲，顾盛宽应向分管刑侦的副局长进行汇报，可东林市公安局分管刑侦的副局长谷涛，半年前已调任省公安厅副厅长，刑侦副局长位置至今空缺，故而顾盛宽只能直接向刘玉东汇报工作。而且刘玉东有个特点，他吩咐的工作，进展怎么样必须向他汇报，否则的话他会大发雷霆。顾盛宽可不想挨刘玉东的训斥。

刘玉东在市政府的办公室里听取了顾盛宽关于“12・1”案件的侦查进展和由于人手不够案件的查证工作搁浅的情况汇报后，打着哈哈说：“这都是开发区发生的‘12・14’案件影响的，现案件已有了重大突破，犯罪嫌疑人正在缉拿中，待这起案件有了突破后，再全力查证‘12・1’案件。”

刘玉东不认真的态度和不合逻辑的话，让顾盛宽匪夷所思，此时的刘玉东在顾盛宽眼里有种陌生感。他想，这样的人怎么能当公安局长？他知道时间对刑事侦查的重要性，怎么能对两起案件厚此薄彼呢？再则，人手短缺也不应成为问题，人手不够的话，可以从其他部门抽调。

顾盛宽压根儿没有想到刘玉东这么露骨的表演的真实目的，他单纯的个性和对案件侦破的紧迫感促使他说：“我看还是固定几个人搞‘12・1’案件吧，争取这段时间让案件有个突破。”

刘玉东无法明面阻拦，便说：“那你就看着办吧。”

“能否把商克峰传来？经过核实，一些事情会明朗些。如排除了商克峰的嫌疑，我们再找别的线索。”顾盛宽用商量的口吻说。

刘玉东思考了一下，说：“我看可以。这起案件进展如何，我还得向高维斌市长进行汇报。”

“没别的事，我先回去了。”顾盛宽从椅子上欠起身说。

“等一下，有件事，我要跟你说。”

顾盛宽望着刘玉东，不知他除了案件外还会跟自己说什么事。

刘玉东注视着顾盛宽说：“分管刑侦的副局长位置空着也有段时间了，难道你就没有想过在仕途上再进一步？”

顾盛宽坦然地说：“仕途的发展我是想过，不过我了解我自己，我当好刑侦支队长就可以了，我不适合干副局长，原因有二：一、我性格不行，心里有话就想说，又不会投机和对人说好话。你让我当兵头将尾领大家干活儿行，我若坐在刑侦副局长的位置肯定会挺难受的。二、这年头儿，想当官得做很多的工作，我没那个背景和能力。”

顾盛宽说这些话时，神情虽坦然，心里却愤懑地想：我是否能干刑侦副局长，不就是钱的事吗？你刘玉东不是让人点拨过我，给你送个五六十万就可以干上刑侦副局长吗？

“不要把一些东西想得那么复杂，你没有走上这个岗位前，或许会有畏难情绪，你走上这个岗位后，熟悉一段时间就会得心应手。当然，我不说你也明白，论素质和能力你是不差的，你只要……”

“多谢刘市长的美意，你说的话我会考虑的。”顾盛宽笑着打断刘玉东的话，从椅子上站起，向门口走去。

刘玉东本想用刑侦副局长的位置笼络顾盛宽，即使顾盛宽不花钱买这个位置，只要他能顺从自己，自己就可以把刑侦副局长的位置让他坐。可顾盛宽的笑，显示了他无欲则刚的本性，这样的人不会看领导的眼色行事。刘玉东倍感无奈，甚至在心里骂：当初哪个没有头脑的领导，提拔了这么一个油盐不进的主儿？

3

春节后，韩宣要回北京，顾梦阳在站台与韩宣告别。

顾梦阳说："你真应该坐飞机，时间快，能少遭些罪。"

韩宣说："长这么大头一次来东北，东北的雪景让我好奇。坐火车沿途看看雪景不是挺好吗?"

顾梦阳摆弄着韩宣羽绒服的拉链说："两天的路程会让你看得视觉疲劳的。"

韩宣抬手刮了下顾梦阳的鼻头说："那你跟我一块儿回北京，那样的话，我一道看着你，就不会觉得视觉疲劳了。"

顾梦阳拍了下韩宣，说："即将到省城工作了，我得多陪陪父母。"

这时，列车启动前的铃声响起。

韩宣拥抱下顾梦阳，说："再见，我会想你的。"

顾梦阳回到家，见韩宣走时已去上班的母亲，此时却躺在床上，脸色灰暗。她问："妈，您怎么了?"

柳晓宇有些吃力地坐起说："刚才到单位，感觉到腰疼得厉害，我就回来了。你领我到医院做下检查。"

柳晓宇的病情隐藏较深，平时她把心思都投入到工作中，忽视了自己的健康状况。当她得知自己提拔被叫停以及被叫停的原因后，有种天崩地裂般的感觉。她是那种对事业充满热情并富有才气的女人。她对事业的过度专注，使她难以成为贤妻良母。她虽然跟高维斌在工作接触中关系暧昧，但她很谨慎，有时心里也很矛盾。她没想到，别人一直在盯着高维斌和自己，在自己的仕途有所发展时把掌握的东西抖搂了出来。即使举报信和照片没有散布，她没有被提拔，别人很快就会知道因由，自己的丈夫顾盛宽也会知道。举报信和照片让柳晓宇感觉，自己犹如被脱光了衣服展示在大家面前，使她颜面扫地、无地自容。她知道，自己的仕途或许会到此终结，高维斌的仕途也势必受到影响。她在情绪沮丧之时，感觉平时偶尔疼痛的腰部，突然疼得既剧烈又持续。她已无法坚持工作，便开车勉强回到了家里。

顾梦阳长这么大，从来没见母亲这样过。她焦急地说："给我爸打电话吧，让他回来陪您一同去检查。"

"先不用麻烦你爸，咱俩去就可以了，到第一人民医院。"柳晓宇下了床。

"那好吧。"顾梦阳搀扶母亲出了门。

作为市政府办公室副主任的柳晓宇，第一人民医院的领导她是熟悉的，她在车里给医院的领导打了电话，说自己要到医院检查身体。顾梦阳的车刚停在医院的大门口，几个医护人员就迎了过来。

柳晓宇做彩超时，医生把探头按压在她的肝区，说："你是不是这个部位疼痛？"

柳晓宇说："你这么一按压，是有些疼痛，不过我平时感觉是腰部疼痛。"

医生说："肝区疼痛你没在意，你的腰部疼痛或许是肝区疼痛造成的。"

柳晓宇问："那这么说，我肝有问题？"

医生说："在我这儿只能发现你肝脏可疑的结节，确定不出是什么，你还需要做 CT 或核磁共振等检查。"

她进行了多项检查后，医院的闫副院长说："柳主任，根据你现在的身体状况，你应该住院观察。"

柳晓宇问："检查出我有什么病?"

闫副院长踌躇着说："我们需要会诊，才能得出你病情的结论。"

柳晓宇挤出一丝笑意说："那好吧，我就在医院休息两天。"

闫副院长让医护人员把柳晓宇送进了干部病房。

顾梦阳给父亲打了电话，说了母亲住院的情况。顾盛宽说，他晚间下班后到医院来。

顾盛宽指示民警对商克峰进行布控，以便商克峰出现时对他进行传唤。可商克峰好像人间蒸发了，没了踪影。新概念酒店的人说，商总出差了，什么时间回来不知道。顾盛宽下班时对办案人员说："商克峰若出现，及时通知我。"

顾盛宽回家收拾了些柳晓宇的日常用品，又在路上买了晚饭，来到了医院。

顾盛宽看到柳晓宇颓废的精神状态不由得吃了一惊。两人结婚二十多年来，在顾盛宽的眼里，柳晓宇始终是精神昂扬。他在床边坐下，柔声地问："感觉怎么样?"

柳晓宇有气无力地说："不太好，我腰部疼痛得厉害。医生说，我的肝可能有毛病，明天告诉诊断结果。"

顾盛宽宽慰她说："说不定没什么问题，你不要太往心里去。"

柳晓宇觉得，应当对顾盛宽说出自己仕途受挫的事情，免得顾盛宽知道后自己被动。她趁顾梦阳拿着水壶出病房打水的工夫，对顾盛宽说："我提拔市政府副秘书长兼办公室主任的事搁浅了，有人……"

顾盛宽打断柳晓宇的话："只要对职业尽心，问心无愧就可以了。"

"你不想知道我因为什么提拔受挫吗？"柳晓宇盯着顾盛宽。

柳晓宇问这句话，顾盛宽对答案已揣测出大致，但他此时不想提及不愉快的话题，便说："我不想知道。"

顾梦阳打完水走了进来。顾盛宽把食物摆在床头柜上说："你俩都饿了吧？来，咱们吃饭。"

柳晓宇说自已吃不下饭。顾盛宽把一碗大米粥和勺放到她跟前说："不吃饭怎么能行，吃吧。"

柳晓宇在顾盛宽的注视下喝了半碗粥，她感到顾盛宽的目光像台X光机，透视着她虚浮的内心。她说："老顾，吃完饭你回家吧。这儿有梦阳照顾我就行。"

顾梦阳也说："爸，您回去吧。这儿有我呢。"

第二天，顾盛宽早早地来到了医院。

8点以后，张副院长把顾盛宽和顾梦阳叫进办公室，说："柳主任的病情，我们认定是肝癌，而且是晚期……"

两人听了张副院长的话，大惊失色。

第四章

1

海南省三亚市海棠湾，蓝天碧海下，仰在躺椅上被阳光照得暖意融融的商克峰，对身旁的马文秀说："冬天海南的确不错!"

"好是好，但不是长久之计。难道你就这样躲着吗?"马文秀在躺椅上侧过身说，"其实，警察传你，你去把事儿说清了就行了。我的那份证言已经证明你没有作案时间，你这么躲起来，会让警察更起疑心。"

"不是我想躲的，是刘玉东让我躲的。我被警察传去，究竟有多大的危险性，刘玉东非常清楚。我们现在的对手是刑侦支队支队长顾盛宽，如果不是他对我抓着不放，警察就会找别的线索，别的线索查不属实，这案件就不了了之了。”

“那我们下一步怎么办?”

“我想刘玉东会想办法的。你也知道，这些年他从我这儿拿的钱不是小数，他不可能见死不救。”

茶几上的手机响了起来，商克峰拿起手机。电话里传来郑炳荣的声音：“商老板，过来吃饭。”

商克峰说：“好的。”

两人从躺椅上起身，向不远处郑炳荣的酒店走去。

郑炳荣是刘玉东的朋友，在海棠湾经营着一家叫阳光海岸的酒店。商克峰和马文秀到郑炳荣这儿，是刘玉东引荐来的。

两人在服务生的引领下，走进一个单间。单间里以海鲜为主的酒席已摆好，郑炳荣夫妻寒暄着把两人让到了座位上。

服务员给每人桌上的酒杯斟了些红酒。

郑炳荣喝了口红酒，说：“我这儿的饮食，不知道合不合你俩的口味?”

商克峰看着餐桌上别致的菜肴说：“天天不重样儿的美食，好得让我俩都不知说些什么，怎么能不合我俩的口味呢。”他夹起一口凉拌黄瓜放到嘴里咀嚼着，赞誉说，“仅吃口凉拌黄瓜，就能品出什么是美食。我的饭店要开到你这份儿上，那就是东林市最好的美食城了。”

谈到饭店管理，商克峰和郑炳荣有很多话题。马文秀吃得差不多时，见这顿酒宴一时半会儿完不了，就悄声对商克峰说：“我想到街里买些衣服。”

商克峰说：“你去吧。”

郑太太说：“我陪你去吧，好给你做个参谋。”

马文秀在郑太太的陪同下逛了几家商店，买了不少衣服。

她拎着几个兜子开车门上车时，忽觉头晕目眩，摇晃倒地。

郑太太忙让司机下车，把马文秀扶进车里，告诉司机去医院。几分钟过后，马文秀不再目眩，不过头部左侧仍然胀疼。她说，没事，不用到医院。郑太太说，不行，得到医院看看。

到医院进行了检查，大夫说，身体没病。

晚间，商克峰跟马文秀亲热时，马文秀感到头部左侧胀疼剧烈，推开商克峰说："我偏头疼，不舒服。"

商克峰说："明天到大医院仔细查查。"

"白天，郑太太跟我到商店买衣服，我出门时忽然目眩晕倒了。到医院检查了，没事。"马文秀说话间闭上了眼，可她脑海里却浮现出程坤江对她发火时因愤怒而扭曲的脸，她又睁开眼，望着灰暗的天花板说，"丈夫因为我而死，或许我的偏头疼是报应!"

商克峰说："你瞎寻思什么……"

2

由于柳晓宇要到天津肿瘤医院看病，顾盛宽和顾梦阳得陪着去。这天，顾盛宽来到了刘玉东的办公室，说了要陪妻子看病的事。

"唉!"刘玉东叹口气说，"没想到个性风风火火的柳晓宇，竟会得这个病。老顾，你就放心陪妻子去看病吧，工作上的事，你就不用操心了。如果家里有什么事需要帮忙，你就吱一声。天津肿瘤医院那边你找好人了吗?"

"谢谢领导的关心，天津肿瘤医院我已经联系好了，去了就可以手术。"

“那好，省着排队等了。”刘玉东拉开抽屉，从里面拿出些钱递给顾盛宽说，“这两千元钱是我一点儿心意。”

顾盛宽摆手推脱：“刘市长心意我领了，这钱我不能要。”

刘玉东从椅子上站起，把钱往顾盛宽的手里塞：“你家里出这么大的事，我表示下心意总是应当的吧。”

顾盛宽知道，自己再推脱会使刘玉东的面子过不去，他接下钱说：“多谢了！没什么事，我就回去了。”

刘玉东挥下手说：“你忙你的吧。”

刘玉东看着顾盛宽的背影离开办公室，心里不由畅快地想：顾盛宽陪妻子看病，这样的话，“12·1”案件就好办了，没有顾盛宽对这起案件的纠缠，即使商克峰坐在警察面前，只要他说自己没有作案的时间，就可以把他的嫌疑否了。那样的话“12·1”案件就会成为一件积案，随着时间的推移，这起案件谁会再提呢？当初高维斌对“12·1”案件作了限期破案的批示，现今高维斌和柳晓宇有暧昧关系的事，随着柳晓宇的提拔冒出的那封举报信，成为了人所共知的秘密。如果不出所料的话，高维斌即将退出东林市政坛，回到省里，他对“12·1”案件作的批示，谁还有心思重视呢？

刘玉东拿起电话打给商克峰，说了顾盛宽的情况，并让他趁顾盛宽不在来公安局一趟，澄清“12·1”案件对自己的嫌疑。商克峰听了刘玉东的话，在电话里大笑了起来。

3

东林开往天津的列车在夜色中行驶。

在列车的一间软卧包厢里，顾盛宽一家人呈现着不同的状态。柳晓宇躺在铺上沉睡着。顾梦阳在母亲的上铺，用手机微信跟韩宣聊着。在这段时间里，顾梦阳在韩宣那儿得到了很大的抚慰。韩宣得知顾梦阳的母亲患病后，就开始为柳晓宇到天津诊治疾病忙碌起来，他先到天津联系上了天津肿瘤医院的专家，还在医院附近租了房子，以方便照顾柳晓宇。顾盛宽则就着花生米喝着白酒。最近，他犯起了失眠的毛病，晚间临睡前不喝点儿白酒难以入睡。

顾盛宽喝完酒瓶里的最后一口酒，掏出烟走出了包厢。他在车厢的连接处吸着烟，车窗外黑蒙蒙的一片，远处偶尔闪过点点光亮。他的心情是沉郁的，以前他一直期盼在退休后安然地生活，可是还没等退休，柳晓宇却检查出了绝症。他和柳晓宇虽在生活中磕磕碰碰二十多年，但他认为，自己毕竟是柳晓宇的丈夫，在该担当责任的时候不能退却。他在得知柳晓宇没有提拔的原因后，愤懑和苦恼只在他脑中一闪而过，他告诫自己，在目前的情况下，什么事情还不能包容呢？

顾盛宽衣兜里传来“嘀嗒”的短信声，他掏出手机，见是女儿给他发来短信：爸，别抽烟了，休息吧！

一丝困意袭来，顾盛宽自语：“是该休息了。”

列车到了天津，韩宣在站台上接站。见顾盛宽和顾梦阳搀扶着柳晓宇下车，韩宣忙过来替换下顾盛宽。

柳晓宇很快住上了院，接着是例行各项检查。晚间，韩宣在出租屋内做了饭菜，拎进了病房。

柳晓宇感激地说：“韩宣，麻烦你了！”

韩宣说：“看伯母说的，麻烦啥？别的我也干不了，只能力所能及做点儿什么。”

饭后，顾盛宽被顾梦阳和韩宣劝着回出租屋休息。韩宣说：“伯父，坐火车坐了一整晚，今天又忙乎一天，您休息去吧。这儿有我和梦阳呢。”

顾盛宽确实很疲倦，他从韩宣手里接过出租屋的钥匙说：“好，那我休息去。”

顾盛宽以为躺下就能睡着觉，可临近半夜，他在床上辗转反侧也没睡着。他到了街里，买了一瓶北京二锅头和一袋鸡爪，返回出租屋里喝了起来。

顾盛宽原先没有嗜酒的习惯，他喝着酒琢磨：自己五十多岁了，还恋上了酒。顾盛宽喝酒的过程中，脑海中浮现出诸多的事情，想到了自己上大学时的情景，接着想到了自己侦破过的案件。

想到自己所搞的案件，顾盛宽心里说：自己搞的案件不少，无论是否侦破，毕竟倾力而为了。而“12·1”案件则有种力不从心的感觉，这种从没有过的感觉已成为自己的心病。他告诫着自己，不行，“12·1”案件有机会还得查。

顾盛宽又考虑到柳晓宇的病情以及会出现的不好结果……他最后想到了白发苍苍的老母亲，因自己和妻子无暇侍奉，只能让她住在下岗的妹妹家里……

顾盛宽在酒精的作用下难以自制，这个极少掉泪的坚毅男人，此时泪流满面。

一瓶白酒喝完，他躺在床上，昏睡过去。

4

柳晓宇术后状况良好。顾梦阳和韩宣根据医生的嘱咐，变着样儿给她调理饮食。一贯不善言谈的顾盛宽，为了消除妻子对疾病的恐惧心理，话也多了起来。柳晓宇在亲情的慰藉下，脸上也时常挂着笑容。

一天，柳晓宇见跟前只有顾盛宽时，她说："老顾，我住院这些天你说的话，赶上你平时在家几年说的话了。你以前若话多点儿，多体贴些人，咱俩这二十多年，会少很多的磕磕绊绊。"

顾盛宽有所感触地说："是呀！有些道理，或许只有在患难中才能体会出来。"

顾盛宽的话，也使柳晓宇开始反思，在自己张扬的时候，又何尝体贴过丈夫呢……她说："我也有对不住你的地方，对你日常的关心更是不够……"

"过去的事，就不要提了。你现在要乐观，把病养好。"

柳晓宇显得很豁达："一个肝癌晚期的病人，术后能好到哪儿去，我心里是明了的。不过有你和孩子，还有韩宣的照顾，我心里知足。待过段时间病情稳定后，我准备出院。"

"出院着什么急？"

"我在这儿住院，会对你们有很大的牵扯。你们还是早些回去的好。这两天你就回家吧，家里有老人，我的病，梦阳的奶奶不知咋惦念呢！你回去后，给梦阳的姑多拿些钱，她家生活不富裕，照顾老人不容易。"

提到母亲，顾盛宽心里酸酸的，应了声："我知道了。"

两人正说话间，顾梦阳和韩宣用塑料兜拎着水果和午饭走了进来。

柳晓宇对韩宣说："韩宣，我的病没少麻烦你和你的家人。我的病已手完术了，病情也稳定了下来。你回家看看吧，这儿有梦阳就可以了。"

韩宣说："伯母，天津离北京这么近，我开车两个多小时就到家了。我回家也没什么事，在这儿多待些日子不要紧的。"

柳晓宇面露慈爱地说："你忙忙碌碌这么些日子，回家歇歇吧。你回家代我向你父母问好，待我身体允许的时候，我会拜访你父母的。"

韩宣点头说："那好吧，伯母，我明天就回去。"

柳晓宇笑了："这就对了。"

第二天上午，顾盛宽和韩宣相继离开了天津。

第五章

1

顾盛宽走进了刘玉东的办公室。

刘玉东把顾盛宽让到办公桌前的椅子上："什么时候回来的？柳晓宇的病情怎么样？"

"我昨天回来的。"顾盛宽说，"我妻子手术后状况不错，她还没出院。"

"那你还得到天津陪妻子吧？"

"不用，我女儿陪着她妈，我妻子这几天就办理出院。我也该上班了。"

刘玉东带着批评的口吻说："上班着什么急？你应当多陪陪

妻子。老夫老妻的了，在这个时候才能体现出相互的关爱。”

“谢谢刘市长的关心。不过刘市长，你是知道我这个人性格的，工作似乎就是我生活的全部，我要是不上班呀，会憋出病来的。”顾盛宽说着心里话。

刘玉东见顾盛宽执意要上班，就说：“那好吧，不过上班后，也不要耽误对妻子的照顾。”

“好的。”顾盛宽站起身说，“刘市长，没什么事的话，我到支队那边去看看。”

顾盛宽转身离去，刘玉东脸色变得阴沉。

顾盛宽把郑君叫到了办公室，问：“我走的这段时间，案件有没有什么新情况？”

郑君说：“你走后的第三天，商克峰到刑侦支队来了。”

“他是主动来的吗？”

“是主动来的。他说，听单位的人说，咱们找他了解情况，他就来了。”

“对咱们找他时他的去向，他是怎么解释的？”

“商克峰说，马文秀的丈夫程坤江被害后，他见马文秀心情抑郁，就领马文秀到海南散心去了。他说，马文秀曾对他说，程坤江被害后，警察找她了解过情况，说不定警察也会找他了解情况。他当时没在意。他和马文秀从外地回来，才知道警察确实找过他。”郑君显然预感到顾盛宽要问他案件情况，把手中的材料放到顾盛宽的办公桌上说，“这是商克峰的询问笔录。”

顾盛宽问：“而后你们就把商克峰放了？”

“做完笔录，我请示了耿政委。耿政委向刘市长汇报后，就让他回去了。”

“商克峰走后，耿政委对案件是什么意见？”

“耿政委跟我说的意思是，商克峰的嫌疑已排除，如果要接着查‘12·1’案件，只能另辟蹊径。”

顾盛宽忽然想起了什么，说：“对了，商克峰的指纹与案发现场的那枚鹅卵石上的指纹比对了吗?”

“技术部门说，案发现场的那枚鹅卵石上的指纹很不清晰，所以就没有进行比对。”

顾盛宽严厉地说：“你们怎么搞的案件？连指纹都没有比对，就轻易地把一个人的嫌疑给否了？比对结果如何，那是另外一个概念，但是不比对就是一个严重的失误。”

郑君为难地说：“商克峰来了之后，都是耿政委让我们做这做那的，我们也不好说什么。”

顾盛宽听了郑君的话，沉默了会儿，说：“啊，我知道了，你忙你的吧。”

郑君出了顾盛宽的办公室。

顾盛宽看完商克峰的笔录，点燃一支烟，思忖着：商克峰为什么在自己找他的时候突然消失？为什么又在自己请假不在的时间来局里？在他看来，商克峰是在回避他，而这种回避本身就有问题；办案人员似乎也在有意或无意地帮着商克峰。

顾盛宽一心想见商克峰，便打电话请示刘玉东。

刘玉东听说顾盛宽还要传唤商克峰，就在电话里说：“如果有必要的话，可以找他，不过要注意方式方法。”

顾盛宽跟刘玉东通完话，便派郑君去找商克峰。郑君回来后汇报说，商克峰没在单位，他说，他现在在外地，两天后才回来。

在以后的一个星期里，商克峰始终没有露面。

2

柳晓宇和顾梦阳从天津回到了家里。

顾梦阳本该返回北京办理工作分配的事，可她放心不下母亲的病情，便打算向学校请假晚些回去。

在吃晚饭时，顾梦阳说了自己的打算。

顾盛宽和柳晓宇一致要求顾梦阳及时返校。顾盛宽说："你走吧，你妈有我照顾着呢。我若脱离不开的话，就雇个保姆。"

柳晓宇也怕耽误女儿的毕业分配："毕业分配还有很多工作要做，你还是回去吧。"

顾梦阳犹豫着说："妈，那您明天到医院做次复查，如果没什么问题，我就回去。"

柳晓宇说："刚出院没些日子，不用复查。"

顾梦阳说："虽然出院时间不长，但毕竟做了那么大的手术，复查下也是应当的。"

柳晓宇放下筷子，摸着女儿的头说："妈答应你做复查去，好让你安心返校。"

第二天上午，顾盛宽和女儿陪柳晓宇到第一人民医院做复查。经复查，柳晓宇的病情恢复得比较好。闫副院长告诉柳晓宇，平时要注意保养，特别是要保持情绪的稳定，尽量避免精神紧张和情绪激动，以积极乐观的态度配合治疗。

从医院出来，三人坐进车里。

顾梦阳启动了汽车，问："爸，送您回单位吗？"

顾盛宽说："你把车开到前面光华街的岔口，我走着去单位。"

可车还没到顾盛宽说的地点，他就让女儿停下车，自己下了车。

顾盛宽之所以在这里下车，是因为他看见一穿蓝夹克的男青年，打开道边停靠的一辆白色现代轿车副驾驶位置的车门，拿出一个女式拎包，匆匆而去。他认定，“蓝夹克”是窃贼。

顾盛宽顺着“蓝夹克”走的方向追了半天，才见到他的身影，“蓝夹克”已把拎包塞入夹克里。顾盛宽紧赶几步，抓住“蓝夹克”的领口，亮了下工作证，说：“警察，别动。”

“蓝夹克”愣神的工夫，顾盛宽已把他夹克里的拎包夺过，放在脚下，接着为防“蓝夹克”逃跑，解开了“蓝夹克”的裤腰带并抽出，而后捡起地上的拎包说：“拎着裤子跟我走吧。”

从顾盛宽麻利的动作上看，“蓝夹克”知道自己遇上了老警，他无奈地提着裤子，低着头跟顾盛宽上了一辆出租车。

顾盛宽让出租车司机把车开到了公安局，并打电话让孟凡生到办案区。

孟凡生和搭档邵明到了办案区。

顾盛宽对孟凡生说：“这小子偷包。”

孟凡生给窃贼戴上了手铐，把他摁进审讯椅里，开始问话。

顾盛宽打开从“蓝夹克”身上搜出的女式拎包，把物品倒在了办公桌上：有化妆品、钱包和手机。

拎包里没有能证明失主身份的东西，顾盛宽拿起手机，以期在手机上找到失主的线索。他查找手机上的电话号码时，有两个同是商克峰名字的手机号引起了他的注意，或许为了查找方便，第二个手机号码在商克峰的名字前面加了个“另”字。

“难道这手机上的商克峰就是自己要找的‘12·1’案件的嫌疑人?”想到这儿，顾盛宽走到另一房间，打电话把郑君叫到了办案区，把疑问跟郑君说了。

郑君知道商克峰的手机号，他拿出自己的手机，找到了商克峰的手机号码，发现与被窃手机上的商克峰的手机号码一致。为了验证“另商克峰”的手机号码是否也是商克峰的手机号码，郑君拨通了“另商克峰”的手机号，手机里传来有些沙哑的声音：“何静啊。”

郑君没有说话。

“喂，何静，你怎么不说话?”

郑君挂断了手机。

商克峰那独具特质的沙哑的声音，郑君是能听出来的。他跟顾盛宽说：“‘另商克峰’的手机号码，是商克峰的另一部手机。商克峰认识被窃者，被窃者叫何静。”

顾盛宽说：“你去查查‘另商克峰’和何静的手机之间的通话记录，把所能查到的，都调出单子来。”

“知道了。”郑君推门出去。

何静的手机响了起来，顾盛宽见手机的来电显示是“另商克峰”，他没有接电话，任由其响着。过了十多分钟，手机再次响起，这次显示的是座机号码。顾盛宽接了电话：“喂?”

电话是何静打来的，她显然认为手机还在窃贼手里。她用商量的口吻说：“你是捡到我拎包的人吧？你能不能把手机还给我?”

顾盛宽说：“你的拎包被窃了，我是警察，窃贼刚被抓到。你要想拿回自己的东西，得到市公安局刑侦支队来一趟。”

能够听得出何静喜出望外：“我马上过去。”

3

到移动公司查询手机通话记录需履行手续，郑君在刑侦支队办公室俯身写介绍信时，耿禹走进来取文件。他看了眼郑君，问：“开介绍信搞什么案件?”

在顾盛宽陪妻子外出看病时，商克峰来刑侦支队一趟后，耿禹曾明确说过，商克峰的嫌疑可以排除了，故而郑君不好说，开介绍信是要接着调查商克峰。他似是而非地说：“顾支队让我了解一个手机号码的通话记录。”

不过，耿禹看到了介绍信上写的商克峰的名字。

耿禹拿着文件，满脸狐疑地回到了自己的办公室。

耿禹和顾盛宽一直有矛盾。耿禹原是刑侦支队办公室主任，两年前，刑侦支队空出个政委的位置。他暗地里拿着装满钱的文件袋，走进刘玉东的办公室，像汇报工作递给刘玉东相关材料似的，把文件袋放在刘玉东的办公桌上，简要地说了自己的打算，没等刘玉东推辞，就转身离去。就这样，耿禹出乎别人意料地当上了政委。在原副局长谷涛调到省公安厅任副厅长后，耿禹又瞄上了副局长的位置，可顾盛宽在他前面横着，他无法实现自己的愿望。他想，即使不当副局长，弄个支队长干也行，而顾盛宽上不去，他只能原地踏步。为此，他认为顾盛宽是他仕途的障碍。半年前，他的小舅子乔南殴打人大代表，他找顾盛宽说情但无济于事，乔南被判刑两年。三个月前，顾盛宽的堂弟顾盛友因伤害致死被抓至刑侦支队，不曾想顾盛友却逃脱了。纪委介入调查却不了了之。顾盛友脱逃前顾盛宽单独见过他，顾盛友的逃脱使耿禹觉得有文章可做，便写了封匿名信，邮给刘玉东，举报顾盛宽私放罪犯。而让耿禹费解的是，刘玉东对那封举报信没什么反应。

耿禹此时认为，向领导打小报告，给顾盛宽造成负面影响的机会来了。

耿禹拿起了办公桌上的电话，拨通了刘玉东办公室的电话。

刘玉东听了耿禹的汇报，笑了两声，说：“耿禹，顾盛宽接着调查商克峰的事，他跟我打过招呼。‘12 · 1’案件发生后，我让顾盛宽直接负责这起案件。他这人就是这种性格，他要查就让他接着查吧。”

“他这人哪，哼。”耿禹带着鄙夷的口吻说，“一开始我也不知道他仍在调查，今天我看郑君开介绍信，要到移动公司查询商克峰的通话记录，我才知道这码事。”

“顾盛宽这事做得欠妥。其实他上班后跟你沟通下，了解下他不在时你们对商克峰调查的结果，你可能心里就会没什么想法了。对于你，我还是放心的。好了，我这边来了客人，咱俩改天再聊。”

“那好，刘市长，您忙着。”耿禹有些失落地挂了电话。

4

其实，刘玉东那边并没有来什么客人。耿禹给他打的电话，使他内心萌生焦虑。他知道，“12 · 1”案件发生后，专案组调查过商克峰的手机通话记录，没发现突出疑点。商克峰有部跟他联系的专用手机，顾盛宽现在调查的手机通话记录，极有可能就是商克峰跟他联系的专用手机。

刘玉东急切地要与商克峰商量对策，他看着办公桌上的固定电话和手机，觉得都不可靠，于是站起身，走出了办公室。

刘玉东一出门，肖宪国走过来说：“刘市长要出去吗？”

“啊，我有件私事。”刘玉东说，“你把车钥匙给我就可以了。”

肖宪国把手中的汽车钥匙递给了刘玉东。

刘玉东和商克峰在牡丹峰下见了面。

商克峰问："大哥，又发生了什么事?"

刘玉东答非所问地说："你知道我刚才给你打的电话，是在哪儿打的吗?"

"我看是个陌生电话号码。不是你办公室的吧?"

"我是在别处打的电话。"

"为什么?"

"你知道你的另一个手机号码被警察掌握了吗?"

"不知道。"商克峰猛然想起何静的手机给自己打的那个没有反应的电话，"大哥，你等一下。"

商克峰从包内掏出手机，给何静打了个电话，问："何静，两个小时前，你给我打电话怎么不说话?"

何静说："我没有给你打电话。我装手机的拎包被人偷了，我刚从公安局把拎包领回来。"

"原来是这样。"商克峰挂断电话，对刘玉东说，"何静说，两个小时前她装有手机的拎包丢了。我估计那个没人应答的电话是警察用何静的手机打的。"

刘玉东不满地说："咱俩单独联系用的电话号码，你怎么会告诉别人？现在明摆着这个电话号码暴露了，顾盛宽查了这个电话号码的通话记录，无疑对你我都不利，你知道吗?"

"我跟你联系用的电话号码，是何静用她的身份证给我办的，她记下了这个电话号码，我也没在意，更没想到，何静的包会被窃。"

刘玉东一筹莫展："顾盛宽这人的性格我知道，无论牵扯到谁，他都会追着不放。顾盛宽通过通话记录会怀疑现在咱俩的关系，你说我们该怎么办?"

"我看莫不如……"商克峰没有说下去。

刘玉东盯着商克峰："你有什么打算，就直说。"

商克峰说："莫不如给他做了。"

刘玉东吃了一惊，而后思忖着摇着头说："他还没有对你我产生真正的威胁，现在不能这么干……"

5

郑君进了顾盛宽的办公室，把一沓电话单子放在他的办公桌上："这是'另商克峰'和何静的手机号码两个月的通话记录，这两个手机号都是用何静身份证办理的。"

顾盛宽刚要打开电话单子，他办公桌上的电话响起。

顾盛宽拿起电话。电话里传来刘玉东的声音："顾盛宽，你那儿说话方便吗？"

顾盛宽捂着话筒对郑君说："你去忙吧。"

待郑君出了办公室，顾盛宽才对着话筒说："刘市长，我这儿说话方便。你有什么事请指示？"

"商克峰到刑侦支队去了吗？"

"还没来。"

"商克峰不去，你就不要再接着查了。"刘玉东说，"今天上午，我遇见了商书记，他问及了他儿子的事。咱们若没有直接的证据而又抓着商克峰不放，对商克峰影响事小，对商书记的影响可就大了！公安机关在商兆明书记那儿会留下负面印象……"

刘玉东把商兆明抬出来说事，这让顾盛宽始料不及。顾盛宽犹豫了一下，只得说："既然刘市长这么指示，我照你说的做就是了。"

顾盛宽撂下电话，叹了口气，把办公桌上的电话单子扔进抽屉里。

6

顾梦阳返回北京，很快便把她和韩宣到清江省公安厅工作的事情办理妥当。

韩宣问顾梦阳："你母亲病情怎样？"

顾梦阳说："几天前做的检查，病情还算稳定。"

韩宣跟顾梦阳商量说："我想在你母亲病情稳定阶段，把婚事办了，这也是我父母的意见。"

顾梦阳踌躇一下，说："那我问问我父母吧。"

顾梦阳回到东林，把韩宣的话转述给了父母，顾盛宽和柳晓宇不仅没异议还很高兴。

柳晓宇抚摸着顾梦阳的头说："我终于可以看到我女儿穿婚纱的样子了！"

顾梦阳高兴地给韩宣回了电话。

韩宣说："你父母同意的话，我父母想近期到你家拜访。"

顾梦阳说："那我就等你和你父母来了后，咱们一起回北京办婚礼。"

韩宣说："我和父母三天后到东林。"

韩宣和父母到达东林的第二天的中午，顾梦阳和韩宣举行了定亲仪式。柳晓宇望着女儿和准女婿幸福的样子，高兴得喜极而泣。

半个月后，顾梦阳和韩宣在北京举行了婚礼。

第六章

1

顾盛宽不再调查商克峰，但商克峰的恶行引发的麻烦却接踵而至。

2011年8月9日，市财政局王成在新概念酒店娱乐城消费时，被保安殴打致死一案，虽然法院以“寻衅滋事罪”判处涉案的三名保安三年至十年不等的刑罚，并给予死者三十万元的民事赔偿，但被害人的妻子修芳以真凶酒店的保安部部长安彦斌没有受到刑罚为由，多次进京上访。公安部对案件进行了批复，要求当地公安机关复查此案。案件通过省公安厅转到了东林市公安局刑侦支队，摆在了顾盛宽的案头。

与此同时，程坤江的母亲邓梅写了一封《杀夫霸妻的恶魔为何逍遥法外》的举报信，信中说，商克峰仰仗自己当市委书记的父亲商兆明，长期霸占自己的儿媳马文秀。儿子程坤江发现商克峰与马文秀的不正当关系，与商克峰发生冲突后，商克峰为达到长期霸占马文秀的目的，害死了程坤江。因市委书记商兆明庇护，商克峰现仍逍遥法外。

她不仅把举报信送到了清江省政府信访局和省公安厅，还辗转递到了省委书记苏振民的手里。

苏振民对举报信反映的情况很重视，在举报信上批示："转省公安厅督促查办，消除影响，并把查办的结果反馈给省委。"

省公安厅根据苏振民的批示，把"12·1"案件定为省公安厅挂牌督办案件，这起案件的查办工作自然又落到了顾盛宽的身上。

但由于刘玉东的干扰，顾盛宽对修芳和邓梅这两起上访案件的复查和侦破没有进展。

商兆明之前对"12·1"案件有所耳闻，但并不知道案件侦破的详情，直至邓梅举报信的出现，商兆明才得知，儿子竟被人指控涉嫌杀人。他虽不相信儿子会杀人，但仍因急火攻心，心脏病突发，住进了东林市心血管病医院。

这天下午，顾盛宽接到了商兆明的秘书张建海的电话，张建海让他到心血管病医院，并说，商兆明书记要听取"12·1"案件的汇报。

当顾盛宽被张建海引进医院的一间小会议室时，看见在沙发上坐着的不仅有商兆明，还有市长高维斌和市政法委书记周明辉。他见三人神情严肃，不仅感到了压力，还十分疑惑：为何三个市领导不向刘玉东询问"12·1"案件的案情？为什么刘玉东昨天刚到省委党校学习，他们今天就把自己找来汇报案情？

商兆明直视着顾盛宽说：“‘12·1’案件从去年发案到现在，已近半年。这起没有侦破的案件，现在已闹得沸沸扬扬，其原因在于，我的儿子商克峰是涉案嫌疑人！一个市委书记的儿子涉嫌杀人，当然会衍生出很多版本，给我带来了很大的负面影响。我现在表明的态度是，若是我儿子真杀了人，那就按照司法程序，你们该怎么侦办就怎么侦办；若是把我儿子排除了嫌疑，那你们就另辟蹊径，把案件尽早侦破，这样不仅可以为死者伸冤，同时可以消除对我的负面影响。今天我找来了维斌市长和明辉书记，请你当着我们的面，实事求是地把案件侦破详情说给我们，不要有任何顾虑。”

商兆明的话虽然说得直接明了，但顾盛宽汇报起来却有难度。其实他在往医院赶的路上就在打腹稿，却没打成。他把工作日记在茶几上摊开，眼神有些游离地看着工作日记，踌躇地说：“‘12·1’案件发生后，在侦破的初期我是参与了，但春节期间，我因妻子有病，陪同妻子到天津诊治，详情我还……”

商兆明打断顾盛宽的话，厉声地问：“我看你是在隐瞒和推诿。作为案件的负责人，你陪妻子看病是你不了解案情的理由吗？”

高维斌怕商兆明过于激动，劝慰他说：“商书记，你静下心，听顾盛宽慢慢说。”

周明辉对顾盛宽说：“实事求是地说。”

顾盛宽决定，按照商兆明的要求，抛开顾虑，把整个案件的侦破情况说出来。他把目光聚焦在工作日记上说：“去年12月1日晚8时许，西四条路松江边上，发生一起命案，坤江石油机械厂厂长程坤江被害……被害者的致命伤在左侧额头，死因经解剖认定为颅骨凹陷性骨折，合并重型颅脑损伤。从被害者的受伤部位和伤势看，被害者是被强健的成年男子右手持鹅卵石击打额部致死。从作案的工具和被害者致命伤的部位来看，凶手不应是故意杀人，而是临时起意伤害致死……”

顾盛宽说到这儿，抬头看了眼商兆明。

商兆明面色沉郁：“你接着说。”

顾盛宽说：“在调查中，我们得知，程坤江的妻子马文秀与商克峰关系暧昧，程坤江因而跟商克峰发生过冲突，由此商克峰成为案件嫌疑人。但我们考虑到商书记与商克峰的父子关系，就决定在没有确凿证据之前，不公开说出商克峰的嫌疑，以免给商书记造成影响。当我们对商克峰进行外围调查找到马文秀时，马文秀说，案发的那天晚间与商克峰在一起……我离开东林陪妻子到天津看病期间，商克峰曾到过公安局……”

商兆明问：“你们相信商克峰和马文秀所说的案发时他俩在一起的话吗？”

“他俩所说的是否真实，还欠缺佐证。”顾盛宽脱口说出这句话后，顿感三位市领导的目光在逼视着自己。

商兆明的情绪有很大的波动，他面色潮红地仰在沙发上，用手抚摸着胸口说：“顾盛宽，你说的应当是实话。那么‘12·1’案件，你就先把商克峰查实吧。刘市长到省委党校学习去了，案件的进展情况，你可以直接向明辉书记汇报。”

高维斌见商兆明身体不适，就对商兆明说：“商书记，顾盛宽已把案件的侦破情况向你作了汇报，我看今天就到此为止吧？”

“那好吧。”商兆明对周明辉说，“明辉，案件你要督办到底。”

周明辉点了下头：“我会负责到底的。”

2

顾盛宽离开心血管医院，没有回单位，而是驱车来到了“12·1”案件的案发现场。

松江边的浅滩处，程坤江被害的地方，已被江水淹没。岸边，三三两两的人们闲适地散着步，享受着春天和煦的风和暖人阳光。此时除顾盛宽外，人们不曾知道，五个月前，江边曾发生一起命案，而这起目前没有侦破的命案引发的上访已引起了省领导的关注，把这个城市名不见经传的公安局刑侦支队长顾盛宽，推到了风口浪尖。

顾盛宽坐在江堤的台阶上，从兜里掏出一支烟点燃，望着眼前宽阔的江面陷入了沉思：市委书记商兆明为什么在刘玉东不在场的情况下，向自己了解案情？商兆明所表明的态度是他的真心话吗？从他的情绪反应上可以看出，他对自己的儿子是否涉案是一种牵肠挂肚的在意，如此的话，他表明的态度也就相对地打了折扣。如果商兆明不愿看到自己的儿子成为嫌疑人，那他听取刘玉东的汇报是最好不过了。难道商兆明不了解刘玉东为维护他的声誉所做的努力吗？可以看出高维斌和周明辉这两个市领导对案件的态度迥异，高维斌对案件始终关注，案件刚发时他就要求限期破案；而周明辉对案件则谈不上十分关注。

顾盛宽思忖半天，对商兆明听取自己的汇报得出这样的结论：商兆明是在省委书记苏振民对案件进行了批示的情况下，对其子造成的不利局面所表现出来的一种姿态。商兆明所表现的姿态必须有人见到，高维斌和周明辉在场应属必要的了。至于刘玉东对案件嫌疑人商克峰的暧昧态度，在诸多的因素中已显得不那么重要了。现在就要看自己怎样把案件侦破了。

顾盛宽想到这儿，“12·1”案件发生后内心积郁的烦闷情绪顷刻间释放了许多。他扔下手中的烟蒂，起身给郑君和孟凡生打电话，让两人半小时后到自己的办公室。

顾盛宽把跟市委书记商兆明等人汇报案件的情况跟郑君和孟凡生说了：“根据市领导的指示，我们要加大力气对案件进行侦破，首先重点排查嫌疑人商克峰……”

郑君和孟凡生领命出了顾盛宽的办公室后，顾盛宽忽然想到郑君查的从被窃的何静那儿得到的商克峰另一部手机号码的通话记录。他打开办公桌抽屉，找出了郑君给他的那沓电话单子，铺在办公桌上。商克峰另一部手机的通话记录显示最多的两个电话号码，一个是何静的，另一个号码他觉得很熟悉。难道用这个手机号码的人我也认识吗？他这么想着，把他觉得很熟悉的那个电话号码输入到自己的手机上，手机上显示出刘玉东的名字。

顾盛宽暗自吃惊……

3

郝磊和罗莉办完离婚手续，从街道办事处出来。

罗莉伸出手说：“毕竟是夫妻一场，祝你好运。”

郝磊面露尴尬地握了下罗莉的手：“也祝你好运。”

罗莉挥手打了辆出租车，她上车前对郝磊说：“郝磊，给你一个最后的忠告，也是我老生常谈的话，别赌了，赌徒是没有赢家的。”

郝磊嘴唇嚅动了下，想说什么却没有说出来，默望着载着罗莉的出租车远去。

“别赌了，赌徒是没有赢家的。”罗莉的话在郝磊的耳边萦绕，他自问：难道我就此戒赌吗？赌曾经给自己带来了一切，没有赌博赢来的钱，自己就不能坐上税务局办公室主任的位置；没有赌博赢来的钱，就不能追求到漂亮的罗莉，就没有条件买上大房子过上滋润的生活；更不能跟自己垂涎多年的马文秀好上……可现在，同是因为赌，自己输光了一切，包括妻子和女儿。

郝磊走在街上，不知向何处去。回家吗？家里的房子虽大，可已没有了温情，只剩下罗莉翻腾自己和女儿衣物时所造成的凌乱。去父母家吗？自己有何脸面见父母呢？

一辆奥迪红色跑车在郝磊眼前驶过，驾驶者飘逸的秀发和俏丽的容貌，如一缕温馨的风拂过郝磊满是失落和沮丧的心。

“马文秀！”郝磊自语着，拿着手机拨着马文秀的电话。

郝磊的手机响了半天，才传来马文秀的声音：“喂，郝磊。”

“文秀，忙什么呢？”郝磊仍像平常似的问。

“啊……”马文秀沉吟了下说，“我在三道关风景区呢。你有什么事吗？”

郝磊虽不满马文秀的说谎，但还是说：“我今天心里很烦，想晚间和你吃顿饭。”

“这恐怕不行，我在三道关，今晚回不去。”马文秀不等郝磊说话，又说，“我这边有事，过后打电话给你。”

马文秀挂断电话。

郝磊不解的是，程坤江被害后，马文秀对自己的态度明显冷淡。虽然郝磊知道，马文秀与新概念酒店老板商克峰关系暧昧，可马文秀游走于自己和商克峰之间也不是一天两天了，她不应该变化如此之快，现在竟和自己撒上谎了。郝磊恼怒地骂了声：“有点儿姿色的女人都是婊子，说变就变。”

郝磊的手机响了起来，电话是那峰打来的，约他到罗马洗浴城娱乐间玩会儿。郝磊犹犹豫豫地答应了。

那峰是走黑道的，经常组织赌局，从抽红和放高利贷中获利。郝磊此时本不想赌，但他欠了那峰不少高利贷钱，因此不好拒绝。

郝磊走进了街旁的工商银行，从工资卡里取出了仅有的一万元钱，打出租车向罗马洗浴城奔去。

郝磊在罗马洗浴城的娱乐间里赌了一个通宵，不仅输掉了自己带来的一万元钱，还输掉了借高利贷的五万元钱。

当几缕阳光透过窗帘射入室内时，郝磊看了下手表，已是清晨6点。这时，他的对家摸了张麻将牌，激动地推倒麻将说："摸了个宝中宝，赢了。"

郝磊烦躁地把跟前的几百元钱扔到牌桌中间："就这么多钱了！我该下场了。"

那峰说："我再给你拿点儿钱，再玩会儿。"

"今早单位还有事，等改天再玩儿。"郝磊说着从椅子上起身要走，可那峰的两个跟班堵住了门口。

郝磊扭头看着那峰。

那峰眼皮都没抬地说："郝磊，加上我昨晚借你的五万元钱，你已经欠我三十万了。加上利息，你应该知道该还我多少钱吧？"

郝磊强装硬气说："我没说不还你吧？"

那峰挥了下手，堵在门口的两人让开。

郝磊刚到单位，他办公桌上的电话响了起来，他拿起了电话："喂？"

电话里问："你是郝磊吗？"

"我是，你哪位？"

"我是公安局刑侦支队，我叫郑君，我们想找你了解点儿事情，麻烦你到公安局来一趟。"

一听说是公安局找自己，郝磊不禁激灵一下直起了腰，不过他还故作深沉地说："我没犯法，到你们公安局做什么？"

"我们只是找你了解情况，如果你不方便来，我们到你单位也行，不过那样的话或许对你有影响。"郑君显然在为他考虑。

"那……"郝磊踌躇着说，"那好吧，我去公安局。"

4

在调查商克峰的外围关系时，顾盛宽从马文秀手机的通话记录上发现她与郝磊通话频繁，进而又了解到，她与郝磊也关系暧昧。基于此，顾盛宽指示郑君接触下郝磊。郑君事先得知，郝磊嗜赌。

郝磊到刑侦支队，神情疲惫地问郑君和孟凡生："不知你们找我什么事？"

郑君注视了会儿郝磊，答非所问地问："看样你昨晚没休息好，赌了一宿吧？"

"赌什么……"郝磊有些慌乱，"昨晚是跟几个朋友打了会儿小麻将。"

郑君说："不是打小麻将那么简单吧？"

郝磊一开始认定警察找自己是赌博的事，但随即又对自己的认定有些怀疑："真的，就是打了会儿小麻将。"

郑君说："你把昨晚打麻将的事说说。"

"昨天下午我跟妻子办理了离婚手续……"郝磊接着说，

“当时挺郁闷的，就和那峰等几人在罗马洗浴城打了半宿麻将，带点儿输赢，五块钱一个子的。”

郝磊之所以半真半假地这么说，一方面想证明自己说的有那码事；另一方面，自己说的也够不上赌博，即使警察找那峰了解情况，那峰肯定也不会说实话。

郑君没再追问郝磊赌博的事，而是问起了他离婚的事：“你跟妻子因为什么离婚？”

郝磊跟妻子离婚就是因为自己嗜赌，可这话不能说。他说：“性格和不来，一时半会儿也讲不清楚。”

郑君问：“你在外边有女人吗？”

郝磊拘谨地笑了下：“现在这个社会，你说谁会安分？出苦力的还常花个百八十元钱上按摩房嫖个娼呢。”

“马文秀你认识吧？”郑君盯着他问。

“认识……”郝磊虽承认自己不安分，但若问到具体的人上，他还是有顾忌的，“我跟她是中学的同学，不过我跟她很少往来。”

郑君点破说：“不对吧？你俩经常联系，你还领她去过一些饭局。”

郝磊愣怔了下，说：“那是以前的事了，最近我俩没什么来往。”

“只不过最近来往相对少些。”郑君敲打他说，“郝磊，我们找你了解情况，有些事你敷衍，我暂时不跟你计较，但关于你和马文秀的事，你要说实话。你说的话跟我们掌握的若是有出入，那就是你的不对了。你日后说不定还得跟我们打交道，你和我们的关系不融洽的话，对你是否有利你心里应当清楚。”

郝磊思忖，看来警察是了解自己赌博的，他们想要整治自己的话，自己的公职可能都不保。他权衡后认为，自己已离婚，马文秀也没了丈夫，即使自己说出和马文秀的关系对两人目前也没什么影响。他定下心来，嘘了一口气说："我说实话，你们问吧。"

始终没言语的孟凡生问："你和马文秀什么时候认识的……"

郝磊说，自己和马文秀是高中同学，那时他就倾心于马文秀的美貌；后来走入社会有了经济条件后，他又跟马文秀有了联系……两年前他就知道马文秀跟商克峰好上了，但马文秀并没有因为跟商克峰好而冷落他，所以他和马文秀的关系始终还可以。

当孟凡生问，马文秀最近这几个月有没有明显的情绪变化时，郝磊说，马文秀在丈夫程坤江被害后情绪消沉一段时间，别的倒没什么变化。他没有说出程坤江被害后马文秀明显对自己冷落的事。

郑君问："2013 年 12 月 1 日下午你和马文秀通话说什么了?"

郝磊说："时间已过快半年了，我想不起来了。"

郑君说："你应当能想起来，因为那天晚间程坤江被害，第二天你和马文秀又通了电话。"

郝磊说："让我想想。"两分钟后，他仍一头雾水地说："时间太长了，我真的想不起来我跟马文秀都说些什么了。"

郝磊的回答看似平常，可郑君从郝磊恍然想起什么的神情中看出了端倪，不过他没再问郝磊别的，他说："今天就先到这儿，如果你过后想起什么需要向我们反映的，随时联系我们。"

5

在省委党校学习的刘玉东得知"12・1"案件的调查目标又指向商克峰后，不免焦虑地打电话告诉耿禹，密切注意案件的进展情况，有新情况及时向他汇报。作为刑侦支队政委的耿禹，没有考虑刘玉东让他关注案件进展情况的真实目的，只是怀着投机的心理整日琢磨着怎么在仕途上再进一步，为此他对刘玉东俯首听命，开始直接或间接地收集案件的侦破情况。

刘玉东报信给商克峰说，因“12·1”案件程坤江母亲的上访，加之市长高维斌对案件的关注，你很被动，商书记与高维斌和市政法委书记周明辉听取了顾盛宽的案情汇报后，作了指示。顾盛宽正加大力度调查你……

商克峰在办公室跟刘玉东通完电话，惶恐不安。

这时，在商克峰身边的马文秀的手机响了起来。马文秀看了下来电显示，见是郝磊，没有接就挂断了，且把手机关了。

对于商克峰而言，此时的马文秀是决定他吉凶祸福的关键人物，她要是出卖他的话，那他就死定了。马文秀没有接电话的举动，忽然让商克峰敏感起来，他盯着马文秀问：“谁来的电话？你怎么没接？”

“啊……”马文秀略带腼腆地说，“是我一个高中同学来的电话，他老想约我吃饭，我不愿理他。”

男人惦记漂亮女人属常事，这点商克峰明白。他听了马文秀的话，就没再说别的，沉默了会儿，说：“文秀，现在的季节，南方的景致很不错。我们出去走走吧。”

马文秀知道，只要商克峰外出，十有八九是躲事。她听出来，商克峰刚才接的是刘玉东的电话。马文秀有种不好的预感。她问：“刘市长在电话里说了些什么？”

商克峰忿忿地说：“程坤江被害一案，现又开始对我调查。”

“你的嫌疑不是已经排除了吗？”

“顾盛宽对刘玉东的话置之不理，始终抓着我不放，我的嫌疑怎能排除得了。”商克峰认为，症结就在顾盛宽身上。

马文秀不免担心："那这么下去也不是办法。"

商克峰嘴上仍自信地说："我的事只有你和刘玉东知道，刘玉东没什么问题，只要在你身上不出现什么闪失，顾盛宽对我再怎么怀疑，也是枉然。"

马文秀看着商克峰，愈发觉得这个曾给过自己富足和快乐的男人，现在却犹如阴霾笼罩在自己的心头。此时，马文秀的心中五味杂陈，既有对亡夫程坤江那由曾经的憎恨变为的愧疚，也为自己无奈地包庇商克峰感到自责和惶惑，更有对自己日后的人生无所依托的茫然。

商克峰对马文秀的情感是真挚的，否则就不会因马文秀而走到目前危机的境地。不过，他难以理解马文秀内心的矛盾和痛苦，马文秀阴郁的表情让他怜惜。他在靠椅上前倾着身子，隔着办公桌抚摸着马文秀的面庞，安抚地说："没关系的，事情很快就会过去……"

敲门声打断了商克峰的话，他坐直了身子，说："请进。"

安彦斌推门进来，见了马文秀，略显踌躇。

马文秀见状，对商克峰说了句："我那边还有事。"就从椅子上起身走了。

商克峰问安彦斌："有事？"

安彦斌说："商总，最近我听说，警方在暗中调查咱们的情况，还到法院调阅了 2011 年 8 月份发生在咱们酒店娱乐城的那起伤害案的卷宗。"

商克峰说："发生在娱乐城的案件，法院都已作出了判决，警方复查只不过是走形式，没什么大不了的。"

作为酒店保安部长的安彦斌听了商克峰的话，仍有些不放心地问："案件都过去近三年了，警方怎么还调查呢？"

"那个死者王成的媳妇修芳整个儿一个精神病。法院对案件判决时，咱们跟她谈民事赔偿这一块，她张口就要一百万，目的没达到，就四处告状。”

“原来是这样。”安彦斌释然，接着说，“安总，我还有件事，不知你能不能帮我？”

商克峰很爽快：“你有什么事就尽管说，只要我能做到的，肯定给你办。”

“我儿子今年大学毕业，要到美国读研究生，需要一笔费用。你也知道，我跟妻子离婚多年，就我一个人供儿子念书……”

商克峰打断安彦斌的话：“还差多少钱？”

安彦斌说：“三十万。”

商克峰犹豫了一下，但还是拿起电话说：“我给财务打电话，你到财务取去。”

安彦斌感恩戴德：“多谢了，商总，这笔钱我日后一定还你！”

6

马文秀早晨打开手机时，手机显示出郝磊发给她的一则短信：为何近段时间不理我？还不接我的电话？几天前警察找过我，打听程坤江被害那两天咱俩的接触情况。

马文秀的心一下子悬了起来，她很清楚，若是郝磊对警察说出实情，自己和商克峰在一起的谎话就会被揭穿……马文秀不敢怠慢，慌乱地拨着郝磊的电话。

电话拨通，马文秀第一句话就问：“你没对警察说实话吧？”

郝磊不满地说：“你对我的疏远，似乎并不在乎我说没说实话。”

“咱俩的关系也不是短时间的了，我岂能对你疏远？近段时间我不是不理你，而是我确实很忙；我不接你电话，是我不方便接。”马文秀解释着。

“我想见你，你定个时间吧。”

此时即使郝磊不说想见马文秀，马文秀也会约他的。马文秀说：“一个小时后，咱俩在凯丰茶艺室见面。”

“不见不散。”郝磊挂断了电话。

郝磊提前半小时走进了凯丰茶艺室，他走进一个单间，告诉服务员上一壶铁观音。

没过一会儿，服务员端着沏好的茶进来说：“不好意思，先生，吧台说，这个单间已经有预定了。你上隔壁的单间吧。”

郝磊琢磨，上午竟然还有人预定来喝茶？不过他还是按照服务员的意思，到了隔壁的单间。他压根儿没想到，几天前他离开公安局后，警方便开始对他进行监控。他进的单间，警方已放置了监听设备。

郝磊喝着茶，思忖着自己和马文秀之间的事：近段时间，我多次打电话约她，可她始终对我很冷漠；我一提警察找过我了解她的事，她便爽快地接受了我的邀约。她为什么这么在意警察了解她情况呢？警察想了解她丈夫程坤江被害那个时间段的情况，难道她与程坤江的被害有关系？郝磊想到这儿，心里一激灵。

郝磊续第二杯茶的时候，马文秀坐在了他的对面。他给马文秀斟了一杯茶。

马文秀直奔主题：“警察什么时候找的你？都问了你什么？”

郝磊没有直接回答马文秀，而是指了下马文秀跟前的茶杯说：“喝口茶吧。”

马文秀没有动茶杯，直直地盯着郝磊。

“马文秀，看样子你很紧张啊。”郝磊故作轻松地笑了下说，

“在我没回答你之前，你得告诉我，你为什么这么在意警察找我？”

马文秀冷冷地说：“我不回答你，可以吗？”

郝磊知道，马文秀不想回答，里面肯定有事。他心中也明白，马文秀此时的神态和前段时间对自己的疏远，已说明自己和马文秀的关系走到了尽头。他忽然觉得，既然如此，何不趁机向马文秀要笔封口费？他假意豁达地说：“你当然可以不回答我，我也可以保守程坤江被害那天咱俩在一起的秘密。”

马文秀将信将疑：“这么说，你没对警察说什么了？”

“警察三天前找的我，通过我了解你的情况，还特意问了程坤江被害那两天咱俩通话都说了什么。我说，时间长了，想不起来了……”郝磊简要地把警察找自己的经过跟马文秀说了一遍。

马文秀嘘了一口气，喝了口茶说：“郝磊，谢谢你。”

“咱俩关系这么多年了，我能做到的，肯定会做。”郝磊转了个话题，“文秀，前几天我和罗莉离婚了。罗莉卷走了家里的钱财，弄得我经济很紧张。”

“你想让我帮你？”马文秀问，“你需要多少钱？”

郝磊犹豫着说：“二十万。”

二十万元钱对于马文秀来讲虽不算什么，但她还是厌恶地说：“你赌徒的个性已渗透到你血液里了。”

郝磊淡笑，说：“我给你保守的秘密，难道不值二十万吗？”

马文秀从拎包里拿出一张银行卡，扔给郝磊：“这卡里有二十多万，密码是我手机号码的后六位。”她接着站起身，出了单间，“日后我不想再见到你。”

郝磊把银行卡揣到衣兜里，怡然自得地说：“谢了。”

郝磊刚走出凯丰茶艺室，被两名男子挡住。其中一个掏出工作证，说：“我们是公安局的，你跟我们走一趟。”

第七章

1

马文秀时常和商克峰住在一起。这天，两人在地下车库分手时，马文秀说，她先要到银行办点儿事。

在一个十字路口，马文秀的红色奥迪跑车被交警截下。接着，几个穿便衣的人把马文秀带到一辆警车上……

在不远处坐在车里的商克峰，看着前面的情形，大惊失色。他慌忙给刘玉东打电话，说了马文秀被警察带走的事情，让刘玉东在省委党校等他。

刘玉东说："咱俩不要在外见面，你直接到昆仑酒店 9888 号客房。"

商克峰去清江的路上，单位的副总经理薛贺打来电话，又给他带来了保安部长安彦斌被警察带走的消息。商克峰接完电话，气恼地双手用力拍了下方向盘："他妈的，顾盛宽，你为何要跟我过不去？"

在昆仑酒店，商克峰焦虑地问刘玉东："安彦斌也被抓走了，你说现在我该怎么办？"

"安彦斌被抓，刚才刑侦支队的耿禹打电话告诉了我。耿禹说，待了解完情况再给我打电话。等耿禹给我信儿，咱俩再商量事情该怎么办。"刘玉东思忖下说，"东林现在对你来讲很不安全，你最近就住在这酒店吧。"

商克峰怔了下，刚要开口问什么，刘玉东的手机响起，他拿起手机说："耿禹来电话了。"

刘玉东跟耿禹通完电话说："耿禹说，马文秀被抓，是一个叫郝磊的男子把她撂了出来。马文秀跟郝磊是相好，2013 年 12 月 1 日那天晚上，马文秀跟郝磊在一起。马文秀曾告诉郝磊，即使警察问也不要说出那天两人在一起的事。警察对你的外围调查时，发现了马文秀跟郝磊的暧昧关系。警察先找了郝磊，了解他案发那天晚上和第二天跟马文秀通话的情况，郝磊以时间长了记不清为借口搪塞警察。但郝磊没想到，他出了公安局的大门，警察就给他上了技术手段……"

商克峰打断刘玉东的话："那马文秀交代了吗？"

"马文秀现在还一口咬定，案发那天晚间跟你在一起，不过她能不能挺住还不一定。"

商克峰沮丧地坐在沙发上，不再说话。

刘玉东踱着步，思忖了半天说："只要马文秀能够挺住，不说实话，就可以给我们缓冲的时间，或许事情会出现转机。"

“真的吗？”商克峰眼睛一亮。

刘玉东胸有成竹地点下头，说：“安彦斌的事情不好办，警察经内查外调，已经认定，2011 年 8 月份，在新概念娱乐城王成被殴打致死是安彦斌指使的。不过，他也判不了几年。”

商克峰突发奇想，说：“若安彦斌能把程坤江被害的事担下来就好了。”

刘玉东说：“只要安彦斌愿意，也不是不可以……”

“若把我的意思转给安彦斌，他应当能把事担下来。”商克峰说，“他几天前因儿子出国留学，在我这儿拿了三十万，我对他是有恩的。”

刘玉东说：“到时候可以这么办……”

商克峰和刘玉东在客房里待到晚间 7 点时，耿禹又给刘玉东打来了电话，他说，马文秀始终没交代实情，被以涉嫌伪证罪和安彦斌同时送到看守所刑拘。

刘玉东挂断电话，脸上露出阴险的笑……

2

顾盛宽在厨房招呼柳晓宇过来吃早饭。

柳晓宇做完肝癌手术后，身体恢复得不错，她走进厨房，坐到餐桌旁。顾盛宽把一杯热奶放到她跟前。

顾盛宽已经先于柳晓宇吃完饭，他走到凉台，打开窗户，点燃了一支烟。

昨晚是顾盛宽半个月来第一次回家。

柳晓宇问：“你忙活了半个月，最近发生什么大案了吗？”

顾盛宽说：“没发生什么大案件，就是调查上访案件。”

柳晓宇不知怎么想起了“12·1”案件，她问：“程坤江被害案破了吗?”

“快破了。”顾盛宽说，“我说的上访案件中，就有这起案件。”

“嫌疑人是谁?”

顾盛宽不愿透漏实情：“案件还没搞完，嫌疑人还不好确定。”

“那经你们调查，程坤江被害原因是什么?”

“因为女人。”顾盛宽脱口说出这句话后，又带着些许感叹地说，“妻子的不贞，给程坤江带来了杀身之祸。”

顾盛宽的话，使柳晓宇有所触动，她不再说话，沉默地吃着饭。

顾盛宽装作没有看到柳晓宇的表情，把烟蒂捻灭在烟灰缸里：“我该上班了。今早我在早市买了蔬菜，并列出了菜单。中午你让保姆按照菜单做。”

柳晓宇说：“你列的菜单做起来挺繁琐的，让保姆为难。”

“我是根据你的病情列的菜单，所以繁琐也得做。要不咱请保姆干什么?”顾盛宽说完上班去了。

柳晓宇吃完早餐后，保姆来了。保姆打扫着卫生，柳晓宇到书房打开了电脑。

柳晓宇首先打开东林市政府网。一个标题为“一个出卖色相当上领导干部的女人”的新闻弹窗引起了她的注意。她点击弹窗，新闻展开后出现了高维斌搂着她腰部的暧昧照片，照片下方写着她“工作能力低下、道德作风败坏、用姿色换取领导的欢心”等文字，让她瞠目结舌。

3

顾盛宽上班第一件要做的事情就是把“12·1”案件的侦破情况进行归拢，而后到市委向政法委书记周明辉汇报。

顾盛宽正聚精会神在电脑上写汇报材料，接到市公安局纪委书记庞荣忠打来的电话，庞荣忠叫了声老顾后说：“你现在到纪委来一趟。”接着便撂下了电话。

庞荣忠以往管顾盛宽叫“顾支队”，而这次在电话里的称谓则变成了“老顾”，且话语有些冷漠。

顾盛宽有种不祥的预感，不过他没有停下手头上的工作，写完汇报材料才向前楼内的纪委走去。

“来了，老顾。”庞荣忠见到推门而进的顾盛宽，从椅子上起身说，“你跟我到督察支队。”

顾盛宽想问庞荣忠找他什么事，可见庞荣忠满脸严肃，欲言又止。

庞荣忠把顾盛宽领进督察支队一间办公室，让他坐在门口的椅子上，他和两名警务督察像审问嫌疑人似的正对着顾盛宽，继而显现出痛心和无奈的样子，摇了两下头，说：“老顾，你是怎么整的……”

顾盛宽一头雾水：“我什么怎么整的？”

庞荣忠说：“有人举报你私放嫌疑人，你不知道？”

顾盛宽一听这话不由得一愣。庞荣忠说，2013 年 10 月 9 日，顾盛宽的堂弟顾盛友因伤害致死被抓后，在刑侦支队接受讯问时打开手铐跳窗逃脱。市公安局领导接到多封举报信，举报顾盛宽私放顾盛友。市公安局党委决定，让顾盛宽暂时停止工作，接受纪委的调查。

顾盛宽很清楚，今天的境遇与自己查办“12・1”案件有直接关系。这一切都是市政府副市长兼公安局局长刘玉东操纵的。他没做徒劳的辩解，只是淡笑了一下。

庞荣忠指着跟前的办公桌说：“老顾，你把与工作有关的物品都放在这儿，包括你办公室的钥匙。”

4

刘玉东提前结束了在省委党校的学习，回到东林的当天晚上就召开了局党委会议，拿着耿禹写给他的举报顾盛宽私放顾盛友的匿名信，一番大发雷霆后，宣布了让顾盛宽暂停工作并接受纪委调查的决定，刑侦支队的日常工作由政委耿禹主持。

第二天上午，就在顾盛宽被纪委书记庞荣忠叫到办公室时，耿禹也接到了刘玉东的秘书肖宪国的电话，让他到刘玉东的办公室。

刘玉东先把局党委会的决定告诉了耿禹，接着跟耿禹谈起“12・1”案件。他说，顾盛宽把商克峰当作嫌疑人进行调查是错误的。商克峰和马文秀都说，案发时他俩在一起，而实际上当时马文秀跟郝磊在一起，极有可能是涉及到马文秀的隐私而使她不愿吐出实情。刘玉东要求耿禹，查清第二个证据出现的原因，并另辟蹊径开展案件的侦查工作。刘玉东还提醒耿禹，加大对安彦斌的审查力度，他身上或许还有其他的案件，要对他进行深挖。

耿禹回到单位，即刻召开会议，传达了市公安局党委关于顾盛宽因涉嫌私放嫌疑人被停职接受纪委调查和自己主持刑侦支队日常工作的决定。

耿禹也有想不明白的地方，他回到办公室，坐在靠椅上，心里犯起了嘀咕。他能够感觉出，自己的那封匿名信发挥作用只是个由头，真正的缘由是，顾盛宽没把刘玉东的话当回事儿，把商克峰当作“12·1”案件的嫌疑人来查，以致惹祸上身。商克峰的父亲商兆明是市委书记，没有确凿的证据查商克峰本身就是犯忌的。据说刘玉东跟商克峰的关系也是可以的。既然刘玉东和商克峰有微妙的关系，那他为什么要加大对安彦斌的审查力度呢？商克峰是新概念酒店的总经理，酒店保安部长安彦斌是商克峰的左膀右臂，对安彦斌的漏罪进行深挖，显然对商克峰不利，可刘玉东为何要指示这么做呢？

耿禹琢磨了半天仍不得其解，自嘲地笑了下，转而想，考虑那么多干什么？只要自己跟紧刘玉东，按照刘玉东的话去做就是了。顾盛宽已被停职，接受纪委的调查，以顾盛宽的个性，即使纪委没调查出什么来，他也不会再当支队长了。顾盛宽这个障碍可以说已经扫除，自己现在已坐在刑侦支队主持工作的位置上，下面就得努力往副局长的位置奔了……

敲门声打断了耿禹的思绪，他说：“请进。”

郑君推门进来，把一封介绍信递给耿禹：“有两个律师说，想到看守所会见马文秀和安彦斌。”

“这两个人都是重点人物，我得请示下刘市长。”耿禹说着拿起了电话。

刘玉东说，律师在侦查阶段会见嫌疑人属于正常，可以答应律师的要求。

耿禹在介绍信的背面签下了“同意会见”和自己的名字，把介绍信还给了郑君。

郑君觉得有些意外，他说：“律师会见安彦斌倒没什么，马文秀可是‘12·1’案件的关键证人，现在还没有交代实质性问题。咱们要不要派人跟着，以防律师说些不该说的话？”

耿禹说：“顾盛宽把商克峰当作嫌疑人进行调查是错误的。刘市长要求咱们，查清马文秀跟郝磊在一起这一证据出现的原因，并另辟蹊径开展对案件的侦查工作。你不要指望马文秀会给案件的侦破带来转机。律师到看守所正常会见嫌疑人，用不着咱们人跟着监视。”

耿禹的话，使郑君清楚地意识到，必须把不利于商克峰的案发当日马文秀跟郝磊在一起的证据查否，或让马文秀自圆其说。这么办案，岂不是在从上至下人为地制造错案？他本想转身离去，可仍憋不住地问：“耿政委，没把商克峰查否就说查他是错误的，这是什么逻辑……”

耿禹摆手打断郑君的话：“你我都是听喝儿的，领导让怎么干就怎么干。”

郑君愤怒地摔门而去。

5

会见马文秀和安彦斌的两个律师，是商克峰聘请的企业法律顾问，准备按照商克峰的意图行事。

两个律师到看守所先会见了马文秀。马文秀认识这两个律师。其中的肖律师告诉马文秀，要摆脱目前的处境只有一个办法，那就是向警察交代，去年 12 月 1 日晚间 5 点到 8 点 40 分她跟商克峰在一起，而后才到的郝磊家。

马文秀问：“若是警察问我为何前后交代不一致怎么办？”

肖律师说：“这还不好跟警察解释吗？你就说，毕竟丈夫是在那天被人害死的，自己怎好意思启齿说那天晚间跟两个男人上床的事。”

马文秀若有所悟地点了下头。

在两个律师会见安彦斌时，肖律师让同事到门外把风，而后把手机递给安彦斌，让他跟商克峰通话。商克峰在电话里让他向警察交代，程坤江是他用鹅卵石打死的。安彦斌听了商克峰的话，没有即刻回答，而是张着嘴愣住了。

商克峰似乎揣摩到了安彦斌的心思，轻描淡写地开导说："你听我说，安彦斌，就是你把事揽下来也没什么大不了的。你虽背负两起伤害致死案，但在 2011 年 8 月打死王成那起案件中你并没有动手，只是指使，判不了几年刑……"

经商克峰的一番开导，安彦斌犹犹豫豫地答应了。

安彦斌跟商克峰通完话，把两起命案跟肖律师说了，然后问："这两起命案加起来能怎么判？"

肖律师说："若是做好法院方面的工作，2011 年那起伤害致死案，至多能判你三年；至于程坤江被伤害致死案，大约能判十一二年；刑期加起来的话，应是十五年左右。你每服刑一年，商总会给你补助二十万。刑期过半时，说不定你还可以办理假释。"

"我放心不下我儿子安强呀……"安彦斌此时唯一惦记的就是自己的孩子。

肖律师打断安彦斌的话："安强的事你就放心吧。安强前几天听到你出事的信儿后，到单位找商总问咋回事。商总说，是别人的事把你牵扯了进来，没太大的事。"肖律师说到这儿，又把手机递给安彦斌，"要不你再打个电话，跟安强说几句话吧。"

安彦斌接过电话，拨通了安强的手机。安彦斌安慰儿子说，没多大事，过不了多长时间就会走出看守所。安强告诉安彦斌，出国留学的事都准备好了，商克峰给了他五十万元。

安彦斌把手机还给肖律师，信誓旦旦地说："你让商总放心吧！"

6

网络上那篇败坏柳晓宇名声的文章，使柳晓宇的病情加重，住进了第一人民医院。被停职的顾盛宽在医院陪护着妻子。

柳晓宇问顾盛宽："你怎么不上班了？"

顾盛宽不愿吐露实情，苦笑着说："你病成这样，我怎能安心上班？我还是多陪陪你吧！"

顾盛宽说的话虽然言不由衷，可柳晓宇却相信了。想到顾盛宽细致和周到的照料，她心生愧意，不由得眼噙泪水。

顾盛宽递给柳晓宇纸巾，调侃地说："这么大岁数了，怎么还老这么伤感？"

在一旁的保姆看出夫妻俩有话说，就出了病房。

柳晓宇说："盛宽，你没听说什么吗？你没看见网上的东西吗？盛宽，咱俩夫妻一场，我对不起你……"柳晓宇不想再隐瞒什么，她要向顾盛宽坦陈自己龌龊的过去，以求内心的安然。

顾盛宽听出了妻子想要说什么，打断妻子的话："晓宇，你不要再说下去了。你我夫妻一场是上天注定的缘分，你我都半百的人了，况且你又病成这样，我们还有什么看不开的呢……"

顾盛宽衣兜里手机的铃声打断了他的话，他掏出手机接听着电话。电话是郑君打来的，他告诉顾盛宽，从刑侦支队逃脱的顾盛友被警察包围在红枫林小区的一栋楼上，顾盛友爬上楼顶，想要自杀。顾盛宽对郑君说："你们先不要有什么动作，我马上就到。"

顾盛宽对妻子说："有个案件，我得到现场去一趟。"

柳晓宇说："你去吧，多注意安全。"

顾盛宽走后，柳晓宇又想念起女儿来，她拿起枕边的手机刚要拨电话，一个电话打了进来。打进电话的是市政府办公室的秘书小冯，小冯告诉柳晓宇，高市长就要调走了，临走前想到医院看望她。柳晓宇听了小冯的话，心里不由得打了个问号：难道高维斌的调走是由于和自己暧昧关系的暴露所致吗？果真如此的话，高维斌就会和自己一样，因私情而被别人弄得不仅牵扯到名誉问题，而且一败涂地。本已不想再见到高维斌的柳晓宇，此时却难以拒绝，只好答应了。

半个小时后，高维斌和小冯走进了柳晓宇的病房。柳晓宇没有看到高维斌颓丧的表情，他仍如平常似的神采奕奕。或许高维斌在小冯和保姆面前不好对柳晓宇说些别的，只从领导的角度对柳晓宇进行了问候，他告诉柳晓宇，两天后自己将离开东林，任省发改委副主任。接着，他和小冯便向柳晓宇告辞，只有他临走时留在床头柜上那厚厚的信封和对柳晓宇关切的一瞥，才显示出他对柳晓宇不同寻常的心思。

出了医院，高维斌对小冯说，自己想单独走走。

高维斌走进了附近的一处公园坐下，脑海中浮现出柳晓宇的身影。对于柳晓宇他有种深深的自责，如果自己不到东林当这个市长，不想在城市的发展上有所成就，作为办公室副主任的柳晓宇就不可能受更多的累，她的病情也不至于到晚期才被发现；如果自己不提议让柳晓宇当副秘书长，别人对他和她的关系或许不会过于关注，也就不会造成她仕途受阻的局面……想到这儿，他又扪心自问：高维斌，作为一名市长，应该清正廉洁、品德高尚，而你却做了什么？竟和自己的下属产生了私情，让她在受病痛折磨之际又承受名誉败坏的打击；也让你在与别人的暗中角斗中，被对方抓住了把柄……

高维斌没有想到的是，最后使舆论哗然并致使他离开东林的发在网上的他和柳晓宇暧昧的照片和信件，竟与“12·1”案件有关。

7

孟凡生上午上班的时候，在走廊里被郑君叫住：“你跟我出去一趟。”

上了警车，孟凡生问：“出什么现场?”

郑君说：“东风派出所来电话说，曾因伤害致死从咱们这儿逃脱的顾盛友，出现在红枫林小区他母亲家里，你跟我去抓捕。”

孟凡生听了郑君的话，神情一怔。

孟凡生点燃一支烟，持打火机的手有些颤抖。

孟凡生的脑海中浮现半年前的一幕：那天晚间，顾盛友在一家娱乐室跟别人打牌赌博时产生了矛盾，抄起椅子抡在对方的头部，对方当时就栽倒在地，口吐白沫。顾盛友见势不妙，转身奔出娱乐室。被害者被送到医院不到半小时就没了呼吸。公安局110指挥中心接到报警，联动市公安局和分局出警。当天晚间，市公安局刑侦支队孟凡生值班，他和同事分头抓捕顾盛友。在火车站边的一家小吃部里，孟凡生把准备填饱肚子后坐火车逃逸的顾盛友堵在了单间里。他给顾盛友戴手铐时，顾盛友跟他小声说：“餐桌底下的黑塑料兜里有四万元钱，你若放我一马，四万元钱就归你了。”孟凡生拎起黑塑料兜，打开看了一眼，见里面的确有四沓儿百元钞票，犹豫了一下，把黑塑料兜装进自己的背包里。因服务员撩单间的门帘时看见他给顾盛友戴手铐，他不好再把手铐打开。他思忖了一下，拿出一支烟递给顾盛友。他拿打火机给顾盛友点烟时，把手铐钥匙塞进了顾盛友的手里。孟凡生本以为，顾盛友出了小吃部就可以混入火车站熙攘的人流，打开手铐逃跑，可没想到，他和顾盛友一出小吃部，就碰到了郑君。

顾盛友被押解回刑侦支队后，顾盛宽一听自己的堂弟被抓，过来看了眼，说了些让顾盛友如实交代案情、争取从宽处理的话。顾盛宽跟顾盛友说话期间，孟凡生出了办公室；当顾盛宽开导完顾盛友欲出门和孟凡生进门时，顾盛友打开手铐推窗脱逃。

孟凡生很清楚，顾盛友落网的话，定会说出给自己四万元钱的事情，他逃脱的内幕会就此揭开……他想到这儿，额头不禁冒出了虚汗。

郑君的一个急刹车，让孟凡生的头险些撞在前风挡玻璃上，他从愣怔中缓过神来，跟郑君下了车。

辖区东风派出所的两个民警迎了过来，跟两人打过招呼，其中一个民警指着不远处的一栋楼说："顾盛友的母亲家在三号楼的二单元 701 室，昨天是他母亲六十岁的生日，他可能是回家给母亲过生日。今早有邻居发现他在阳台上，便报了警。"

"顾盛友在七楼，他跳楼跑是不可能的了。"郑君对派出所民警说，"你俩在单元门口堵着，我和孟凡生到楼上去抓捕。"

两民警点下头，郑君和孟凡生向三号楼奔去。

进了单元，孟凡生掏出枪来，子弹上膛。

郑君说："别轻易开枪。"

在两人就差几层楼梯到七楼时，701 室的门突然打开，出来一个人，这人就是顾盛友。他一眼认出了上次抓自己的两个警察，情急之下向楼上跑去，他跑到顶楼八楼，顺着爬梯爬上了楼顶的平台。

顾盛友无疑成了瓮中之鳖。追到平台上的郑君说："顾盛友，半年前你打的人虽然死了，但你是伤害致死，不是故意杀人，法院不会判你死刑的。你何必这么难为你自己和我们呢？你跑不掉了，束手就擒吧。"

"我是跑不掉了。"顾盛友沮丧地说了这句话，刚要举手蹲下，却又面露惊恐地向后退着。

郑君扭头，见孟凡生正拿枪对着顾盛友。

郑君厉声说："把枪收起来。"

孟凡生收起了枪。

可顾盛友已变得情绪激动，退到墙边，单腿跨到墙外说："你俩别过来。你俩过来我就跳楼。"

"你冷静些。"郑君劝说，"你今年不到三十岁，不会在监狱待一辈子，你日后还要结婚生子，人生对你来讲还有大半辈子的路要走；你更要考虑你的家人，昨天你母亲刚过完六十岁生日，我想，你母亲也期望你能悔过自新……"

"我无法冷静。"顾盛友盯着孟凡生，认定他要杀人灭口，他把目光移向郑君说，"你俩若不想看到我跳楼，那就离开平台。"

郑君给顾盛宽打了电话，又打电话给局里请求增援。

郑君打电话时，顾盛友的情绪似乎稳定了些，跨在墙外的腿收了回来。而此时，孟凡生却奔向了顾盛友……

郑君无法阻止事情的突变，他忙收起手机，疾跑到墙边，伸出一只胳膊，想和孟凡生一同把顾盛友拉上来。可他的手还没触到顾盛友的手，顾盛友的手腕却滑出了孟凡生的手，他神情绝望地大叫一声……

第八章

1

顾盛友的死让孟凡生忐忑不安。

关于顾盛友的死，郑君虽认为是孟凡生临场处置过于莽撞的结果，但他在组织调查过程中说，顾盛友是畏罪自杀。郑君的守口如瓶，使孟凡生对他心存感激。

这天，孟凡生进了郑君的办公室，从背包里掏出两条中华烟，放在郑君的办公桌上："郑教，给你拿两条烟抽。"

郑君瞟了眼办公桌上的烟，冷漠地问："什么意思?"

"没什么意思。"孟凡生说，"一个星期前咱俩抓捕顾盛友的时候，我处置不当，多谢郑教对我的关照……"

郑君打断孟凡生的话，勃然大怒："你给我闭嘴。"

郑君很少对同事发脾气，他此时的态度让孟凡生有些吃惊，愣怔地看着郑君。

"那天咱俩去抓捕顾盛友，在车上时，你就是这神态……"郑君恍然感觉，孟凡生抑或是有意害死顾盛友。他指着烟说："我没有说你处置不当，也没有对你关照什么，你把这两条烟给我拿走。"

孟凡生识趣地把两条烟装回背包，悻悻而去。

郑君的神情由愤怒变为郁闷。

顾盛友跳楼之死是他难言的隐痛，此时，顾盛友跳楼后的情景又浮现在他脑海中：顾盛宽到了现场，看着趴在血泊中的堂弟，不相信地问郑君，怎么会这样？孟凡生跟随郑君工作十多年，郑君难以向顾盛宽说出实情，他解释说，自己和孟凡生在劝顾盛友的过程中，顾盛友突然情绪失控跳楼，自己和孟凡生没有拽住。

郑君办公桌上的手机响起，打断了郑君的思绪。手机显示来电的是顾盛宽，他拿起电话说："顾支队，您好！"

"不干支队长了，日后就别叫我顾支队了。"顾盛宽说，"小郑，晚间有时间吗？"

"有时间。"郑君一时改不了口，"顾支队，您有什么指示？"

"一个被停职的人能有什么指示。"顾盛宽说，"找你吃点儿饭，晚间 5 点半到君来菜馆。"

"好，我过去。"郑君挂断电话，寻思着，顾盛宽找我吃饭或许跟顾盛友之死有关。他继而心里说，我既然已经包庇了孟凡生，也只能接着撑下去了。

2

在君来菜馆的一个单间，一杯白酒下肚后，顾盛宽面带严肃地说："我问你个事，你要实话实说。"

郑君心里"咯噔"一下，不过仍面带不解地笑着说："您是我的师父，也是我的老领导，我教导员的职务还是您提拔的呢！您怎么对您的属下连起码的信任都没有了？我什么时候跟您说过假话呀？"

"那好，我问你，顾盛友那天跳楼真的没有外在因素影响吗？"

郑君说："顾盛友跳楼完全是他自己所为。"

顾盛宽脸上透着些许失望，若有所思地把弄着酒杯。

郑君倏然发现，顾盛宽近期苍老了许多，两鬓新冒出了些许白发，心中不免有些难过和愧疚。他想对顾盛宽说些宽慰的话，改口叫了声："师父。"接着叹口气说，"我知道，顾盛友如果活着的话，对您很重要，一方面您和顾盛友有亲情，你俩毕竟是堂兄弟；另一方面，您目前被停职，是缘于顾盛友从刑侦支队的逃脱。师父，您的心情我理解，可事已至此……"

顾盛宽打断郑君的话："小郑，事情你说对了一半，另一半你或许没有想到。"

郑君追问："您说的另一半是什么？"

"半年前顾盛友从刑侦支队逃脱，我怀疑他是用钥匙打开的手铐。若他真的是用钥匙打开的手铐，那么他的手铐钥匙从哪儿来的？极有可能是咱们内部人给的。"顾盛宽点燃一支烟，放慢语速说，"后来我经过调查得知，顾盛友去赌博前从建设银行取了四万元钱；跟他赌博的人也证实，他拎着的黑塑料兜里装着钱。在顾盛友被抓的火车站小吃部，有一个服务员证实，顾盛友拎着个黑塑料兜，可他被孟凡生抓获后押解出小吃部时，你曾说过，顾盛友随身没带兜子之类的东西……”

“这话我说过，我保证我说的是实话。”

“那么有些事情也就好解释了。”顾盛宽说，“孟凡生有背包的习惯……”

郑君插嘴说：“顾支队，您是说顾盛友用四万元钱收买了孟凡生，孟凡生把钱装入了他的背包里，而后他把手铐钥匙给了顾盛友，顾盛友跟您谈完话后，打开手铐从而逃脱？但这里面还有个疑问：如果孟凡生收了顾盛友四万元钱，直接给他放了不就得了吗？”

“火车站小吃部的服务员说，她看见孟凡生在单间里给顾盛友戴上了手铐。既然孟凡生已给顾盛友戴上了手铐，他就不好再放顾盛友。”顾盛宽说，“其实在顾盛友没跳楼前，我以上说的这些都只是推测。顾盛友已死，我的推测永远只能是推测，但我在顾盛友的尸体上找到了我推测的间接证据。”顾盛宽用力把烟捻灭在烟灰缸里。

郑君瞪大了眼睛。

顾盛宽接着说：“你跟我说，顾盛友跳楼时，孟凡生首先拽住了顾盛友，你上前要帮孟凡生往上拽顾盛友时，顾盛友却跌落了下去。顾盛友右手手腕上有一条抓痕，由浅入深，可中间突然断了。这只有一种可能：孟凡生抓着顾盛友的手腕，突然放开，才会形成如此抓痕。顾盛友右手腕上的抓痕就是间接的证据，也就是说，我怀疑孟凡生借顾盛友背负命案心中极度紧张，以跳楼对你们相威胁从而想逃避打击的情况下，他为了逃避自己私放嫌疑人的罪责，对顾盛友的跳楼起了推波助澜甚至胁迫的作用。”

郑君心中一颤，真想把孟凡生在抓捕顾盛友那天的不正常表现说出。他心里清楚，若是自己说出顾盛友的死与孟凡生有关系的话，也就验证了顾盛宽的怀疑，孟凡生就会被审查，别人诬告顾盛宽私放嫌疑人一事或许能得以澄清。他继而又想，自己实话实说极有可能带来其他后果，顾盛友的家属就会要求赔偿，媒体也会进行炒作。到那时，孟凡生被查出有问题，自己作为孟凡生的领导，并直接参与了抓捕顾盛友，能脱得了干系吗？

他不敢再想下去。

3

顾盛宽坚决要查出“12·1”案件真相的态度，使刘玉东以那封反映顾盛宽私放嫌疑人的匿名举报信为借口，停止了他的工作。刘玉东从停止顾盛宽工作的那天起，为了自己和商克峰的安全，就有不让顾盛宽再从事刑侦工作的打算。顾盛友跳楼半个月后，刘玉东召开公安局党委会，作出了对顾盛宽处理的决定：鉴于顾盛友被抓到刑侦支队后，顾盛宽作为顾盛友的近亲属，没有按照相关规定进行回避，而是私自与顾盛友接触；顾盛友的脱逃虽不能认定是顾盛宽私放的结果，但顾盛宽与顾盛友私自接触属违纪行为，故给予顾盛宽免去刑侦支队支队长的职务、行政警告处分的决定，调至政治部老干部科工作。在党委会上，经刘玉东提议，决定由刑侦支队政委耿禹任刑侦支队支队长。

耿禹能当上刑侦支队支队长，是他给刘玉东送上二十万元钱的结果。在刘玉东的眼里，耿禹是接替顾盛宽的最佳人选。

耿禹当上支队长后，刘玉东再次明确指示他，把“12·1”案件处理好。对刘玉东的意图，耿禹心知肚明，他把案件的查办工作交给了他当了支队长后首先在巨无霸海鲜城宴请他的孟凡生。

孟凡生和邵明到看守所提审了马文秀。

孟凡生问："马文秀，你因作伪证被抓已有一个多月了，这段时间考虑得怎么样了？我奉劝你一句，你应当如实交代问题。"

马文秀对肖律师的话已铭记在心，面色平静地说："我考虑好了，我是应当如实交代问题。"

"这就对了。"孟凡生说，"你把去年 12 月 1 日那天的行踪说一遍。"

"白天我在新概念酒店工作一天，没有去任何地方。下班后，5 点我和商克峰在酒店吃的饭，酒店的员工可以证实，饭后我跟商克峰到了他的住处……"

孟凡生打断马文秀的话："郝磊说，12 月 1 日晚间你和他在一起，怎么解释？你还让郝磊隐瞒你俩在一起，郝磊因而对你进行敲诈。这些我们都有证据。"

"你听我把话说完。"马文秀接着说，"12 月 1 日白天，郝磊给我打电话说，他妻子出差不在家，让我晚间下班直接到他家。可那天下班时，商克峰给我打电话，让我到他那儿，晚饭后我到了商克峰的住处。8 点半多，我以得回家为由离开了商克峰的住处，到了郝磊家，晚间住在了他家。"

"那你为什么在'12·1'案件案发后，警察找你时你一口咬定那天晚间始终跟商克峰在一起？"

"是这样。"马文秀苦涩地笑了下，说，"我和程坤江的婚姻虽然名存实亡，我也时常不在家住，可我俩的婚姻关系还在。程坤江被害对我来讲虽然是个解脱，但我内心却很悲伤，并有一种负罪感。我负罪感的由来是，我在程坤江被害的那天晚间竟然放荡地和两个男人厮混。本来我跟商克峰就不明不白地让别人非议，我若是再把那天的实情说出来，会更让人唾弃！有时我想，我若是个贤淑的女人，晚间能陪在程坤江的身边，他就不会在冬日里酒后外出而命丧黄泉……”马文秀在编谎话的过程中，或许内心中萌生出了些许忏悔，还落下了几滴泪水。

孟凡生从背包里掏出手机，出了提审室，向耿禹汇报了马文秀交代的情况。耿禹说：“马文秀的交代应当是真实的。”

孟凡生说：“我明白了，耿支队，那咱们就以马文秀交代的为准。”

在提审郝磊的时候，郝磊在孟凡生的诱供下，重新作了交代。至于马文秀给他的二十万元封口费，是他有意威胁马文秀不按实情向警方交代而实施的敲诈。

孟凡生没有在看守所提审安彦斌，而是把他提到刑侦支队进行讯问。安彦斌很会演戏，孟凡生审讯到半夜，他才像挤牙膏似的交代，程坤江在新概念酒店的客房里堵住了商克峰和马文秀，与商克峰发生了冲突。他帮商克峰把程坤江赶出了酒店，由此与程坤江有了积怨。2013 年 12 月 1 日晚间 7 点多钟，他外出吃完饭后徒步返回途中，碰见了程坤江。因程坤江骂他，他想把程坤江拽到僻静的江边浅滩处把话唠开，可程坤江情绪激动，先动手打了他，他拾起鹅卵石打在了程坤江的头部……

孟凡生洋洋自得地把提审笔录交给耿禹看，耿禹看过笔录，夸赞他一番，并说要给他报请二等功。

没过几天，马文秀和郝磊相继走出了看守所。

郝磊以为，自己还可以回到税务局工作，而税务局以他涉嫌犯罪为由已将他开除。接着，郝磊又接到了那峰打来的催促他还高利贷的电话。郝磊感到，已无法在东林待下去，便把住房卖掉，离开了东林。

4

顾梦阳和韩宣得知母亲病危，从北京赶回了东林。

已处于昏迷状态的柳晓宇，对女儿断断续续地说："梦阳，日后参加工作后要把握好自己，清白做人。"

三天后，柳晓宇咽气的时候双目圆睁，且泪水朦胧。

顾梦阳看得出，母亲是带着痛苦和遗憾离世的。她从父亲始终沉郁的面容上揣测出，父亲心里不仅有母亲去世引发的悲伤，并有难以释怀的隐情。她思忖，自己离家这几个月来，究竟发生了什么？

料理完柳晓宇的后事，韩宣因故先回了北京。顾梦阳想多陪父亲几天，没有走。一天，她在家里的电脑里惊愕地看到了母亲从网络上复制下来的那封举报信和照片。在举报信的末尾有一句话："是谁在败坏一个垂死人的名声！"这句话与举报信上的字体不一致，显然是柳晓宇打上的。

顾梦阳认定，正是这篇文章，加重了母亲的病情，使她临终前处于自责和悔恨之中。想必父亲的沉郁也与这篇文章披露的事情有关。

顾盛宽按时下班回到家，见厨房的餐桌上已备好了四个菜，其中有一道菜是自己最爱吃的卤猪蹄。他在餐桌旁坐下，顾梦阳拿起一瓶郎酒给他斟了一杯。

顾梦阳吃完饭并没有起身离去，而是看着父亲喝酒。顾盛宽半头白发和额头及眼角处明显的皱纹展现在她的眼前，她喟叹父亲的老相不像是五十刚出头的样子，而犹如六十余岁的人。她不由得心里酸酸的，她不难想象，言语不多但血性刚毅的父亲，在看到那篇关于母亲的举报信之后，心中该承受怎样的羞辱和愤懑。可是父亲在母亲的面前却看不出有什么不满，他以一种常人难以做到的宽容，兑现着对家庭的责任……

顾梦阳不觉间双眼湿润了。她感伤的表情，让不理解女儿心情的顾盛宽拿起酒瓶往她跟前的碗里斟了些酒："姑娘，又想妈了？你妈在九泉之下肯定希望咱爷俩开心过日子。逝去的人，我们可以怀念，但不要沉湎于悲伤之中。来，陪老爸喝酒。"

顾梦阳端起碗，跟父亲喝了口酒，顺着父亲的话说："我知道了，爸。"

"这就对了。"顾盛宽点燃了一支烟。

顾梦阳因母亲病危回家以来，见父亲每天都十分规律地上下班，这在以前是很少见的，她不禁问："爸，我看您每天按时上下班，单位怎么不忙了？"

顾梦阳的话触到了顾盛宽的痛处，他说："爸爸不在刑侦支队干了，调政治部老干部科了。"

顾梦阳知道父亲酷爱刑侦工作，刑侦工作的挑战性，让父亲觉得实现了自己的人生价值。她惊诧地问："爸爸，您怎么调离刑侦支队了呢？"

"犯错误了，我刑侦支队长的职务被免了。"顾盛宽觉得，自己的现状应该对女儿说，可自己被免职的隐情没必要跟她说，于是他说，"你堂叔顾盛友的事你也知道。他当初被抓进刑侦支队后，竟在刑侦支队逃脱了。他逃脱前我接触了他，所以有人写匿名信告我私放嫌疑人。就在你这次回来几天前，顾盛友跳楼畏罪自杀。虽然没有证据证明我私放顾盛友，但我私自接触他属于违纪，所以我被免了。"

顾盛宽猛吸两口烟，把烟蒂捻灭在烟灰缸里，接着又点燃了一支烟。

“爸，即使您跟顾盛友接触了，可没有证据证明您做了不该做的事。我认为你们公安局对您的处理过于重了。”顾梦阳替父亲抱怨说，“爸，您从警二十多年来破过多少大案要案，您把自己的生命都融入到了刑侦工作中！你们公安局这么对待您这样功勋卓越的老民警，我看不正常。”

顾盛宽看开似的说：“既然自己有错，组织上对自己处理的重与不重那都无所谓了。”他接着不无感叹地说，“你要是像你母亲似的，能写点儿东西就好了。爸爸经历的事情，够你写一本书了。”

5

耿禹把公安部批复复查的“2011·8·9”案和省厅挂牌督办的“12·1”案两起案件侦破情况的材料，上报给了省公安厅，省公安厅对东林市公安局以攻坚克难精神成功侦破两起案件，发来了贺电并给予了表扬。同时，东林市委书记商兆明获悉“12·1”案件侦破后，作出了让市公安局表彰有关人员的批示。

在安彦斌交代了自己所谓的罪行一个月后，市中级人民法院便开庭对“2011·8·9”案和“12·1”案进行了审理。法院最终认定，2011年8月9日在新概念酒店发生的伤害致死案，因王成酒后结账时与收银员在打折问题上发生分歧，王成摔碎器皿后与保安发生冲突过程中被殴致死。安彦斌在此案中虽没动手，但起到了指使作用，为此法院以故意伤害罪判处安彦斌有期徒刑三年。“12·1”案件，因程坤江怀疑妻子马文秀与商克峰有染，多次到商克峰经营的新概念酒店滋事，作为酒店保安部长的安彦斌在制止程坤江滋事的过程中，与程坤江有过肢体冲突，由此两人结怨。2013年12月1日晚8时许，安彦斌在回家的途中，在西四条路松江大桥附近遇见程坤江，两人相互辱骂，继而发生厮打。安彦斌持鹅卵石击打程坤江左侧额头，致其颅骨凹陷性骨折，合并重型颅脑损伤死亡。针对“12·1”案件，法院以故意伤害罪判处安彦斌有期徒刑12年。安彦斌二罪并罚，合并执行有期徒刑14年。法官向安彦斌下达判决书时，问安彦斌是否上诉，安彦斌表示，服从判决，不上诉。

“12·1”案件是从省领导到当地百姓都十分关注的案件，可法院在开庭前，并没有按惯例公示案件的开庭时间，由此旁听人员稀少。开庭期间也没有新闻媒体进行采访。顾盛宽到了庭审现场，坐在一处不引人注目的地方。他看到，公诉人与法官及辩护律师，还有被告人，像是达成某种默契似的，对整个案件没有质疑，也没有争论。他被免去刑侦支队长的职位后，得知耿禹领人另辟蹊径地把“12·1”案件侦破的消息，心中很是惊异。他想，这是刘玉东和商克峰设计的一出戏，这出戏是否能够落幕，还得经过检察机关的起诉和法院的判决。他希望检察院和法院能够识破案件的破绽，可看过庭审后很是失望，检察院和法院既没有深究嫌疑人的作案动机，也没有让当初在案发现场看见有两个男人激烈争吵的一对情侣对嫌疑人进行指认。

“12·1”案件的了结，让顾盛宽深切感到，刘玉东和商克峰所设计的不是一般的戏，而是用权势和金钱遮天蔽日的大戏。

6

有一段时间，顾盛宽在上班的路上，总感觉有一个老妪在注视自己。一天早上，这个老妪走到顾盛宽的跟前问："你是顾盛宽吧？"

顾盛宽止步，见老妪穿戴整洁，却面容凄楚。他点下头："对，我是顾盛宽。你是哪位？"

"我叫邓梅。"邓梅说，"我是程坤江的母亲。"

"啊，你是程坤江的母亲。"顾盛宽有些诧异，"你找我有什么事吗？"

"我想找你谈谈。"

"你是想说你儿子的事吗？"

邓梅凝重地点下头，说："咱俩在街边说话不方便，我住处在附近，你跟我到我的住处谈吧。"

顾盛宽踌躇了一下："好吧。"

邓梅让顾盛宽坐在客厅沙发上。

顾盛宽问："你要谈你儿子什么事？"

邓梅搬把椅子坐下，答非所问地说："你知道我怎么认识你的吗？"

顾盛宽摇下头。

"我儿子被害后，因案件没有及时侦破，我就到省里上访，通过我儿子生前好友魏军，把上访材料转给了省委书记苏振民。后来我听说我儿子的被害案，成为省公安厅挂牌督办案件，案件的责任人是你。有一天，我到你们刑侦支队找你，打听案件侦破情况。我见你从挂有支队长门牌的办公室门出来，刚要过去叫你，一个自称是郑君的人拦住我，说你要开会去。他问我有什么事。我一说出我是程坤江的母亲，他就说，我明白你来的目的。他让我放心，他说，你是个刚正不阿、秉公执法的人……”

用刚正不阿、秉公执法这样的词形容执法者，应是最高的褒扬，而此时这两个词犹如一根锐利的针，扎到了他的痛处。他打断邓梅的话：“说你儿子的事。”

邓梅沉默了会儿，情绪激动地说：“法院开庭时我去了。那个叫安彦斌的人承认害死了我儿子。可他跟我儿子无冤无仇，即使他在新概念酒店跟我儿子发生过矛盾，他也不可能害死我儿子呀！他肯定是替商克峰顶罪。再有的是，马文秀在这起案件里作的是伪证。听说马文秀正卖滨江别墅，她拢完钱财就会离开东林。到那时你们再想调查什么就很难了，你们绝不能把这起案件办成糊涂案呀！若是如此的话，那我儿子的冤屈就会石沉大海，永难伸张了……”

顾盛宽没有料到，邓梅竟会对“12・1”案件的审理结果看得如此清楚，并把错案的纠正寄托在自己的身上。他只得说：“你的心情我理解，可是我没有能力帮你。我现在已不是刑侦支队长了，我在公安局老干部科工作。你如果对案件的判决有疑问的话，可以找法院，也可以通过信访的途径来反映问题。”

邓梅听了顾盛宽的话，愣怔了下，而后毅然地说：“即使搭上我这把老骨头，我也要把我儿子的被害案搞清楚。”

邓梅凄苦的神情和孤注一掷的选择，让顾盛宽心里很不好受。他想说些慰藉的话，但却不知说什么好。他黯然地看下手表说：“我该上班了。”便从沙发上起身。他没等邓梅再说什么，就离开了她的住处。

7

邓梅虽认定安彦斌替商克峰顶罪，可她找不到愿意帮她打这场官司的律师，只得到省城清江市接着上访，要求司法机关重新审理此案。

与此同时，马文秀接到法院通知：邓梅申请法院对程坤江的财产进行调查，以便跟马文秀分家析产；邓梅与马文秀没有分家析产前，马文秀对财产不得处置。马文秀询问了肖律师，肖律师说，像她家这种情况，邓梅应得到家庭全部财产的四分之一。马文秀深知家庭财产的状况，还在生产的坤江石油机械厂固定资产就值两千万，再加上其他财产的话，应在三千万左右。她心里不舍，这么一大笔钱若拿出四分之一给一个老太太，岂不等于白扔了一样？不过她又想，邓梅毕竟曾是自己的婆婆，分家析产后，自己也就安然了。

刘玉东给商克峰打电话，告诉了他邓梅再次上访的消息，并说："邓梅上访的材料省公安厅已转给了我，由于她没有法院徇私舞弊枉法裁判的真凭实据，从目前的情况看，不会对你我产生什么威胁。"

商克峰说："我听马文秀说，邓梅以前曾是大学老师，这个老太太很不一般；上次上访她不是把材料递到省委书记苏振民手里了吗？她现在虽没咱们的把柄，怕的是她日后再掌握了什么情况，那就麻烦了。"

刘玉东沉吟了下说："你派人盯着她，看她会跟什么人接触，咱们好以防不测。"

商克峰想，若是邓梅胳膊腿受点儿外伤，行动不便，还怎么四处告状?

封波是商克峰的表弟，在新概念酒店保安部工作。商克峰对他十分信任，把让邓梅胳膊腿受点儿伤的事交给了他。

顾盛宽去上班途中，邓梅突然出现在他跟前：“我前段时间去省城了。”

顾盛宽知道她到省城是上访，“哦”了一声，问：“怎么样?”

邓梅摇下头：“不怎么样，我写的材料不够充分，证明不了什么。”

顾盛宽同情地看着邓梅说：“算了吧，你这么大岁数了，不要再为这事奔波了。”

“不！我一定要探求真相。”邓梅说，“我生儿子那天，我丈夫出车祸死了。我没有再嫁，把儿子抚养成人，并成为一个对社会有贡献的民营企业家，我决不能眼睁睁地看着害死我儿子的真凶逍遥法外。”

“法院开庭时那个嫌疑人已经承认了犯罪事实，并已被处以刑罚在监狱改造。就目前的情形，你怎能把案件翻过来?”

邓梅盯着顾盛宽说：“所以你得帮我。”

顾盛宽苦笑着指了下自己：“我帮你?”

“对，只有你能帮我。”邓梅说，“我在没接触你之前，对儿子被害案的判决是对是错还难以肯定，在接触你后，你的神情告诉我，我对判决结果的怀疑是对的，那个安彦斌绝不是真凶。我儿子被害案，当初是省公安厅挂牌督办的案件，你是案件的责任人；案件整个侦办的情况，你是最清楚的；你若道出实情的话，我相信就能把真凶绳之以法。”

邓梅的话，让顾盛宽有种引火烧身的感觉，他摇摇头，离开了邓梅。

第九章

1

封波在找机会下手时，看到了顾盛宽和邓梅的接触，用手机把两人谈话的场面照了下来。

商克峰看了封波拍的照片，一怔，说："他俩怎么会在一起?"

封波问："那个男的是谁?"

商克峰没回答封波的话，而是问："他俩一起唠了多长时间？都唠了些什么?"

"他俩在一起唠了能有五六分钟，是老太太在街上遇见那男的迎上去唠的。我离他俩挺远的，他俩唠什么我没听见。不过好像是老太太在跟男的说什么事，表情挺严肃的。男的像是没答应，摇摇头，走了。"

商克峰面露恨意地说："我让你办的事情，要抓紧时间办。"

"这两天我就办。"

商克峰叮嘱："不要跟任何人说起我让你办的事。"

商克峰给刘玉东打了个电话，把顾盛宽和邓梅接触的事跟刘玉东说了。

刘玉东分析说："他俩接触能做些什么呢？难道邓梅告状不成，向顾盛宽寻求帮助？顾盛宽曾是侦破案件的负责人，虽然后期不接触这起案件了，但什么事情都瞒不过他。他刑侦支队长的职务被免和挨处分，他当然知道是他搞案件不识时务的结果。他比谁都明白，案件即使判决有问题，也是难以翻过来的。所以他应当不会帮助邓梅，更何况，他若是帮助邓梅的话，有可能面临更大的风险。"

商克峰说："只要邓梅和顾盛宽不串通一气就行。不过，邓梅老上访毕竟是个问题。"

刘玉东说："这个事我考虑过。我会让辖区派出所协同街道干部一同找邓梅做工作，让她确信，她儿子被害案的判决是公正的，无理上访是违法的。"

翌日上午，邓梅的住处来了三个人，一名派出所片儿警，另两名是街道女干部。

他们先是嘘寒问暖地拉家常，进而谈到了邓梅的上访，他们以动之以情、晓之以理的态度开导她，想让她相信，她儿子被害案法院的判决是严肃和公正的，不要再去上访。

邓梅没想到，自己上访的事，竟会遭到片儿警和街道干部的劝阻，对他们的劝说，只是淡笑地听着，没有表态。

过了两天，他们又到了邓梅的住处，还带来些米面等生活用品，并对她上访的事再次进行规劝。

为躲避片儿警和街道干部的造访，邓梅每天吃完早饭就出门溜达，白天几乎不在家。一天中午，她被人骑自行车撞倒……

顾盛宽下午开会的时候手机调了静音，3 点，他从会议室出来，见手机有两个同一号码的未接来电和一个短信，短信内容是：你怎么不接电话？我找你有急事。邓梅。

邓梅找我会有什么急事？她怎么知道我的手机号？顾盛宽寻思时，邓梅的电话又打了进来。顾盛宽犹豫了一下，接听了手机。

手机里传来邓梅有些焦急的声音：“你是顾盛宽吗？”

“我是顾盛宽。你找我什么事？”

“我两个小时前被骑自行车的人撞了，现在公安医院。”邓梅话中透着恳求，“你能过来一趟吗？”

2

邓梅见顾盛宽急匆匆地进来，从病床上起身，既欣慰又歉疚地说：“我知道你肯定会来，给你添麻烦了。”

“你别动。”顾盛宽看着邓梅打着石膏的右腿问，“伤得怎样？”

“伤得倒并不重，膝盖处韧带损伤。”邓梅意味深长地说，“不过我得消停几个月了。”

“安心养伤，不要考虑别的。”

“唉。”邓梅叹口气，扭头对女护工说，“大妹子，你先到外边休息去吧。”

“啊，好的。”女护工出了门。

顾盛宽问：“谁撞的你？”

“撞我的人是个小伙子，长方脸，穿灰夹克。中午 12 点半，我在我家楼下的小饭店吃完饭刚出门，就见小伙子像是喝醉酒似的骑着自行车，摇摇晃晃地奔我而来，把我撞倒在地。小伙子见我倒了，却没停下，而是骑车跑了。”邓梅说，“我怀疑撞我是个阴谋，使我不方便上访。在这之前的几天，派出所的民警和街道干部到我家去了两趟，劝我不要上访。”

顾盛宽说：“你怀疑的有些道理，不过撞你的人，跟派出所民警和街道干部肯定没有关系。”

“我知道他们不会指使人撞我，但撞我那人的目的和他们的目的是一样的，那就是不让我上访。”邓梅情绪激动，眼中噙着泪水说，“我作为一名老共产党员、大学退休教授，思维清晰，思想不偏激，我只想把害死我儿子的凶手绳之以法，以慰藉我儿子的亡灵。我这么做有错吗？我只是把害死我儿子的嫌疑人指向市委书记商兆明的儿子商克峰，况且他有前因和动机，怎么就四处诉求而没人理会呢？你是警察，是刑侦方面的专家，当初还是侦破案件的直接责任人，你说话应有公正性和权威性，可你却为什么保持沉默呢……”

邓梅的哭诉让顾盛宽心里很难受。顾盛宽把床头柜上的毛巾递给了她。

邓梅接过毛巾，擦去脸上的泪水说：“我已是七十多岁的人了，现在腿被撞伤，恐怕难以再上访了。可是，若不把我儿子被害案搞清的话，我死不瞑目啊！”

顾盛宽很想向她解释自己保持沉默的原因，但又觉得，面对她这样身心俱受伤害的老人，自己的解释不仅苍白无力，还会让她愈发失望。他叹口气，问：“你目前的情况，我能帮你做点儿什么吗？”

邓梅说：“我周围现在没什么亲人，儿媳马文秀虽应算个亲人，但她巴不得我死，所以我不能指望她。你帮我用我的银行卡取些钱来，用于我住院期间的生活和医疗费用。再一个，郊区兴隆镇我有个表妹叫蒋菲，我不知道她家的详细住址和电话，请你帮我找到她，让她来照顾我。”

顾盛宽答应：“好的。”

接着邓梅把家里的钥匙交给了顾盛宽，并告诉他银行卡放在家里的位置。因为涉及到钱财，顾盛宽给郑君打了个电话，让他到公安医院来接自己。

邓梅到刑侦支队找顾盛宽时，见到过郑君。郑君再次见到邓梅时，认出邓梅是东林大学教中文的教授，并教过自己。

邓梅感喟地说：“没想到你的老师成为上访专业户了。”

郑君说：“邓教授，您可别怎么说，每个人的情况不同而已。”

在给邓梅办事的路上，顾盛宽把邓梅的事跟郑君说了。郑君说：“邓教授真够执着的，她还算是有能力的人，都把上访材料递到省委书记苏振民那儿了，可结果怎么样呢？现在案件侦结的报告早已上报相关领导，法院判决后被告人也没有上诉。就这么个情况，邓梅再上访也不可能把案件的判决给翻过来。”

顾盛宽说：“即使案件难以翻过来，邓梅的上访还是引起了一些人的惶恐，不然的话，她就不会躺在医院里了。”

对于刘玉东帮助商克峰逃脱罪责的事，郑君心知肚明，他说：“师父，你知道刘玉东为何那么帮商克峰吗？”

顾盛宽说：“商克峰有个当市委书记的好父亲？”

“错。”郑君说，“前段时间我参加了一个饭局，饭局上有新概念酒店的副总经理薛贺，他酒后跟我说，你们公安局有个官员是新概念酒店的幕后老板，他入的是干股，已从酒店得到上千万的钱财。我估计薛贺说的是刘玉东。”

顾盛宽恍然大悟：“原来如此！”

3

第二天上午，顾盛宽便把居住在兴隆镇的邓梅表妹蒋菲领到了邓梅的跟前。

一天上午，顾盛宽接到蒋菲的电话，让他到医院去一趟。

在医院的病房门口，蒋菲对顾盛宽说："你劝劝我表姐吧，她净做傻事。"

顾盛宽问："怎么了？"

"她住院没几天，就要给人捐钱。"蒋菲指着对面的病房说，"这间病房有个被汽车撞的男孩，肇事者跑了，男孩的母亲无钱交住院押金，便在走廊里哭。表姐得知情况后，让我到银行取一万元钱拿给男孩母亲。"

"啊，原来是这样。"

"可我没有按照她的话去做。"蒋菲说，"不知她是生气了还是怎么的，今天早晨发烧了。"

"我进去看看她。"顾盛宽说着进了病房，蒋菲随其身后。

躺在病床上打着点滴的邓梅，见到顾盛宽像是焕发了精神似的说："来了，小顾。"

顾盛宽坐在凳子上问："怎么发烧了？"

"我想是情绪波动引起的。"邓梅回答了顾盛宽这句话，又显然不悦地对蒋菲说，"我让你办的事快去办，若是晚了那男孩该被医院撵出院了。"

蒋菲点下头，拿起床头柜上的拎包，出了病房。

顾盛宽接着邓梅刚才的话茬儿说："安心养伤，情绪波动会对身体产生不利影响。"

"我觉得很对不起你。"邓梅叹口气，说，"昨天郑君来看我，我和郑君唠起了你。郑君说了你在侦破我儿子被害案过程中所遭遇到的挫折。若不是你秉公办案，就不会出现诬告你私放嫌疑人的匿名信，你也就不会被处分……”

顾盛宽摆下手，说：“这些都是过去的事了，不要说了。”

“你应当听我把话说完。”邓梅接着说，“说实在的，在我得知省委书记苏振民对我儿子的被害案进行了批示，案件成为省公安厅督办的案件，并且你成为案件的责任人后，我从侧面了解过你，得知你是个非常不错的刑侦领导。那时我想，害死我儿子的人，终会被绳之以法。后来案件破了，可侦破的结果让我感觉是错案时，我对你的看法是，你仅是个徒有虚名或屈从权势的人。我跟你接触后，又感觉你对问题不掩饰，有起码的道义感。从你的言语中，我看出你似乎有难言之隐。直至我从郑君的嘴里，才对你有了更多的了解……”

顾盛宽端起水杯递到邓梅的跟前：“邓教授，喝口水吧。”

邓梅没有接水杯，而是扶着床沿下地，对顾盛宽郑重地行了个鞠躬礼：“我以前对你有误解，甚至斥责过你，在此我对你表示道歉。”

顾盛宽端着水杯，有些无措地说：“我做得也还不够，你没必要向我道歉。”

邓梅坐下，接过顾盛宽手里的水杯，呷了口水，说：“你做得已经很不错了。队伍中有你这样的人，是这个社会的希望……”

4

顾盛宽从医院出来，思绪纷繁。他横穿马路时，险些被一辆丰田轿车撞着。司机摇下车窗玻璃训斥：“你怎么走道的？找死啊？”

顾盛宽扭头看司机面孔熟悉，但一时没认出是谁。

对方却认出了顾盛宽，下车说："这不是顾支队长吗？"

顾盛宽思忖着："你是……"

"我是张建海呀，原先跟你妻子柳大姐都在市政府的办公室。"

对方原是市政府办公室的秘书，现给市委书记商兆明当秘书的张建海。"原来是张秘书呀，看来你在市委书记身边工作，脾气见长啊。"

"刚才没认出你来，对不起。"张建海打开车门说，"顾支队长，上车，你到哪儿我送你。"

"我已不是支队长了。"顾盛宽摆手，"不用了，我喜欢走着，好散散心。"

"你怎么不当支队长了？"

顾盛宽苦笑着说："犯错误，被免职了。"

张建海面色尴尬，随后变得更为热情，说："我送你吧，挺长时间没见你了，好跟你聊几句。"

顾盛宽盛情难却，只得上车，说了句："那好，送我回家吧。"便沉默起来。

张建海启动了车，侧脸看了眼顾盛宽，欲言又止。

车在顾盛宽家住的小区门口停下时，张建海带着感慨，话中有话地说："有些事憋在心里不说出，总觉得对不住柳大姐和你。柳大姐的离去很让人惋惜，有些人做得很不仗义。"

顾盛宽清楚，柳晓宇因病过早离去，与那篇挂在网上的文章和照片不无关系。他心中始终有个疑问：网上的文章和照片，仅是不想让柳晓宇任市政府副秘书长吗？他不由得问："你说有些人做得很不仗义，是因为网上的那篇文章和照片吗？"

张建海知道是谁干的，他亲眼目睹了商克峰在商兆明办公室趁没人时，用手机照下了放在商兆明办公桌上的举报柳晓宇的信件和照片。

张建海说出了一些实情："关于柳大姐的文章和照片，在没挂上网上前，只是一封因权力争斗而放在商书记案头的举报信。但把那封举报信挂在网上，却另有目的，不是写信的人干的……"张建海戛然而止。

"那是谁干的?"顾盛宽揣测地问，"我和柳晓宇是夫妻关系，难道是有人对我仇视而对我的家人采用这种手段吗?"

张建海没提商克峰的名字，只点点头说："谁对你仇视，又有谁能进入商书记的办公室，你应当清楚。"

顾盛宽听了张建海的话，面色倏然变得铁青。

张建海宽慰说："事情过去了，你想开些吧。"

"谢谢你告诉我这些事情。"顾盛宽下了车。

顾盛宽走进一家超市，买了一瓶白酒和几根香肠，回到了家中。

顾盛宽坐在客厅的沙发上，内心翻江倒海般不平静，他端起酒杯把酒喝干，又斟满了一杯。他想让自己尽快地醉去，可喝下去的酒却没使他呈现醉态，却打开了他记忆的闸门……

"12·1"案件给他带来的挫折，使他在强大的对手面前甚感无奈。而如今，张建海给他带来的消息，使他无法再默然承受对手给予的打击，因为对手的所为揭开了他内心最深处的伤疤，触及了他作为男人的底线和起码的尊严。原来，在十五年前的一个夏日，当时顾盛宽出一个劫持人质的现场，一名给女方花了不少钱却结婚不成的男子，身捆爆炸物手持匕首闯进女友所在的幼儿园，让女友答应自己的结婚要求。顾盛宽等人出现场时击毙了男子，不过男子却留下了爆炸物。那时还没有处置爆炸物的专业人员，顾盛宽懂些爆破知识。在老师和幼儿都撤离现场后，他穿上防弹背心处置爆炸物时爆炸物爆炸了，他当时被崩出十米开外。他虽身着防弹背心保住了性命，可外伤造成他耻骨联合分离，经诊治出院后发现自己已阳痿。为此，在以后的日子里，他对妻子红杏出墙给他带来的耻辱只能忍受。反映妻子不检点的传闻出现后，他内心所承受的痛苦比妻子还甚。

而现在，顾盛宽得知，网上损害妻子名誉的文章和照片是商克峰针对他的所为，他面对商克峰如此的恶毒，岂能再无动于衷？

顾盛宽在心里告诫着自己：你不能再憋屈、麻木地生活了，你应当振作精神跟对手斗下去！

第十章

1

顾盛宽在邓梅被自行车撞的地方发现，附近工商银行门口有个摄像头。他熟悉工商银行的领导，秘密地把邓梅出事那几天的录像复制了下来。他回单位看了几遍录像后，虽没有看到邓梅被撞的场面，却两次发现类似邓梅所说的一个长方脸、穿灰夹克的小伙子，一次是“灰夹克”骑个28式自行车在摄像头下闪过，另一次是“灰夹克”站在人行道上正对着摄像头向两边巡视着什么。他把“灰夹克”的正面图像打印了出来。

顾盛宽到公安医院找邓梅，却发现她已不在公安医院了。他给邓梅打电话，得知她在凤凰山疗养院。

顾盛宽来到凤凰山疗养院。

蒋菲在疗养院的大门口等候着顾盛宽，她引着他穿过花园，进了一幢漂亮的楼房。在一间满是阳光且宽敞的病房里，邓梅坐在轮椅上，正观赏着窗台上的几盆花卉。

蒋菲把顾盛宽领到病房门口，就离开了。

顾盛宽叫了声："邓教授。"

邓梅转过身，指着旁边的沙发说："来，小顾，坐。"

顾盛宽坐在沙发上问："怎么转院了？"

"我嫌公安医院嘈杂，还有，我在公安医院似乎看到了骑自行车撞我的人，所以我觉得应当换个地方。"

"你看到了骑自行车撞你的人？"顾盛宽掏出打印的照片问，"是这个人吗？"

邓梅接过照片，又让顾盛宽把茶几上的老花镜递给她。她戴上老花镜端详后说："有些像。"

顾盛宽拿回照片，思忖：应当就是这个人。

邓梅问："这照片哪儿来的？"

"你被撞的那地方附近工商银行门口有个摄像头，这照片是从监控录像里截取的。"

"你在调查我被撞的事，这么说，你是想帮我了？"邓梅注视着顾盛宽问。

"我并不是单纯想帮你。"顾盛宽不便说出自己思想转变的原因，"我若是再退避和缄默，不仅对不起我身上的警服，更会使我的人生难以摆脱一种屈辱。"

邓梅赞许地点下头，说："在我没接触你之前，听到别人对你的工作用刚正不阿、秉公执法进行评价时，我就知道你这人肯定错不了。虽然我看你曾犹豫和彷徨，但我想，你肯定有自己的难处。"

顾盛宽诚恳地说："说实在的，邓教授，你执着的精神对我也是有影响的。"

邓梅转个话题："我还有件事，你帮我运作下。"

"什么事?"

"其实我转院到凤凰山疗养院，还有一个原因是经济条件改善了。"邓梅说，"针对我儿子的遗产，我向法院申请和马文秀分家析产。几天前，我聘请的律师和法院的人到了公安医院，法院的人把存有我和马文秀分家析产所得到的720万元存折交给了我。其实，我是把钱财看得挺淡的一个人，我跟马文秀分家析产是有因由的，这你也知道。我的退休金和积蓄，够我生活的了，太多的钱财对我没什么意义。我当了一辈子的教师，遇到过不少有发展前途却因贫困而辍学的孩子，因此我想把财产捐献给东林师范大学，好帮扶那些上不起学的孩子。你是我信任的人，所以这件事，你就得帮我办了。"

邓梅在儿子的冤屈没有伸张的痛苦心境下，对社会没有仇恨，没有抱怨，而是以悲悯的情怀回报这个社会。顾盛宽听了邓梅的话，感动地说："在浮躁与功利充溢人心的当今，难得你有这番心思。你的行为是大的善举，我可以帮你办。"

"那就好。"

顾盛宽问："你和马文秀分家析产后，马文秀给你打过电话吗?"

"打过。"邓梅说，"我不愿理她，她打了几遍电话我才接。她在电话里说：'你儿子的财产咱俩已经厘清，咱俩毕竟婆媳一场，有些话我得跟你说。我知道，你儿子的死使你对我耿耿于怀，至于你儿子的死是否跟我有关系，那都是过去的事了，况且法院对案犯已经判决。你不要去上访了，你再上访也不会有另外的结果。你年事已高，现在有足够的钱颐养天年了，就不要再考虑别的了，也不要记恨我……’我推测她要离开东林了。”

“难道她要离开商克峰?”

“我对马文秀还是了解些的。她已把企业和别墅都卖了，就证明她不想在东林待了。商克峰对她来讲，已无关紧要。我想，更主要的原因是，她毕竟跟我儿子有过十八年的婚姻，她若是长期跟害死自己丈夫的人生活在一起，心理上不见得能安然承受。”

顾盛宽考虑的是，若要把“12·1”案件的真相搞清，马文秀是主要的证人，如果她离开东林的话，或许日后就难以找到她。于是他说：“邓教授，你应当跟马文秀保持联系，最起码要知道她的联系方式。”

邓梅若有所悟地说：“好，我会照你说的办。”

2

封波用自行车撞了邓梅后，为了验证邓梅是否住进了医院，还到公安医院去观察了一次。他回到新概念酒店，兴奋地跟商克峰说，被撞的人已住进了医院，几个月内是下不了床的。商克峰听了封波的话，不但没表扬他，还给他一顿臭骂，说他脑袋灌水了，擅自到医院是没事找事。接着，商克峰扔给他五千元钱，让他回离东林六十公里外的老家兴平镇避一避。

顾盛宽虽怀疑把邓梅撞伤的人，极有可能是商克峰身边的人，可封波已在东林市消失，他自然无法找到嫌疑人。他有自己的打算，若想把“12·1”案件的真凶缉拿归案，必须先把“保护伞”刘玉东扳倒。故而，他对郑君提供的刘玉东是新概念酒店幕后老板并已得到上千万钱财这一情况很是重视。

顾盛宽下一步的主要工作就是贴靠薛贺，而后想办法从他的手里搞到刘玉东入股新概念酒店的证据。他知道，郑君有办法接近薛贺，可他又觉得，搜寻扳倒刘玉东的证据，最好还是不要把郑君牵扯进来。

顾盛宽在东林市人口信息查询系统里，查到了性别为男性的两个薛贺。两人一个是1963年生人，另一个是1980年生人。他所找的薛贺，无疑是1963年生人，他将此人页面详情点击开，薛贺的相关户籍信息展现在他的眼前，出生：1963年8月2日，住址：清江省东林市开发区立新办事处7委16组……照片里的薛贺一张胖脸满是笑意。他又查看了薛贺的家庭成员，发现薛贺的妻子梅丽竟是自己的高中同学……

顾盛宽想做的第一件事是接触梅丽，好在他跟几个高中同学常联系，半年前曾在一次聚会上见过梅丽。他拿起手机给自己念高中时的班长付文成打了个电话："咱们同学也有挺长时间没见了，你张罗下，我做东，咱们吃顿饭。"

付文成在市委宣传部当副部长。在仕途上混得好的人，大都愿意和同学聚会，以便展示自己荣光的一面。付文成说："可以。"

顾盛宽像是忽然想起梅丽似的说："前几天我在街上见到了梅丽，你能联系上她吗?"

付文成说："当然能联系上。"

下午，付文成给顾盛宽回电话，把同学聚会的时间定在两天后的星期五晚间。

顾盛宽说："星期五晚间就到新概念酒店吧，那儿还有歌厅，饭后愿意唱歌就来两嗓子。"

付文成说："那地方挺高档，看样子你很重视同学的友情。"

顾盛宽放下电话，暗自思忖，薛贺是新概念酒店的副总，他妻子的同学在那儿聚会，按常理他应当会露面。

星期五的晚间，在新概念酒店的一个大单间里，付文成联系的十余个高中男女同学如约而至，梅丽也到了场。顾盛宽打量了眼梅丽，发现她外表穿戴虽然时尚，但神情似乎有些抑郁。

顾盛宽端起白酒杯，带着调侃说着开场白："人常说：'生命在于运动，人情在于走动，当官在于活动。'咱们这些高中同学至少能有半年没见面了。大家平时也都很忙，今天我通过付文成把大家张罗到这儿来，就在于'人情在于走动'。来，为我们的感情愈加深厚，干杯！"

顾盛宽一仰脖把白酒干了后，其他人的杯中无论是白酒还是啤酒，也都或快或缓地见了杯底。唯坐在他身边的梅丽只喝了半杯啤酒。

顾盛宽说："我白酒都干了，你啤酒怎么的？"

梅丽挤出一丝笑意说："今天有些不舒服。"

梅丽话虽这么说，但她还是把杯里的啤酒喝了。

顾盛宽给梅丽斟着啤酒说："你今天好像不在状态。"

梅丽低声说："孩子不听话，让我操心。"接着她注视着顾盛宽说，"有件事，你能不能帮我？"

顾盛宽笑了一下："帮你教育孩子？"

"你若能帮我把孩子教育好，那我就重谢你……"梅丽拎包里手机的铃声打断了她的话，她拿起挂在椅子上的拎包，离座接听电话去了。

两分钟后，梅丽返回，对大家说："我丈夫在这家酒店工作，他待会儿过来。"

顾盛宽说："那好呀，你丈夫我还没见过；他过来后，你给我介绍下。”待梅丽坐下，他接着刚才的话题问，“你要让我帮你什么？”

梅丽有些踌躇，没等她说话，她丈夫薛贺出现在了门口。

梅丽起身指着薛贺给大家介绍说：“这是我丈夫薛贺。”

薛贺从服务员手里接过一杯啤酒说：“我刚才给梅丽打电话，梅丽说，她和高中同学在这儿聚会，所以我就过来敬大家一杯酒。”

“我的同学你大都不认识，我给你介绍下。”梅丽先介绍着付文成，“付文成，我们高中时的班长，现在是市委宣传部部长。”

付文成忙更正：“是副部长。”

当介绍到顾盛宽时，薛贺的脸上有些谦恭。薛贺跟大家喝了一杯酒后，又单独跟顾盛宽喝了一杯，并说，有事日后要找顾盛宽咨询。

酒宴散后，顾盛宽买单时，吧台的收银员告诉他，薛总已给免单。

顾盛宽第二天接到了梅丽的电话，梅丽说，晚间她和丈夫请顾盛宽吃饭，和他商量件事。

顾盛宽说：“咱们老同学之间，有事你就直说，别兜圈子。昨天我请客你丈夫免单，弄得我都不好意思。”

梅丽说：“我找你是为我家孩子的事。两个月前我儿子薛晓涛因寻衅滋事被押进了看守所。律师会见了我儿子，我儿子说，他向看守所民警检举了一起杀人案线索，可检举的线索始终没有回音。律师说，要把杀人案破了，薛晓涛就有重大立功表现而能判个缓刑。现在问题是，若法院在开庭前，我儿子检举的杀人案破不了的话，那他就不会减轻刑罚。你说，这事该怎么办？”

顾盛宽说："看守所在押人员检举的案件线索，大多都不属实，可能你儿子检举的案件线索转到办案单位后，没被重视或核实起来较难，需要时间，这样就造成了他检举的线索没有及时反馈的情况。你把你儿子在哪个看守所哪个监室和办案单位是哪儿，用短信告诉我，我好给你协调下。若你儿子检举的案件线索属实的话，争取在开庭前把案件给破了。"

梅丽像是舒了一口气似的说："这是最好的办法了，过会儿我就把你问的情况传给你。"

梅丽给顾盛宽传来了短信：薛晓涛在第一看守所 6 号监室，办案单位是市公安局刑侦支队一大队。

顾盛宽拿起内线电话打给郑君，问他们是否处理过一个叫薛晓涛的人。郑君说，是处理了一个叫薛晓涛的人，他是因寻衅滋事被处理的。

顾盛宽又问他们，接没接到看守所转递的薛晓涛检举的案件线索。

郑君说，没有。

顾盛宽说："据说他向看守所民警检举了一起杀人案线索，不知为什么没有转到你那儿。你到看守所提审薛晓涛，问他是否检举了案件线索。他若检举了案件线索，你们抓紧时间对线索进行核实。"

郑君说："好的，我这就去看守所。"

3

马文秀跟商克峰逃逸海南时，曾偏头疼过，最近却得了顽固性的头疼病，吃了不少药也没见好。更加奇怪的是，她跟商克峰在一起时，感觉头疼得愈发厉害，为此她近段时间不仅没有跟商克峰在一起住，在单位待的时间也不长。

这天，马文秀到新概念酒店跟商克峰打了个照面，说要针灸治疗头疼病去。她开车去了一家中医诊所，针完灸已是中午，她出来后，接到了商克峰打来的电话。

商克峰问她："针灸效果怎么样？"

马文秀说："效果不错，头暂时不疼了。"

商克峰体贴地说："回来吃饭吧，我让餐厅给你准备了可口的饭菜。"

马文秀说："我不回去了，我去洗个澡。"

马文秀跟商克峰通话时，已把车开到了一家西餐厅门口。

西餐厅附近有一处专为女士开办的休闲场所，叫木兰阁。马文秀在西餐厅吃完饭就进了木兰阁。木兰阁是马文秀常来的地方，自打她跟商克峰不住在一起后，便让一个叫小强的男陪侍给她提供服务。

马文秀惬意地微闭着眼睛躺在浴盆里，浴盆里漂浮的玫瑰花瓣散发的清香，随着氤氲的雾气钻进她的鼻孔。

马文秀在滨江花园小区租了一套住房，她开车去住处时，商克峰给她打来电话，让她回酒店一趟，有急事。

马文秀进了商克峰的办公室，坐在沙发上等着商克峰发话。可商克峰像对待不熟悉人似的，沉默地用探寻的目光看着她。

马文秀打破了沉闷："找我什么急事？"

商克峰说："我找你的急事，就是想解开我心中的疑惑。你最近怎么了？"

"最近没怎么的。"马文秀平淡地说，"就是有些头疼。"

"头疼？"商克峰带着怒气连珠炮似的问，"难道你头疼就是不跟我在一起的理由吗？你在外租房住能治疗你头疼病吗？新概念酒店有近二百间各档次的客房，怎么就容不下你？你不跟我在一起也罢，你租房住也可，可你现在竟对工作也马虎起来。你能告诉我为什么吗？”

“你问的这一切，我用一句话就可以告诉你。”马文秀说，“我的头疼病很特别，感觉跟你在一起，头疼得会更厉害。”

“哈哈，”商克峰笑了两声说，“你应该换个别的理由来忽悠我。”

商克峰的话让马文秀很是心灰意冷，她脱口说出了酝酿已久的话：“商克峰，我要离开你，这儿的工作我自然会辞掉。”

马文秀的话，让商克峰颇为意外甚至瞠目结舌，他从靠椅上站起，犹如受到惊吓般哀求：“你不能离开我，你绝对不能离开我。”

“商克峰，我离开你无所谓，你身边不缺女人。”马文秀从沙发上起身，走到商克峰的跟前，平静地说，“我知道，我若离开你，你会有一种担心，担心我吐露出会让你身陷囹圄的秘密。你放心，我为了保守你的秘密，我连看守所都待过，以后我无论身在何处，都不会对任何人说起你的秘密。”

商克峰听了马文秀的话，一时语塞。

马文秀知道，自己再怎么承诺，商克峰也不愿自己离开他。她决然地想，既然现在已把话挑明，何不就此与他有个了断？她从拎包里拿出奥迪跑车的钥匙和办公室的一串钥匙，放在商克峰的办公桌上说：“我该留下的东西都在这些钥匙上。咱们好聚好散，现在我离开你的办公室，就跟你再没关系了。”

商克峰恼怒地一把抓住马文秀的胳膊问：“你怎会这么绝情？”

马文秀一脸漠然地挣脱商克峰，转身离去。

第十一章

1

薛晓涛检举的杀人案是一起情杀案：两年前，他一个叫白冬的朋友骗了女友的钱财，为摆脱女友的纠缠要账，把女友杀了后逃逸。警方已把嫌疑对象指向了白冬，可始终没有抓到他。半年前，白冬给薛晓涛打过电话，让他往重庆一个地方汇钱，于是薛晓涛就有了白冬的下落。薛晓涛因寻衅滋事被抓进看守所后，便想到检举白冬立功。他跟第一看守所民警说了白冬的下落后，第一看守所的民警把检举材料上报到监管支队深挖犯罪科，深挖犯罪科又把检举材料转递到杀人案的侦办单位开发区分局刑侦大队。侦办单位的民警由于接到类似的线索多条，每一条线索的查实都耗费了不少人力物力，结果都是徒劳。况且要查实薛晓涛检举的案件线索又得到千里之外的重庆，所以侦办单位的领导鉴于人力物力的有限和对线索的可信度存有疑问，就没有及时对案件线索进行查实。

郑君领人到看守所提审了薛晓涛，经分析认为，薛晓涛检举的案件线索属实，应抓紧时间查证，以免贻误战机。郑君请示耿禹，耿禹不知道这起案件的线索跟顾盛宽有某种联系，同意郑君带队到重庆抓捕白冬。

一个星期后，郑君等人押解着白冬返回了东林。继而，郑君给即将开庭的薛晓涛出具了有重大立功表现的相关材料。

薛晓涛因有重大立功表现，被判处有期徒刑三年，缓刑四年，走出了看守所。

梅丽给顾盛宽打电话，说了些感谢话后要请他吃饭。

顾盛宽婉拒说："咱们同学之间不用客套。"

梅丽见顾盛宽拒绝，就把电话给了薛贺。

薛贺对顾盛宽说："你跟我老婆是同学，咱俩之间接触少。通过我儿子这件事，我就想跟你处个哥们儿，给个面子行不?"

顾盛宽要的就是薛贺的这句话，他对薛贺说："既然你这么说，那晚间咱们就找个小饭店聊会儿。"

薛贺说："下班后你到新概念酒店来吧。"

顾盛宽为避免让商克峰发现自己跟薛贺单独接触，就说："你们饭店闹哄，咱们换个地方吧。"

薛贺说："那就上丰收农家菜馆。"

晚间，在丰收农家菜馆的一个单间里，顾盛宽和梅丽两口子坐在了一起，他跟薛贺唠得很投机。觥筹交错，酒过三巡后，薛贺从拎包里拿出一沓儿钱，递到顾盛宽的跟前。

顾盛宽淡笑："怎么，想要酬谢我？"

薛贺说："没有你帮忙，我儿子也走不出看守所。这一万元钱是我和梅丽的一点儿心意。"

梅丽附和说："我和老薛觉得，无论怎样也得对你有所表示，否则我俩心里不安。"

"你儿子能走出看守所，是他检举的案件线索查证属实的结果。我只是帮你们协调下办案单位，这是我作为一名警察应当做的。我应当做的事情，怎会让你俩心里不安呢？"顾盛宽把钱扔到薛贺的怀里说，"我若收了这钱，我心里才不安呢。"

薛贺拿钱往顾盛宽手里塞："这钱你得拿着……"

顾盛宽从椅子上站起："薛贺，你要再这样，那我走了。"

梅丽见顾盛宽不是假意推脱，就对薛贺说："算了吧，我老同学态度既然这样坚决，那就别难为他了。"

薛贺把钱放回拎包里，脸上满是感激地端起酒杯："那好，咱哥儿俩喝酒，干。"

顾盛宽跟薛贺碰下酒杯，两人把杯中的白酒一饮而尽。

薛贺拿酒瓶往两个杯里斟着酒说："老顾，往后有什么亲戚朋友到东林来，你一定得告诉我。我薛贺只是个经营酒店的，没别的能力，但安排住个宿、吃个饭什么的，还是可以的。"

"到时候少麻烦不了你。"顾盛宽装作随意地问，"你酒店的生意兴隆，你这个股东一年不少收入吧？"

薛贺说："按道理说应当收入可以，可我们的酒店有吃干股的，所以我这个真正的股东就减少了收入。"

顾盛宽问："怎么还有吃干股的？"

薛贺有些醉意："老顾，你应当知道，我们酒店黄赌毒什么都有。商克峰是酒店老总，他总是认为做违法的事才能财源广进。但黄赌毒带来的收益，一大部分给了保护黄赌毒吃干股的分成……”

顾盛宽想了解更多的情况：“新概念酒店开业多年了，商克峰刚干时，你就跟他在一起吗?”

“我是后跟他在一起干的。”薛贺说起了新概念酒店的由来，“新概念酒店的原址是曙光机械厂的文化宫，曙光机械厂破产后，这个文化宫闲置了多年，商克峰以低价购买了文化宫，而后又招商引资来一个广东汕头人黄东风，这才把新概念酒店装饰起来……”

顾盛宽插嘴：“我怎么没听说过黄东风这个人?”

“你听我说呀。”薛贺说，“新概念酒店 2010 年 3 月开业，两个月后，黄东风酒后驾车出车祸死了。2011 年，新概念酒店要建娱乐城，商克峰通过朋友找到我，让我入股。我考虑到他父亲是市委书记，场面的事他也行得开，入股是只赚不赔呀，所以我和梅丽把农场转让了，就入股了。现在想起来，我是赚了些钱，但有些事让人担心……”

梅丽显然不愿让薛贺多说，她端起啤酒杯打断薛贺的话说：“别说那么多了，喝酒吧。”

“好，喝酒。”薛贺对梅丽说，“老顾也不是外人，说说有什么……”

2

马文秀离开商克峰后，再也没了音讯。为此商克峰很是失落和忧心，他的心事无法排解，便在一天下午给刘玉东打电话，约他到凯丰茶室喝茶。

商克峰给刘玉东连斟了几盏茶，问：“大哥，这大红袍怎么样?”

刘玉东品着茶说：“味道可以。”

“这是我朋友从武夷山捎来的茶。”商克峰指下茶桌上的一盒茶叶说，“这是给你的，走时别忘了拿。”

“好的。”刘玉东看着有些沉郁的商克峰问，“你找我不仅是喝茶吧?”

商克峰苦笑下，说：“马文秀离开了我。”

刘玉东感到诧异：“为什么?”

“她最近得了头疼病，并说，跟我在一起头疼得愈加厉害。我看纯他妈的扯，肯定是另有原因。”

刘玉东若有所思地点燃一支烟，将烟吸了一半儿，想当然地说：“马文秀离开你是迟早的事。她虽然谈不上有沉鱼落雁、闭月羞花之貌，但用秀外慧中、楚楚动人来形容是不为过的。这样的女人，在男人的眼里就是天生的尤物。马文秀跟你相好这么多年，除了她在你手下干工作外，你也为她付出了很多。她丈夫活着的时候，她很了解自己的角色，她知道，她在丈夫和你的手里，只是插在瓶里的花而已，你们对她的付出是出于对她这瓶花的喜爱。而她现在不同了，她继承了丈夫的遗产，已成为千万富姐。女人不缺钱，对男人也就没什么依靠了。”

商克峰忧虑地说：“大哥，马文秀离开我，倒也没什么。不过她可知道我的事啊。”

刘玉东不在意地说：“马文秀不会瞎说的。”

“你怎么知道她不会瞎说?”商克峰不明白刘玉东为何对马文秀如此不在意。

刘玉东把烟蒂捻灭在烟灰缸里，呷了一口茶：“害死程坤江的人在监狱服刑，马文秀能说什么？马文秀从始至终都没有说过实话，时过境迁了，她岂能再吐实话？即使马文秀说了实话，也不会有人听。一起经过公检法正当的司法程序判决的案件，会仅因她的实话就能证明是错案吗？”

刘玉东的话，让商克峰面露愉悦：“大哥说得在理。”

“你把一些事想得太重了。”刘玉东说，“没有程坤江的死，马文秀也成不了千万富婆，她应当感谢你才是。”

“哈哈，”商克峰开怀笑了几声，问，“顾盛宽最近还算消停吧？”

“一个人若失去权势，就难以再兴风作浪了。顾盛宽应当知道，他若再跟咱们斗下去，无疑是以卵击石。最近我还没听说他搞什么名堂。”

这时，商克峰放在茶桌上的手机响了起来，他拿起手机接听电话。电话是商兆明的秘书张建海打来的，他告知，商书记突犯心脏病，又住进了心血管病医院。

商克峰挂断电话说：“张建海打来电话说，我爸心脏病犯了，又住进了心血管病医院了。我得去看看。”

“你去吧。”刘玉东说，“我不好跟你一块儿去，待我明天去看商书记。”

商克峰走后，刘玉东也拿起商克峰留的茶叶盒，出了凯丰茶室。

刘玉东从清江市调到东林市以来，虽在东林买了套宽敞的住房，可因妻子不常来东林，他平时住在近郊的市财政局招待所。他开车往住处驶时，看见顾盛宽和一个较胖的男子从一辆出租车里下来，走进了丰收农家菜馆。

较胖的男子刘玉东有些眼熟，但一时想不起来是谁。

3

走进丰收农家菜馆的是顾盛宽和薛贺。

顾盛宽跟薛贺接触几次后，认为薛贺能够帮助自己搜集刘玉东充当商克峰“保护伞”的证据。

薛贺这天过生日，而他却忘了。顾盛宽知道薛贺的生日，他给薛贺打电话说：“晚间喝点儿?”

薛贺说：“好啊。”

他说：“把你媳妇带着。”

薛贺说：“她和孩子上海南了。”

他说：“晚间我接你去。”

顾盛宽事先已在菜馆安排好，他和薛贺进了单间，跟服务员挥下手说：“上菜。”

服务员很快把腌烧野生鳝、红扒野鸡等四个菜端了上来。

顾盛宽把塑料袋里的茅台酒拿了出来。

薛贺看着餐桌说：“这好酒好菜的，啥节目?”

顾盛宽斟着酒说：“给你过生日啊。”

“今天几号……”薛贺拍下脑门儿，“媳妇不在家，我都把生日忘了。”

顾盛宽端起酒杯：“来，祝你生日快乐!”

薛贺说：“感谢了!”

两个酒杯碰在了一起。

喝了会儿，薛贺说：“老顾，其实我在二十年前就听说过你的名字，那时你的名字就在公安局响当当。我媳妇说，她和你同学期间，你在班级的学习成绩始终排列第一。我上次听你说，你刑侦支队长不干了，到老干部科了。你说，你现在刚五十过头，怎么就闲起来了呢?”

顾盛宽面色沉郁，缓缓地说：“不是我想闲，而是有人视我为绊脚石，把我免职了。”

薛贺说：“你们公安局够复杂的了，一个处级干部说免就免。”

“公安局不复杂，你所在的新概念娱乐城能乌烟瘴气吗?”顾盛宽就此挑明，简洁地说，“我被免职，跟查办案件有关。程坤江被害，我执意想把案件破了，当我把嫌疑对象指向商克峰的时候，事态却出现了变化。刘玉东为保护商克峰，以一封栽赃陷害的匿名举报信为由头，将我免职了。”

薛贺瞠目：“原来是这样!”他不相信地压低声音问，“你说商克峰，真的害死了程坤江?”

“将来就知道了。”

“安彦斌坦白害死了程坤江，将来还能把案件翻过来吗?”

顾盛宽神情坚定：“我要把案件翻过来，就一定能翻过来!”

“你的正义感让我敬佩，不过我们还是别去捅那马蜂窝，安稳过日子才好。”薛贺端起酒杯说，“来，喝酒。”

顾盛宽把杯中酒一饮而尽，将酒杯重重放下，说：“薛贺，我说句不好听的话，你和商克峰在一起，难以过安稳日子。”

顾盛宽的话一语中的，薛贺把弄着酒杯，透着沮丧说：“我心里知道，酒店的资金常被转走，不知去向，可我能有什么办法呢?”

顾盛宽直言：“你把刘玉东在酒店吃干股等违法的证据搜集后交给我。”

薛贺赤红的脸愣怔了一下，便沉默起来。

顾盛宽开导薛贺说：“在商言商，我扳倒刘玉东主要是针对商克峰，这两人倒下后，收益最大的就是你，你将是新概念酒店名副其实的老总……”

薛贺点燃一支烟，默然地把烟抽完，才一副决然的样子说：“好，你要的是正义，我要的是利益，咱俩联手把这两人扳倒。”

4

商兆明心脏病的复发源于自己的儿子。

商兆明几天前到省城清江开省委扩大会议时，省信访办的领导强立军告诉他，“12·1”案件虽然已尘埃落定，但程坤江的母亲邓梅前段时间仍在上访，上访材料上说，这起案件的判决是错误的，是腐败权力下暗箱操作的结果，邓梅始终把案件的嫌疑人指向你儿子商克峰，她说，安彦斌是替罪羊。

商兆明知道，“12·1”案件的判决，不会因邓梅的上访而有所改变，可强立军的话仍让他心里犯堵。从清江回来，商兆明给刘玉东打电话，让他对上访案件多加重视，妥善采取措施，避免事态扩大。刘玉东当然知道商兆明的电话是指向邓梅的，他满口承诺，一定按照市委书记的指示办。

商兆明刚跟刘玉东通完电话，商克峰身边的另一女人，团市委的干部何静不顾张建海的劝阻，闯进了商兆明的办公室，一屁股坐在沙发上。

何静花容失色、气急败坏的神态，让商兆明意识到，又是儿子惹的麻烦。

张建海拿了一瓶矿泉水打开递给了她，退出了商兆明的办公室。

商兆明问：“何静，你有什么事？慢慢说。”

“你的好儿子商克峰，祸害我两年，我不仅离了婚，还怀上了他的孩子，他现在竟想踹了我……”何静说着，从沙发上起身，拍了下微凸的肚子说，“我的肚子里，就是你们商家的骨肉。”

商兆明气得心跳加剧，一时说不出话来。他冲何静挥了下手，示意她坐在沙发上，而后深出一口气说：“何静，你有什么话可以跟我说，我也能按照你的意愿做商克峰的工作。但是，我说的话，商克峰是否能听，我不能保证。再则，你们都是成年人，你俩的问题本可以自己解决的。你目前的境况，你也应当对自己的行为进行反思……”

何静冷笑了下，打断商兆明的话：“商书记，你别说模棱两可的话。你和你儿子若不给我满意的答复，我会让东林市委的人都知道，你一个堂堂市委书记的儿子做的好事。”

在门口的张建海，隐约听到何静的话有火药味，推门进来，对何静说：“何静，你怎么这样跟商书记说话……”

张建海跟何静的话没说完，就听到“咣当”一声响，他循声望去，见商兆明在椅子上面色铁青，手中的水杯掉在了地上……

当商克峰赶到心血管病医院时，仰在病榻上打点滴的商兆明怒不可遏地说了一句：“你给我滚出去。”

张建海见状，把商克峰劝出了病房。

在走廊里，商克峰问张建海：“我爸对我火气怎么这么大?”

张建海踌躇了一下，说：“何静到你爸办公室去过。”

商克峰一听，明白了事由。

商克峰很清楚，自己能混到现在的程度，甚至近乎为所欲为，与自己父亲的官位有直接关系。若是父亲因自己的事情有个三长两短，自己日后什么境况也将很难说。想到这儿，他气急败坏地给何静打电话，可何静的手机关机。他离开医院，驱车前往何静的住处。

何静在屋内听到商克峰的叫喊和用力的砸门声，不敢出声。

直到商克峰说出再不开门就把门撬开的话，她才胆战心惊地开了门。

商克峰进屋，劈头盖脸地打向何静……

何静被打流产，住进了医院，陪她在医院的母亲打电话报了警。派出所的民警到医院给她做笔录，听到是市委书记的儿子伤害了她并且两人是情人关系时，直蹙眉头。

民警走后，何母说：“看样子派出所民警难以处理这事。”

何静说：“我自有解决问题的办法。”

5

对于薛贺来讲，搜集刘玉东的违法证据不是难事。他借清理财务账目的机会，便把该做的都做了。他下一步要做的是，把刘玉东乱搞两性关系的证据搞到手。他知道，4028 号客房是商克峰留给刘玉东的风流场所，抑或是为了不让他人抓到实据，客房门外走廊的摄像头被拆卸。他买了个遥控摄像头，安装在客房床头上的通风口里。他常坐在办公室的电脑前，观察 4028 号客房的情况，然而几天下来却没发现什么情况。

这天下班后，薛贺下楼往外走，发现刘玉东迎面走进来。薛贺估计，刘玉东今晚极有可能到 4028 号客房。他一时记不清办公室的电脑是关是开，转身返回办公室，见电脑没有关，客房里的那张大床占据了大半个屏幕。

薛贺欲出新概念酒店时，在二楼见刘玉东走进一个单间，两个花枝招展的女人在门口相迎。薛贺想，明早在电脑上肯定会有好戏看。

刘玉东独自在东林工作和生活，男女关系上很随意，在社会上结识了一些女人。这天找他吃饭的是第一医院的内科主任狄玉。狄玉原是副主任，半年前，刘玉东到她那儿看病时，狄玉得知刘玉东是市政府副市长兼公安局局长，便立马热情起来，主动给刘玉东留下了手机号。刘玉东也给了她一张名片。狄玉的一颦一笑，很像他上大学时追了几年都没有到手的女同学，故而狄玉在他的心里便有了位置。

狄玉认识刘玉东后，在单位如鱼得水，她找医院领导吃饭时就叫上刘玉东。院长见她跟市领导如此熟络，不免高看她一眼，不久狄玉便由副主任提升为主任。

刘玉东没有跟狄玉上过床。下午，狄玉给他打电话说要请他吃饭，他假意推脱，说自己很忙。狄玉嗲声嗲气地说，找他有要事，让他务必赏光。狄玉的声音让刘玉东有了暧昧的想法，他答应了狄玉的要求，并把地点定在了新概念酒店。

狄玉找了单位的三个同事陪同刘玉东吃饭，除了一个水灵灵的女孩儿外，另两个是跟狄玉关系不错的医院中层领导。

水灵灵的女孩儿叫了声刘叔，然后给刘玉东敬酒。刘玉东眼睛透着光亮说："还是这孩子会说话，叫刘叔比叫刘市长感觉近便。"

狄玉介绍女孩儿说："这是我家的一个亲戚，叫于香霞，在东林医学院读书，明年毕业，现在在我们医院实习。"

刘玉东喝过于香霞敬的酒说："祝你日后医术精湛，当个好大夫。"

于香霞说："现在医院不好进，能否当上大夫还两说呢。"

狄玉小声宽慰于香霞说："待将来，刘市长替你说句话，你或许就能顺利地进医院。"

刘玉东打着哈哈说："工作上的事，终归还是要靠自己努力的。”

酒宴进入尾声，刘玉东悄声问狄玉：“你找我有什么要事?”

狄玉说：“过后我再跟你说。”

刘玉东说：“我先走，你等我短信。”

狄玉若有所悟地点下头。

刘玉东端起酒杯说：“我有事要先走，我敬大家一杯。”

别人响应着，随刘玉东喝下了杯中酒。

6

刘玉东没有走出新概念酒店，而是乘电梯上了楼，进了4028号客房。

刘玉东拿手机给狄玉发了短信：到新概念酒店4028号客房。接着他脱了衣服，走进卫生间冲淋浴。他从卫生间出来，穿上睡衣，坐在沙发上，打开了电视。

没过一会儿，便传来“咚咚”的敲门声。刘玉东起身开门。

狄玉进屋，看着刘玉东的穿着问：“你今晚要住这儿吗?”

“当然住这儿。”刘玉东色眯眯地盯着狄玉，“你不陪我吗?”

狄玉没说话，用一个微笑和一个媚眼答复了刘玉东。

刘玉东被撩拨得浑身燥热，他刚要搂抱狄玉，狄玉躲开，问：“我若不过来呢?”

刘玉东咽口唾液，笑着说：“你说你有要事找我，你岂能不来?”

狄玉转身拉开卫生间的门说：“我也冲个淋浴。”

刘玉东觉得口干舌燥，在茶几上拿了一瓶矿泉水拧开，大喝几口。

狄玉围着浴巾出来的时候，刘玉东一把把她拥到床上……

刘玉东仰在床上问："狄玉，你还没说找我什么事呢?"

"我想让你帮帮我老公。"

刘玉东接触女人从不问对方家庭情况，他不由得问："你老公是干什么的？我怎么帮?"

"我老公是你们公安局的民警……"

"什么？你老公是公安局民警?"刘玉东像触电似的坐起，盯着狄玉问。

"怎么，电着你了?"狄玉笑着说，"看样子你是有顾忌的。"

刘玉东没言语。

"这么大的市长，竟然顾忌小事。"狄玉说，"你放心，我会守口如瓶的。"

刘玉东挤出些笑意，问："你老公叫什么名？哪个部门的?"

"我老公叫孟凡生，是刑侦支队一大队副主任科员。"狄玉说，"他说，一大队缺个大队长，他想当大队长。"

刘玉东点下头："我会考虑的。"

第十二章

1

封波用自行车撞了邓梅以后，商克峰让他回老家兴平镇没多长时间，他便耐不住寂寞，没经商克峰允许，返回了东林市。

封波不敢回新概念酒店，到一家农贸市场当了保安。农贸市场恰好在顾盛宽家附近。一天晚上，顾盛宽到农贸市场买东西时，觉得封波面熟，但一时没想起来在哪儿见过，回到家见到放在书房里的照片，才猛然想起封波是骑自行车撞邓梅的嫌疑人。自此，顾盛宽开始调查封波。他了解到，封波住在离农贸市场不远的一处公寓，每当封波下夜班的时候，他都发现，封波的衣服里鼓鼓囊囊的，且总是离开农贸市场一段距离后，才把衣服里藏着的熟食拿出来。顾盛宽计划，以封波有盗窃嫌疑把他传进派出所，而后连带着把他撞伤邓梅的事审出来。

一天，顾盛宽见封波下了白班，在街边的大排档喝了半斤酒，往住处走时被路边按摩房里一个穿着暴露的小姐叫了进去。顾盛宽给原在市公安局刑侦支队工作过，现是开发区分局刑侦大队长的姜鹏打了个电话……

封波和小姐被带到刑侦大队后，痛快地交代了卖淫嫖娼的事。再问别的，他就闭口不谈了。

姜鹏把顾盛宽给的照片逐一亮了出来，先是封波从农贸市场出来时身上鼓胀的照片，接着是封波从衣服里往外掏熟食的照片。

封波看了照片，不得不承认了偷商户熟食的事实。当姜鹏把顾盛宽从工商银行门口摄像头所拍的录像上截取的两张封波的照片亮出来时，封波目瞪口呆。

姜鹏问："这照片上的人是你吧？"

封波点头："是。"

"你在照片拍摄的地点附近干什么来着？"

"我忘了。"

姜鹏厉声说："你干什么你心里清楚，难道还想让被害人指认你吗？"

封波沉默起来。

姜鹏开导说："被害人现在没做伤情鉴定，若是做伤情鉴定的话，很可能会鉴定为轻伤。你除了要包赔对方医药费，还会被判刑。但你要是态度好的话，我们可以做被害人的工作，争取被害人对你的谅解。何去何从，你琢磨着办。"

封波慌了神，竹筒倒豆子般地把自己受商克峰的指使用自行车撞伤邓梅的事交代了。

顾盛宽拿到封波的交代材料，给薛贺打了电话，问薛贺事情办得怎么样了。薛贺说，事情基本办完了，不过他因母亲有病现在密山，从密山回来就跟顾盛宽联系。

2

顾盛宽给邓梅打电话，邓梅关机。顾盛宽想到凤凰山疗养院去看邓梅，还没走出公安局，蒋菲的电话打了进来。

蒋菲说，邓梅死了，她现在邓梅的家里，让顾盛宽过去一趟。顾盛宽听到邓梅的死讯，很是吃惊。

邓梅家客厅的桌上，摆放着邓梅的照片，照片前放着骨灰盒和香炉。蒋菲和丈夫分别坐在桌子的左右。

蒋菲的丈夫是个木讷的中年男子，在蒋菲给他和顾盛宽相互介绍后，他对顾盛宽只是点了下头。

顾盛宽问蒋菲："邓教授是怎么死的?"

蒋菲的神情很复杂，有悲戚、愧疚和无措。她有些口吃地说："半个月前，表姐的腿部石膏拆掉后，便要离开凤凰山疗养院，我和她就回到了她的家里。我见她生活能自理了，就回了趟家。谁知两天后我回来，表姐却不在家里……"

顾盛宽问："她上访去了?"

"对，她去上访了。我给表姐打电话，表姐说，她到省城清江办点儿事，过几天回来，让我放心。"蒋菲说，"都怪我，我若不离开她的话，她也不会去上访……"

顾盛宽有些急躁地打断蒋菲的话："你告诉我，她是怎么死的?"

"昨天下午，公安局的人打电话给我，说表姐因病死在上访学习班里，让我到殡仪馆去。我就打电话把我丈夫叫来，到了殡仪馆却只看到了骨灰盒，连她的最后一面也没见到。”说着，蒋菲嘤嘤地哭泣起来。

顾盛宽说：“公安局的人没说她得什么病死的吗？”

蒋菲抽泣地说：“说是因感冒引发心肌炎而死。”

顾盛宽点燃三炷香，插在香炉里，而后对着照片里慈笑的邓梅心中默语：“邓教授，你安心地走吧，我会竭力为你儿子的被害案和你的事讨个说法！这个社会终归会有讲理的地方。”

3

商克峰从刘玉东打来的电话里得知邓梅的死讯后，要和刘玉东好好庆祝一下。刘玉东说，下午要开局党委会，中午喝不了酒。

在局党委会上，刘玉东一言堂地提拔了两个人，一个是将自己的秘书肖宪国提拔为市局办公室主任，另一个是把孟凡生由副主任科员提拔为刑侦支队一大队大队长。

刘玉东开完局党委会，刚进办公室，他的手机就响了起来。他见来电显示是狄玉，就接起电话说：“我正要给你打电话呢。”

狄玉说：“你给我打电话肯定是好消息了。”

“当然是好消息，在刚才的局党委会上，孟凡生已被提拔为刑侦支队一大队大队长。”

狄玉的话语中透着兴奋说：“多谢刘市长对我老公的提携。”

刘玉东问：“你打来电话什么事？”

“晚间找你吃饭。”

“是你感谢我吗？”

“晚间的饭不是我请，是上回吃饭跟我去的于香霞请。”

“就是你说的那个亲戚吧？”

“于香霞其实不是我亲戚，是我一个好姐妹的女儿。”

“她为什么请我吃饭？”

“好攀你这棵大树，她从医学院毕业好进医院呀。”狄玉说。

“你给我打电话，那我只好从命了。”

晚间的饭局只有刘玉东和狄玉与于香霞。狄玉因老公受到提拔便高兴地张罗喝酒，于香霞想接近刘玉东，也紧着敬刘玉东酒。饭局近尾声时，一瓶五粮液酒已喝完。于香霞告诉服务员买单时，刘玉东说，他刚才去卫生间过程中已买完单。于香霞说，那多不好意思，要不咱们唱会儿歌去吧。狄玉说，好啊。她没等刘玉东说什么，就拽起刘玉东说，咱们到楼下娱乐城去。

即使狄玉不拽刘玉东，酒后的他也难舍面前两个有姿色的女人，有些摇晃地随着她俩离开了单间。

三人在娱乐城一个包厢里开唱起来，又喝下一杯啤酒。

狄玉的手机响了，狄玉从拎包里拿出手机，到外边接电话去了。

过了一会儿，狄玉从外边返回说：“我得先走一步，单位来个急诊。”

于香霞关切地说：“你喝了不少酒，到单位行吗？”

“没问题。”狄玉对刘玉东说，“你俩在这儿再玩一会儿。”

有于香霞在身边，刘玉东巴不得狄玉走，他说：“你忙去吧。”

待狄玉走出包厢，刘玉东把于香霞搂靠在自己的身上。

于香霞挣脱了一下，说：“我们坐一会儿吧。”

刘玉东只好松开手，和于香霞坐在沙发上。

刘玉东斟满两杯啤酒，递给于香霞一杯，说："来，喝酒。"

于香霞手捂着头说："我喝白酒还是可以的，但一跟啤酒掺着喝，就有些多。"

"喝几杯啤酒应当没问题。"刘玉东一语双关地说，"你不说要陪好我吗？"

"好，喝。"于香霞接过啤酒杯，一仰脖喝完杯中酒后，仰在了沙发上。

"没事吧？"刘玉东把脸贴在于香霞的耳边说，"要不上客房休息一会儿？"

"好吧。"于香霞含糊地说。

刘玉东喜出望外，把于香霞从沙发上搀扶起来。

于香霞说："我自己能走……"

刘玉东不知道，此时，他的恶行在别人的眼前暴露无遗。

薛贺上次看见狄玉为求刘玉东提携丈夫孟凡生在新概念酒店请客，准备第二天上班看摄像头拍下的4028号客房的好戏，可第二天早晨，他接到母亲病重的电话，便和梅丽到密山看母亲。他在密山待了一个星期，直到母亲病情缓和。这天下午，他和梅丽下了火车，回家吃了晚饭后，他对梅丽说，要到单位看一眼，就开车到了酒店。

其实薛贺惦记着4028号客房录下的摄像。薛贺进了办公室就在电脑上看到了震惊的一幕：刘玉东和一个女孩儿先后进了客房，女孩儿醉酒的样子仰在床上，刘玉东不顾女孩儿的推搡，解着女孩儿的衣服……

薛贺拿起手机，拨着顾盛宽的电话，可顾盛宽的电话没人接听。

4

此时，顾盛宽和郑君正在嘈杂的路边烧烤摊上喝酒，他专注地听着郑君发牢骚，手机响他没听见。

郑君在酒精的作用下，无所顾忌地说："今天下班时，看到提职公示，我心里憋闷透了。孟凡生能从副主任科员，直接提拔为大队长正职，明显有猫腻。我郑君怎么了？在教导员的位置上勤勤恳恳地干了五年，不就是没有给刘玉东送钱吗？还有，刘玉东的秘书肖宪国，人品低下，狐假虎威，竟也提拔为办公室主任……"

肖宪国被提拔办公室主任的原因，顾盛宽是听说过的，他说："肖宪国不差钱，他父亲是搞房地产开发的。有钱人在仕途上当然就捷足先登了。"

听了顾盛宽的话，郑君骂着说："有些领导干部在金钱面前，连起码的良知都丧失了，待人做事也就没有了公平和正义。孟凡生是我的徒弟，他的半斤八两我再清楚不过了，可这种人日后就是我的领导，你说我还咋混？我想调出刑侦支队。"

"你进公安局就干刑侦，从事这行也二十多年了；你离开刑侦支队调到别的警种，会不适应的。别遇到点儿挫折就想不开，我若像你似的，刑侦支队长被免后，岂不该去跳楼？"

顾盛宽的这句话起了作用，郑君默想了会儿，叹了一口气。

"有些事情我们虽然改变不了，但我们不能由此消极地对待人生。"顾盛宽动情地说，"警察的工作是特殊的职业，这个职业需要即使在有所失的情况下，仍坚守职业操守的人；多一个坚守职业操守的警察，这个社会才会多一分明朗，百姓才能多一分安宁！"

顾盛宽晚间回家后才看见薛贺打来的未接来电，他把电话回拨了过去。薛贺在电话里说，他在 4028 号客房里安装的摄像头，录到了刘玉东在客房强奸了一个女孩儿；女孩儿走时，他塞给女孩儿一沓钱。

顾盛宽说："你明天把录像资料给我。"

薛贺说："你让我搜集的材料都已整完，我明天一并交给你。"

顾盛宽说："好，你明天等我电话。"

第十三章

1

第二天一早，顾盛宽在自己家楼下拿到了薛贺给的资料。顾盛宽提醒薛贺说："4028 号客房的摄像头，你要及早拆下来，免得日后被对方发觉。"

薛贺给顾盛宽的移动硬盘里储存的录像，录下了两个场景，一个是狄玉为使丈夫孟凡生能够提拔陪刘玉东睡觉；另一个就是刘玉东借于香霞醉酒之机，强行与其发生性关系。录像的内容，也就是狄玉和刘玉东的对话，让顾盛宽知道了狄玉是孟凡生的妻子。而刘玉东强行与于香霞发生关系的场景，由于没有言明身份的对话，顾盛宽无从知道于香霞的身份。

看完录像后，顾盛宽义愤填膺，他认为，仅以移动硬盘的录像，就能证明刘玉东的严重问题。

对于顾盛宽来讲，扳倒刘玉东的唯一途径就是举报。可是把举报材料给谁，他犯起了寻思。给副省长兼公安厅厅长鲁洪刚，似乎把握不大，刘玉东是从省城清江市公安局副局长的位置调到东林的，说不定在省公安厅有自己的关系网。把材料递到公安部，似乎也不稳妥……对，何不找程坤江的生前好友魏军？“12·1”案件后来能够引起省委书记苏振民的重视，成为省公安厅督办案件，不就是邓梅通过魏军把情况反映到苏振民那儿的吗？自己虽不认识魏军，可关于程坤江被害案的事，他十有八九会帮忙的。

顾盛宽又详细看了薛贺给他的其他材料后，怀着激愤的心情在电脑上打出如下举报材料：

关于东林市副市长兼市公安局局长刘玉东违法乱纪问题的情况反映

尊敬的省委苏振民书记：

我叫顾盛宽，是东林市公安局民警（原刑侦支队支队长），现向您反映东林市副市长兼市公安局局长刘玉东的违法乱纪问题。

刘玉东是在“12·1”案件发生后，逐渐暴露出违法乱纪问题的。

……

我出于一名共产党员和公安民警的强烈社会责任感，以实名举报的方式，向苏书记反映刘玉东的违法乱纪问题。我举报的问题，仅是我了解到的，或许只是冰山一角。

望苏书记能对我的举报予以重视，指示纪检部门对刘玉东的问题彻查。若纪检部门调查刘玉东，我将提供相关的线索和证据协助调查。

此致

东林市公安局　顾盛宽

顾盛宽写完举报信，不得不思虑，若是这封举报信落到刘玉东的手里，他会对自己怎样呢？不过最后他还是对自己说，顾盛宽，警察的生涯让你常走在刀锋上，你从没有退缩过。这次对刘玉东的举报，要比侦破一桩疑难案件更荣光，更有意义，你岂能怯懦？

电脑桌上的手机响起，打断了顾盛宽的思索，他拿起了手机。电话是顾梦阳打来的，她跟父亲说，自己一星期后到清江省公安厅上班，想先到东林看父亲。顾盛宽说："我这几天到清江办事，你就不用过来了，咱俩在清江见吧。"

2

被商克峰打流产的何静，出院后因向商克峰索要高额的补偿没如愿，便欲找商兆明理论，被保安挡在了门外。于是，何静便疯了似的在上下班的时间段在市委大门口堵商兆明。一天早晨，她见到商兆明，离老远就高声叫骂，骂商兆明的儿子商克峰仰仗他的权势无恶不作，不仅玩弄女人弄大人家肚子，还将其打流产……商兆明阴郁着脸，在保安的护送下在她跟前匆忙而过。

商兆明刚进办公室，就"咣当"一声倒地……

商兆明因心脏病突发，被送进东林心血管病医院，经抢救无效死亡。

在东林市殡仪中心商兆明的告别仪式上，刘玉东见到了薛贺，他猛地一怔，这不就是自己觉得面熟而又跟顾盛宽下了出租车走进饭店的那个人吗？他怎么会在这儿？

出了告别厅，他本想问商克峰薛贺是谁，没等他开口，商克峰却走到刘玉东跟前，恶狠狠地说："我父亲是何静气死的，你应当把她抓起来。"

刘玉东说："你父亲的死，虽跟何静有一定的关系，但是难以追究她刑事责任，至多牵扯到民事赔偿。"

"民事赔偿那倒不必了。"商克峰说，"我不会便宜她。"

刘玉东指了下不远处的薛贺："他是谁？"

"你不认识吗？咱们在一起吃过饭的。"商克峰说，"他是我们酒店的副总薛贺。"

商克峰的话，让刘玉东倒吸口凉气。酒店副总的薛贺为何跟顾盛宽往来？似乎两人还挺亲近……他忽然想起自己在新概念酒店 4028 号客房的事，不禁忐忑地想，要是酒店里有内奸，偷拍下自己所做的事，那麻烦就大了……

"薛贺这个人你得多注意。"刘玉东说，"你把薛贺的手机号用短信发给我。"

"我和薛贺合作也有三年了，我看这人还可以呀。"

"待我先查查他。"刘玉东说，"市政府那边还有事儿，我得走了。"

"那你忙去吧。"商克峰不解地看着刘玉东转身离去。

3

刘玉东的轿车并没向东林市政府方向驶，而是到了公安局。他进了办公室，拿起电话打给耿禹，让他到自己办公室来。耿禹到了他办公室后，他把商克峰传给他的薛贺手机号写在一张纸上，让耿禹查通话记录。他告诉耿禹，找两个靠谱的人待命。

耿禹见刘玉东的脸上有种少有的严肃，忙不迭地点头答应。

下午，刘玉东从耿禹手里接过薛贺手机的话单，看到顾盛宽的手机号出现在话单上多次，愈发怀疑薛贺和顾盛宽在暗中搞什么名堂。他拿起内线电话，拨通了技术侦查支队，说了薛贺的手机号，让他们监听。他放下电话，对耿禹说："你领人跟我到新概念酒店。"

耿禹还没见过作为副市长兼公安局局长的刘玉东带领刑侦人员具体做过什么。他也从薛贺的话单上看到了顾盛宽的手机号码，感觉到刘玉东今天的所为与顾盛宽有关联，心想，顾盛宽做了什么事会让他如此焦虑呢？他表示着自己的忠心说："刘市长，有什么事吩咐我去做吧。"

刘玉东说："有些事你不明白，还是我亲自去。"

耿禹不好再说什么，只得拿出手机，向孟凡生做着吩咐……

刘玉东听到耿禹打电话给孟凡生，他考虑，若是自己在酒店客房跟孟凡生的妻子狄玉发生关系被人录了像，孟凡生跟自己到酒店搞调查再得知详情，会使自己和孟凡生都无法面对。他对耿禹说："一大队不是正搞一起命案吗？就别让孟凡生过来了。"

"好的，那我找别人。"耿禹忙挂断电话，有些诧异地应着。在耿禹的眼里，孟凡生是刘玉东最赏识的人。刘玉东让他找两个靠谱的人，所以他首先想到了孟凡生，而此时，刘玉东却拒绝孟凡生随他同行。

刘玉东阴沉着脸说："你要告诉随咱俩去的人，无论知道什么和做什么，都要守口如瓶。”

“刘市长，您放心，我知道该怎么做。”耿禹说着，拨着手机，重新做着安排……

在去往新概念酒店的路上，刘玉东坐的耿禹的车。耿禹看着倒车镜里后边紧跟着的别克轿车说：“刘市长，跟在后边的是一大队的邵明和刚入警的代夕波，邵明是我的嫡系，代夕波家住清江，不是本市的，不会有问题。有些话，我已经交代他俩了。”

仰靠在后排座的刘玉东“嗯”了一声。

到了新概念酒店门口，耿禹打开后车门，刘玉东不像往常似的缓慢而出，而是敏捷地钻出车来。

邵明和代夕波马上到门前推开门。

刘玉东让服务员打开了 4028 号房门，他走进客房后对耿禹说：“你领人检查下这间客房有没有摄像监听设备。”

“是。”耿禹应了声，便领人从客厅开始检查。

刘玉东点燃一支烟，坐在沙发上，看着属下忙碌。

耿禹等人在客厅没有检查出什么来，进入卧室检查没过五分钟，耿禹就喊：“刘市长，发现一个无线摄像头。”

刘玉东忙把手中的烟捻灭在烟灰缸里，奔向卧室。

耿禹手里拎着的塑料袋里装着无线摄像头，他指着双人床的床头上被摘下风罩的通风口说：“摄像头在那儿发现的。”

“接收装置应在这个酒店的副总薛贺的办公室。”刘玉东脱口而出。

耿禹说：“那我们应当搜查薛贺的办公室。”

刘玉东点下头……

陪在商克峰身边的薛贺，下班时接到了单位的电话，说税务局来审计账目了。他回到单位，刚下车，着便衣的两个人亮出警察工作证后，把他塞进了另一辆车里……

4

梅丽见薛贺一宿没回家，打他电话手机还关机，便给商克峰打电话。商克峰说："昨天下午单位给他打电话，说税务局来审计账目，让他回单位。别的情况我就不知道了。"

她来到新概念酒店，打听到一些情况。

女会计说，昨天警察强迫她给薛贺打电话，说税务局来审计，让他回单位一趟。

酒店门口保安说："薛总昨天下班时在门口刚下车，就被两个便衣警察给带走了，他的车还在单位门口停着呢。"

顺着保安所指，梅丽看到了丈夫的雪铁龙轿车。

梅丽六神无主地愣怔了半天，才想起给顾盛宽打电话。顾盛宽听了梅丽的话，心里不由一沉：薛贺被警察带走，十有八九是刘玉东发现了薛贺在搜集他的违法证据而采取的举动。顾盛宽不能把实情告诉给梅丽，他对梅丽说："薛贺不会做违法犯罪的事，警察找他有可能是场误会，你不要着急。"

梅丽岂能不急，她对顾盛宽说："在电话里说不清楚，我到公安局找你面谈。"

顾盛宽说："你别到公安局，半小时后你到公安局附近的京都涮羊肉饭店门口，我在那儿等你。"

顾盛宽用内线电话向郑君打听，刑侦支队是否传唤了个叫薛贺的人。郑君说："是传唤了一个人，但不知叫什么。耿禹领着邵明和代夕波对那人审了一宿。"

郑君的话，让顾盛宽认定，耿禹所审的人就是薛贺，他愈发感到情况不妙。

在京都涮羊肉饭店门口，顾盛宽坐进梅丽的车里：“我打听了，薛贺被传到刑侦支队了。”

梅丽问：“警察因为什么抓他呢？”

“我还不知详情。”顾盛宽说，“薛贺的事我会想办法，你回家等我消息吧。”

梅丽点下头：“一有消息，马上告诉我。”

“好的。”顾盛宽转身下了车。

顾盛宽回到办公室，连吸了几支烟。他想求原东林市公安局分管刑侦的副局长、现任省公安厅副厅长的谷涛帮忙放出薛贺。他跟谷涛一同工作二十余年，私交甚好；况且谷涛毕竟是省公安厅领导，跟刘玉东说话应当会起作用。

顾盛宽跟谷涛通了话。

谷涛在电话里问顾盛宽：“现在怎么样？”

顾盛宽叹了一口气说：“不容易呀，因为搞一起案件，把刘玉东得罪了，刑侦支队长被免，还挨了个处分。在生活上，你弟妹柳晓宇因肝癌去世了。”

谷涛听了顾盛宽的话，唏嘘了一番，问：“你搞什么案件把刘玉东得罪了？”

顾盛宽说：“只言片语说不完，待我见你面详谈。我求你一件事。”

谷涛说：“咱俩这关系，有话直说。”

顾盛宽说：“我有一做生意的好友，叫薛贺，不知什么事被耿禹领人传到了刑侦支队。我敢保证，薛贺不会做违法犯罪的事，因我现在的角色位卑言轻，所以我只好把电话打给你，麻烦你给刘玉东打电话，过问下薛贺的事。”

谷涛感觉出，顾盛宽找他办的事虽外表看似小事，但这小事里面定有隐情，否则顾盛宽不会找他这个副厅长出面跟刘玉东沟通。

谷涛说：“我这就给刘玉东打电话，过会儿我给你回话。”

二十分钟后，谷涛给顾盛宽回电话说：“经向刘玉东了解，薛贺在他所住的宾馆房间安装了摄像头，涉嫌敲诈勒索。他说，会妥善处理的。”

谷涛给顾盛宽的回话，验证了顾盛宽的判断。他很清楚，薛贺肯定会遭罪的，不知薛贺能否挺住……

5

刘玉东正在听耿禹汇报审问薛贺的情况。

耿禹说：“薛贺交代，在客房安装摄像头，目的就是为了看住进客房里的男女做爱的场面，以满足自己偷窥的欲望。自从安装摄像头后，白天在办公室的电脑上，还没有看到自己想看的画面。”

刘玉东心里明白，薛贺不可能不知道 4028 号客房是自己时常光顾的地方，他安装摄像头显然就是针对自己的。他对耿禹说：“薛贺没有说实话，你们一定要让薛贺把真实的目的交代出来。如果他不吐口的话，你们找个理由先给他押起来，再慢慢审。”

耿禹临出门说：“我们争取今天让他吐口。”

刘玉东办公桌上的手机响起，来电显示的是谷涛……

接完谷涛的电话，刘玉东一筹莫展。这时，传来了敲门声。

他说："请进。"

孟凡生推门而进。

"来，凡生。"刘玉东把孟凡生让到办公桌前的椅子上，问，"你有事？"

孟凡生直言："刘市长，我是来请缨的。您不是指示传来一个叫薛贺的人吗？这人到现在还没说实话，我能让他吐口说实话。"

刘玉东听了孟凡生的话，犹豫间没有表态。

孟凡生又很有意味地说："在这个世界上，没有付出就没有回报，我知道我怎么当的大队长……"

刘玉东和孟凡生的妻子狄玉关系暧昧，孟凡生的话，使他脸上的表情瞬间不自然起来。

孟凡生接着说："刘市长，您放心，我是什么事情都能够看开的人，你应当信任我。"

孟凡生后面的话让刘玉东有些释然，他想：既然什么事情都瞒不过孟凡生，他还表明了态度，且薛贺目前仍没审出来东西，那就把薛贺交给他审。他开口说："那好，薛贺由你来审，不过我强调两条，第一、薛贺身上不能有伤；第二、在他滞留二十四小时内必须交代出实质性问题，也就是弄清楚到底是谁指使他在客房安装的摄像头和都录到了什么，并把录像资料交给了谁。"

孟凡生说："您放心吧。"

6

耿禹让邵明对薛贺审讯时尽快按刘玉东的意图把口供拿下。邵明隐约感觉到，自己正涉足一汪看不清底的浑水当中，自己应当慎重才是。他没对薛贺实施体罚，只是没有让薛贺睡觉和给他少吃了些东西。

孟凡生进了审讯室，让邵明和代夕波离开。薛贺在孟凡生凶狠的目光逼视下，觉得脊背发凉……

顾盛宽有午睡的习惯，可是这天他却没心思午睡。他坐在机关大楼六楼办公室的窗前，目光落在对面刑侦支队所在的四层黄楼上。下午1点50分，他看见孟凡生领人押解着薛贺上了一辆车，不知去了何处。3点10分，孟凡生等人又押解着薛贺返回刑侦支队。

顾盛宽的心悬了起来：难道薛贺交代问题了？他被押解外出是去取什么所谓的证据吗？他心里明白，若是薛贺挺不住，自己在没打着蛇之前将会被蛇咬！刘玉东掌握着实权，想以卑劣手段整治自己的一个属下，实属易如反掌。

下午3点40分，他看见薛贺一个人摇晃着走出黄楼，向公安局的大门口走去。他欲给薛贺打电话，又担心薛贺的手机已被监听，便匆忙出门，去追赶薛贺。

顾盛宽见薛贺上了一辆出租车，也打了辆出租车，却没能跟上薛贺。

因眼睛和鼻子里被孟凡生灌了芥末油，薛贺涕泪涟涟地上了出租车，对司机说："到夏威夷洗浴中心。"

走进夏威夷洗浴中心，薛贺匆忙地脱下衣物，进了浴区就跳进了浴池里。他把面部淹没在水中半天才觉得舒服了不少，脸上已不再是涕泪涟涟的样子，之前似乎在阴间游历了一遭的情景又一幕幕浮现在脑海里……

孟凡生叼着烟狞笑着对他说："你还是说实话吧，不说实话的话，你死了，扔下貌美的媳妇和上千万元的资产，岂不可惜？”

薛贺哪遭受过这种罪，他的意志已无法再坚持下去。

孟凡生用手指点着薛贺的额头说：“别以为我什么都不知道，指使你在客房安摄像头的就是顾盛宽，是不是？”

孟凡生的话，让薛贺怔住了。

孟凡生用力拍着薛贺的脸说：“今天你不交代实情，肯定走不出这间屋子。”

薛贺开口说：“我受顾盛宽蒙蔽了，我和他是朋友……一个月前，顾盛宽说，为了搞一起案件，让我在4028号客房里安装摄像头，用于秘密侦查，并让我跟谁都不能提及此事，即使警察找我也不能说。安装摄像装置后，录下了一个男人在不同时间段跟两个女人做爱的场面……几天前，顾盛宽到我办公室把录像复制到他拿的移动硬盘上了。事情就这么个经过。”

孟凡生问：“难道你没有保存录像吗？”

薛贺说：“没有保存。”

孟凡生不相信，领人押解着薛贺到他的单位和家里进行了仔细搜查，可结果却一无所获。

孟凡生把薛贺押回单位后，不甘心，本想再接着对其讯问，可刘玉东指示他把薛贺放了，他只好作罢。

薛贺从浴区出来，穿好衣服，才想起应该给妻子打个电话。他掏出手机，刚拨通梅丽的手机，梅丽就着急地问：“你现在在哪儿？你怎么才开机？”

薛贺说：“我在夏威夷洗浴中心，刚洗完澡。”

梅丽说：“你在夏威夷洗浴中心门口等我，我现在过去接你。”

梅丽把车停在了薛贺跟前，薛贺见顾盛宽坐在车后排座上，打开后车门，坐在顾盛宽身旁。

顾盛宽向他使了个眼色。

薛贺见梅丽回头打量自己，便故作轻松地问："你看，我在公安局待了二十多个小时，外表有变化吗？"

薛贺遭受的皮肉之苦外人是觉察不出的，梅丽也就当然没看出什么，她说："没什么变化。"

顾盛宽说："我给薛贺压压惊，咱们找个地方吃点儿饭吧。"

薛贺皮肉之苦的难耐及精神的紧张，使他在此之前没觉出饿来。顾盛宽说出要吃饭的话，他顿觉饥肠辘辘起来，忙说："对，咱们找个地方吃点儿饭吧，我还真有些饿了。"

在一家海鲜酒店的单间里，梅丽对薛贺说："你能够及时出来，都是顾盛宽帮忙的结果。"

她和薛贺端起白酒杯，敬向顾盛宽。

梅丽说："老同学，多谢你了！我两口子敬你一杯。"

顾盛宽响应着把酒喝过后说："其实我不找人出面，薛贺也没什么大事。至多是税务局财会审计时，账目出现点儿小问题。"

薛贺当然明白顾盛宽所说的意思，接碴儿说："没想到现在账目审计这么严，多亏没查出大的问题。"

顾盛宽起身说，要去洗手间。

薛贺也跟着去了。

两人方便时，顾盛宽问："摄像头的事，你怎么说的？"

薛贺靠近顾盛宽，言不由衷地说："在客房里安摄像头，我说我有偷窥欲，别的什么也没说……"

第十四章

1

薛贺被放走后，孟凡生回到办公室，抽起了闷烟。他在请缨审讯薛贺前，耿禹刚开始让他参与当中，后又借故不让他参与。接着他打听到，薛贺是因在新概念酒店客房安装摄像头而被抓的，他已隐约感觉，摄像头所摄的隐私除与刘玉东有关外，极有可能还与自己相关。若是与自己有关的话，那就是刘玉东跟自己的妻子狄玉在那间客房待过。虽然自己当上大队长，是狄玉运作的结果，过后为表感谢，送给了刘玉东两万元钱。但他仍在考虑，狄玉的容颜和风情，刘玉东岂能放过她？孟凡生虽对刘玉东说过，他是什么事情都能够看开的人，但那只是他的一个计谋，他的目的是，拿到刘玉东和狄玉在床上的证据，以此胁迫刘玉东，获得更大的益处。但这个计划落空了，他心中既有妻子不是那种女人的释然，同时又感到空落落的。

吃饭过程中，孟凡生轻描淡写地说了薛贺的事。狄玉表情不自然，没说话。

饭后，孟凡生开车送狄玉到医院值班。在回家的途中，帝豪娱乐城总经理谢志给他打电话说，公安局消防支队在他那儿检查消防设施不合格，让他去给讲情。

孟凡生到了帝豪娱乐城，把消防支队的人打发走了后，便和谢志在包厢里喝起啤酒来。

谢志说："我这娱乐城虽然生意还行，但也扛不起你们公安局的折腾。几天前治安支队的来过，今天消防支队的又来，分局和派出所更是常光顾；再一个，我也不好老麻烦你往这儿跑。"

孟凡生看着谢志："那你的意思是……"

"孟哥，你看这么办行不行？等哪天你把我引荐给你们的老大，他若是出面说句话，日后你们的人就不会上这儿来查这查那了。"

"咱哥儿们不用说这话，你生意发达了，我看着也高兴。"孟凡生说，"你说的事情该怎么办，我得考虑考虑。"

在谢志的眼里，孟凡生是言出即行的人。他高兴地端起酒杯说："那我日后的生意，就得仰仗孟哥了。"

"我会尽力而为。"孟凡生喝了杯中的啤酒。

第二天上午，孟凡生被手机铃声叫醒，他接电话时见手机上时间已 10 点。

手机里传来刘玉东的声音："孟凡生吗？"

孟凡生是第一次接刘玉东的电话，受宠若惊，结巴地说：“刘、刘市长，我是孟凡生，您有什么指示？”

“你到我办公室来一趟。”刘玉东说完这句话，挂断了电话。

2

孟凡生终于从薛贺的身上抠出了刘玉东预料到的口供，使刘玉东心中明了：顾盛宽搜集自己的证据，是为了扳倒自己。刘玉东第二天做了消除那段录像的隐患工作，他给狄玉打了电话，让狄玉转告于香霞，她进第一人民医院的事，自己一定会帮忙。狄玉已从孟凡生那儿得知了相关情况，她说：“刘市长，您放心，那段录像不会给您添麻烦的。”

虽然狄玉的话让刘玉东宽慰了些，但如何把顾盛宽手里的证据弄到手或阻止他举报自己，对刘玉东来讲，已成为当务之急。

刘玉东正焦虑间，办公桌上的电话响起。他坐在靠椅上，拿起了电话。

政治部主任卢向东在电话里说：“省公安厅让顾盛宽到省警官学院授课一周。”

刘玉东一听顾盛宽的名字，就烦躁地对卢向东说：“你应当跟省公安厅政治部反映，像顾盛宽这样因违纪被免职并受过处分的人，不再适合当警官学院客座教授。”

卢向东嗫嚅地说：“那、那我现在跟省公安厅反映。”

刘玉东跟卢向东通完话，琢磨着怎样对付顾盛宽。他首先想到了孟凡生，于是给孟凡生打了电话。

孟凡生推开刘玉东办公室的门，气喘吁吁。

刘玉东把孟凡生让到办公桌前的椅子处。

孟凡生问："刘市长，找我什么事?"

"你曾经跟我说过，让我信任你。"刘玉东说，"你能让薛贺交代出问题，我看你的表现就很不错。"

孟凡生有些自得："刘市长，昨天若是对薛贺的审讯时间充裕的话，我还能从薛贺嘴里抠出些东西。"

"留滞时间不能超过二十四小时，这你是知道的。况且薛贺那边不知通过什么关系找了省公安厅领导当说客。"刘玉东说，"通过薛贺所交代出的问题，你觉得我们下一步该怎么办?"

"刘市长，那我就直说了。"

刘玉东点头："你说。"

孟凡生思忖着说："薛贺受顾盛宽指使在客房安装摄像头，显然是顾盛宽要搜集您的材料，想对您下手。我推测，顾盛宽通过薛贺搜集到的影像资料，只是顾盛宽手里材料的一部分……我觉得，我们下一步该做的，就是设法把顾盛宽手中的涉及到您的材料搞到手，阻止他拿材料做不利于您的举动。"他又有些忧心地说，"就怕录像没搞到手之前，顾盛宽把录像弄到网上去。"

孟凡生的话，让刘玉东心里"咯噔"一下，不过他摇下头说："以顾盛宽的个性，他不会用这种卑劣手段的。"他凝视着孟凡生，"我把下一步该做的事交给你，你能完成任务吗?"

孟凡生想抱紧刘玉东这棵大树，是他接受所谓任务的大前提；另一方面，他也不想让那段有可能是妻子和刘玉东在床上的影像扩散。孟凡生面上掠过一丝为难，但随即又说："刘市长，虽然完成您交给我的任务有很大难度，不过我一定完成。"

刘玉东说："你放开手脚去做，只要别让对方抓住大的把柄就行。"

孟凡生从市政府出来，就驱车向帝豪娱乐城驶去，他想让谢志帮助自己完成任务。

孟凡生找谢志帮忙。谢志也提出了要求，他的要求是，让孟凡生把自己引荐给刘玉东，他想仰仗刘玉东这个靠山把自己的生意做强做大。

孟凡生满口答应了谢志的要求。

3

这天下午，商克峰开着车，看见了在街边走的何静，心中倏然产生了难以遏制的恨意，脑海中萌生一个恶毒的计划。他在何静身边停下车，面色平静地降下车窗："何静，你到哪儿？我送你。"

何静和商克峰有了矛盾后，商克峰对她始终凶神恶煞。商克峰的一反常态，让何静感到诧异。她放慢了脚步，冷眼看着商克峰："我到前面办点儿事，不用你送。"

商克峰下车挡住了何静，动情地说："咱俩曾有过恩爱，虽然你伤害过我，我也伤害过你，但毕竟你对我的伤害要大些，我父亲的去世，跟你是有关系的。我今天对你持一种包容的心态，你何必又这么冷漠呢？"

何静没有出声，但她的表情有了缓和。

商克峰为使何静顺从自己，撒谎说："我近期就要离开东林到外地发展，若是在外地发展好了，就不打算回东林了。咱俩这不期然的相遇或许就是相见的最后一面了。"他打开后车门，"上车吧。如果你方便的话，咱俩找个地方聊聊，若是你不方便，你到哪儿我送你。"

何静被商克峰的伪善所迷惑，上了车。

商克峰启动了车，通过后视镜看着何静说："咱俩找个地方吃点儿饭吧？"

何静终于开口："好吧。"

商克峰和何静进了一家名叫朝鲜小吃的饭店。两人在单间就餐的过程中，刚开始气氛十分沉闷。商克峰问何静些最近怎样、父母身体可好等话。何静机械地回答。

商克峰趁何静去卫生间的机会，从拎兜里拿出一包迷奸粉掺在何静喝的饮料中。他这么做，并不是想跟何静重温旧梦，而是让何静听任自己摆布。

待何静回到餐桌前，商克峰端起啤酒杯，貌似真诚地说："何静，我敬你一杯。无论我俩有过怎样的恩怨，都是过去的事了。祝你一切皆好！"

何静以前对商克峰的偏激举动，都是源于两人由爱结怨后的结果。商克峰此时的表现，让她不由得有些感动，她拿起啤酒瓶和一个空杯说："你既然这么说，那我就陪你喝杯啤酒。"

"我不介意你喝什么。"商克峰把住何静手持的啤酒瓶说，"况且，我也知道你喝酒过敏，你就喝饮料吧。"

何静把杯中的饮料一饮而尽。

商克峰面露狞笑，慢啜着杯中的啤酒。

何静放下饮料杯，忽地伤感流着泪说："克峰，我对不起你！现在想起我对你父亲的伤害，我真的很愧疚，不止愧疚，而是内心有种负罪感……"

商克峰打断何静的话："事情都过去了，你还想那么多干什么？"

何静擦拭着泪水说："如果你当初像现在这样通达明理地待我，或许就不会出现不该出现的事情；你自以为是地蛮横，我一条道走到黑地偏激，结果是两败俱伤。”

何静的话，刺痛了商克峰的伤处，他勃然变色，但瞬间又变得和颜悦色。他充满感悟地说：“其实，我思想的转变在于我父亲的去世。我父亲的离去，让我总结了自己三十五年的人生，我忽然悟出我个性中的诸多缺点。我为了攫取更多的钱，把自己变成了挣钱的机器，只想到自己畅快，却不顾对方的感受……”

商克峰的话，让何静再次感动得流泪。没过一会儿，她喝下去的迷奸粉使她自控力下降，她脱下外衣，说：“咱俩该到个地方休息一下。”

商克峰要的就是这种效果，他说：“好啊。”

商克峰想找个偏僻的场所，于是把车开到了青年公寓，他让何静开了房。

何静开的房位于青年公寓的顶层十二层，顶层的客房有阳台。两人进了客房，商克峰拥着何静走向阳台。

商克峰从身后搂着何静说，咱俩就像泰坦尼克号中的主人公，犹如在大海上面对前方无限辽阔的世界……他话音没落，把何静推下了楼……

4

晚间，在帝豪娱乐城包厢里的孟凡生又接到了刘玉东的电话，让他到青年公寓出个自杀现场。刘玉东的电话打断了孟凡生的好事，他一反常态地跟刘玉东说，一个自杀现场让派出所出警就可以了。刘玉东说，自杀者不是别人，是做过商克峰情人的何静。孟凡生知道刘玉东和商克峰的关系，恍然明白了刘玉东让他出现场的用意，立马答应说：“我马上过去。”

孟凡生出现场后，通过收银台上监控录像得知，是何静开的房。属地派出所民警也随后赶到。孟凡生说，初步断定是自杀。

何静的父母到了现场，伤痛欲绝地说，女儿不可能是自杀，要求公安机关立案侦查。孟凡生没予理会。

刘玉东在电话里听了孟凡生介绍的情况，断然说："就按照你说的意见处理，对何静的自杀不予立案侦查。"

就在商克峰了结了自己心头之恨而沾沾自喜时，两天后，孟凡生到了他办公室。

商克峰觉得孟凡生眼熟，思忖着说："你是？"

孟凡生煞有介事地自我介绍："我是东林市公安局刑侦支队一大队大队长孟凡生。"

"是孟大队，刘市长曾提起过你。你有何吩咐，尽管说。"商克峰忙不迭地起身，给孟凡生让座沏茶。

孟凡生在沙发上跷起二郎腿，问："何静原先是你情人？"

商克峰紧张了一下，随即把茶杯递给孟凡生，笑着说："谈不上情人，以前曾是好朋友。"

"啊，原来是这样。"孟凡生理解似的点下头，"也是，情人应是铭记于心的，上过床的并不等于就是情人。"

商克峰不知孟凡生葫芦里卖的什么药，不禁问："何静不是自杀了吗？孟大队怎么又提起了她？"

"我若说何静不是自杀呢？"孟凡生呷了一口茶，盯着商克峰说，"通过调查，何静的死是谋杀。"

商克峰愕然。

"虽然何静跳楼的青年公寓只有收银台前一个监控，监控录像中只有何静，没有显示你。但我查看了案发时间段的交通录像，在案发前十七分钟，你开车拉着何静经过太平路口右拐进入光华街，你右拐后二十米就是青年公寓。”孟凡生一字一顿地说，“更主要的是，经法医解剖，何静的身体里有迷奸粉的成分，也就是 K 粉。”

商克峰慌了神，问：“孟大队，你想怎样？”

孟凡生说得很爽快：“花钱消灾。”

“你要多少钱？”

孟凡生狮子大张口：“你准备两百万吧，这几天给我。”

商克峰犹豫了：“我考虑下。”

“你一个资产上亿的富人，面对自己生命的安危，不会在乎两百万吧？”孟凡生直言不讳地说，“再一个，我提醒你，我跟你提的要求你没必要跟刘玉东说，我知道你俩的关系。正因为考虑到你俩的关系我才这样做的，否则的话，我也不愿冒包庇杀人犯的风险。”

商克峰听孟凡生说得如此明了，只得答应说：“那好，我给你两百万。”

两天后，孟凡生在商克峰那儿拿了两百万，给了法医肖刚二十万元的封口费。

第十五章

1

省公安厅政治部没有理会东林市公安局反映的顾盛宽不再适合当警官学院客座教授的提议，仍旧让顾盛宽到省警官学院授课一周。

顾盛宽想提前一天赶到省城清江，他除了到省警官学院讲课外，还想见程坤江生前好友魏军一面。他从手机里调出早已了解到的魏军的手机号。

对方接了电话："哪位?"

顾盛宽问："你是魏军吗?"

对方说："我是。"

顾盛宽说："我叫顾盛宽，是东林市公安局民警，曾搞过程坤江的被害案；我公出要到清江，想跟你谈件事。"

魏军说："我没在清江，我在东林。"

顾盛宽说："那你我现在见面很近便，我可以见你吗？"

魏军说："你半小时后到假日酒店来吧，我住 2001 号客房。"

顾盛宽欲出门时，传来了"咚咚"的敲门声。

顾盛宽开门，见女儿站在门外。他觉得意外："姑娘，你怎么今天回来了？我还寻思今天上清江，晚上给你打电话呢。"

顾梦阳进屋，娇嗔地说："半个月前我给您打电话说回家看您，您说几天内到清江，让我在清江等您；结果我到省公安厅工作半个月了，始终没接到您打给我的电话。"

"我有事耽搁了。昨天通知我到省警官学院授课，这我才动身。"

顾梦阳看父亲穿戴齐整的样子，问："您现在就要出门吗？"

"我要出去办件事，而后坐火车去清江。"

"您明天走可不可以？"顾梦阳说，"我从省公安厅开车来，明天要参加一个中学同学的婚礼，下午您坐我的车一同走吧。"

"不了，我坐中午 11 点到清江的火车，票都买好了。"顾盛宽说着，拎起旅行包，推开了房门，"明天咱俩省城见。"

"您到哪儿？我开车送您。"顾梦阳说着，从父亲手中接过旅行包，随父亲一同出了门。

顾梦阳开着丰田大吉普把父亲送到假日酒店门口，顾盛宽下车后欲拿拎包。

顾梦阳说，"爸，拎包您不用拿了，我明天到清江直接给您送到省警官学院寝室去。"

"也好。"顾盛宽说，"别把我拎包弄丢了，这里面可有重要的东西。"

顾梦阳说："您再重要的东西，我也不可能给您弄丢。"

"好了，明天电话联系。"顾盛宽跟女儿道别，走进了宾馆。

假日酒店 2001 号客房是间总统套房。顾盛宽一走进房间，在门口一小桌后坐着的女秘书起身问："先生，您怎么称呼？有预约吗？"

顾盛宽说："我叫顾盛宽，半个小时前我跟魏军通过电话。"

女秘书指着旁边的沙发说："顾先生，您稍等一会儿，魏总正在会议室开会。"

顾盛宽坐在沙发上，掏出手机看了眼时间，见已 9 点 10 分，想，别让我等时间过长，赶不上到清江的火车。

好在顾盛宽刚喝完女秘书递给的茶水，就见从里间走出几个人。女秘书对顾盛宽说："您跟我来。"就把顾盛宽领进一间小会议室里。

没等女秘书介绍，一个方正大脸、体格魁梧的男子迎上前，握着顾盛宽的手说："你就是顾支队长吧？我是魏军，我听说过你。"

顾盛宽说："魏总，你好。"接着他说，"我更正下，我现在已不是支队长了，你叫我老顾吧。"

"好，叫老顾更亲近些。来，坐。"魏军把顾盛宽让座在自己对面的椅子上，待女秘书出去，他问，"不知你找我谈什么事？"

顾盛宽只知道魏军是清江省与政界关系密切的知名企业家，程坤江的生前好友，别的就不了解了。顾盛宽在没掏出举报信前，不无顾虑地说："魏总，在我没谈事之前，你得对我有个保证……"

魏军面露诧异："保证什么？"

"我跟你谈的事，无论你办与不办，都要给予保密。"

魏军点下头："这你放心。"

"我之所以找你，是因为得知你是程坤江生前的好友。在程坤江被害案的侦破停滞不前时，是你把程坤江母亲邓梅的信访材料递到了省委书记苏振民的手里。"顾盛宽点燃一支烟说，"在外人看来，苏振民在信访材料上作了批示后，公安机关加大了案件侦办力度，程坤江的被害案告破，凶手得以法办。但事实是，案件并没有真正地告破，凶手仍然逍遥法外。由此邓梅接着上访，她的举动引起了对方的恐慌，对方为使她不再上访，用自行车撞伤了她，并把她抓起来，她因病得不到及时救治而亡！"

魏军面露惊愕："原来是这样！"他默然片刻，伤感而又喟叹地说，"邓梅第二次上访，曾给我打过电话，在这之前因我得知程坤江的被害案已告破，所以我认为邓梅是由于儿子的死伤心过度，对于自己怀疑的害死儿子的凶手是没有根据的主观臆断，我开导了她一番没再帮她。没想到她竟……"

顾盛宽说："程坤江被害案难以侦破，并不是当初邓梅上访所说因嫌疑人商克峰的父亲商兆明是市委书记的原因，真正包庇商克峰的另有其人，只有把包庇商克峰的人扳倒，程坤江的被害案才会侦破。"

"没想到程坤江被害案竟会如此复杂。"魏军问，"谁包庇商克峰？"

顾盛宽从衣兜拿出举报信，递给魏军说："我这儿有份情况反映，你看看。"

魏军接过举报信，看到标题《关于东林市副市长兼公安局局长刘玉东违法乱纪问题的情况反映》，神情凝重地看了起来。

看过举报信，魏军说："里面反映的问题确实触目惊心。"

"所以我才把这封举报信给你。"顾盛宽把烟蒂捻灭在烟灰缸里，注视着魏军说，“望你面呈省委书记苏振民。”

魏军踌躇地说：“你先把举报信放这儿吧……”

2

顾盛宽走后，魏军手里拿着举报信，陷入左右为难的境地。

魏军是房地产开发商，三年前，在省新闻界和企业界的一次联谊活动中认识了程坤江。程坤江的企业销售石油配件，魏军认识一家油田企业老总，他帮程坤江签订了一份大订单。魏军的企业资金短缺时，程坤江出于回馈，常把资金周转给魏军。就这样，互相的帮衬，使两人关系走得很近，于是便有了程坤江被害后，他帮邓梅把上访材料递到了省委书记苏振民案头的事情。而现在，他手里的举报信虽也牵扯到程坤江被害案，他却因时过境迁不得不慎重地对待了。一方面，他觉得自己对程坤江被害案的侦破已尽过力了，无愧于心；另一方面，他到东林是搞房地产开发的，正在争取东林市政府相关的优惠政策，可顾盛宽给他的举报信，却直指市领导。在目前的情形下，他若帮助顾盛宽，岂不给自己的商道增加阻碍？说不定还会惹火上身……

思虑后的魏军，把手里的举报信撕碎，走进卫生间，扔进了抽水马桶里。

魏军拿起手机，给顾盛宽发了短信：对不起，你跟我说的事，我帮不上你。

走在街上的顾盛宽，看到魏军发来的短信，在感到失落的同时，又思考着举报新途径，没有注意身后疾驶过来的一辆摩托车。

摩托车到了顾盛宽的身后，坐在后座的人伸手抢顾盛宽的背包。顾盛宽的背包被抢到对方的手里时，他也猝不及防地被拽倒在地，头部重重地磕在路旁的电线杆上……

3

在局机关走廊里，孟凡生趁没人时，拿出一串钥匙，在顾盛宽办公室的门前捅了一会儿，把门打开，进了屋内。

孟凡生打开顾盛宽办公桌上的电脑，查询了半天，又把电脑关上。孟凡生发现办公桌和文件柜都没有锁，翻腾了半天，但没有找到想要的东西，便退出了顾盛宽的办公室。

孟凡生接到了谢志打来的电话。

谢志说，他手下的人把顾盛宽的背包抢了来。

孟凡生说："背包里的东西你别动，我马上到你那儿。"

孟凡生到了帝豪娱乐城谢志的办公室，急切地拿起办公桌上的棕色背包，打开拉链，把包内的东西倒了出来，可里面仅有一个装洗漱用品的浴兜和一本易中天的《品三国》。

孟凡生事先已经得知，顾盛宽中午坐火车到清江，在他看来，顾盛宽应带着举报刘玉东的材料，可包里竟没有材料。

他问谢志："这个包你能肯定没人动过吗?"

谢志说："这点你尽可放心，我手下的弟兄不会动包里东西的。"

"在这个包到咱们手之前，顾盛宽去过其他地方吗?"

"他去了假日酒店。"谢志说，"跟踪他的人发现，今早8点钟左右，一个漂亮的女子开辆丰田大吉普进了他住的小区。没过几分钟，那辆丰田大吉普载着他驶出小区，送他到了假日酒店。过了半小时，他出了假日酒店，在单独去往火车站的途中，跟踪他的人才找机会下的手。”

“开丰田大吉普的女子多大岁数？车是什么颜色的？车牌号是多少？顾盛宽进了假日酒店哪间客房？”孟凡生接连问了几个问题。

“你说的这些，我还没问跟踪他的人。”

孟凡生很想当面向跟踪顾盛宽的人了解情况，但又觉得自己不能过于暴露，于是说：“你赶紧打电话，再详细问问。”

谢志打电话了解完情况后，对孟凡生说：“开丰田大吉普的女子近30岁的样子。车是白色的，车牌号他们只记得前面带‘清C’的字样，别的记不清了。顾盛宽进假日酒店时，他们怕对方发现，没有跟进去。”

孟凡生从谢志的话里只得知丰田大吉普是省城清江的，他虽没揣测出开车的是谁，但他怀疑顾盛宽把举报刘玉东的材料给假日酒店里某个人了。那么这个人是谁？又跟顾盛宽是什么关系？这些都需要到假日酒店调查。他想到这儿，说：“我该走了。你告诉办事的手下人，嘴一定要严。”

“孟哥，你放心，在我这儿不会出半点儿差错。”谢志信誓旦旦。

孟凡生出了帝豪娱乐城，刚坐进车里，就接到了郑君打来的电话。

郑君说：“孟大队，顾盛宽遭遇了抢夺，身上的背包被抢走。他遭到抢夺后头部因撞电线杆受重伤，现正在第二人民医院急救中心抢救。”

孟凡生说：“我现在就到医院去。”

孟凡生挂断电话，心里想，没想到谢志手下抢顾盛宽的背包，还有意外收获。顾盛宽若是死了，那就一切都了结了。

在第二人民医院大门口，孟凡生发现停着辆丰田白色大吉普。他看了眼车牌，见车牌号是清 C00088。他琢磨，难道这辆车就是谢志说的早晨顾盛宽到假日酒店坐的车？若顾盛宽坐过这辆车，那开车人此时定是来看顾盛宽的。

在手术室门口，孟凡生见聚拢不少单位同事，刘玉东和市局政治部主任卢向东也在场。唯有一个不熟悉的漂亮女人面色凄楚地伫立在墙边。

孟凡生向郑君打听顾盛宽的伤情。

郑君说："大夫说，他头部左侧颅骨骨折，颅内有约 80 毫升的积血。"

孟凡生问："是否有生命危险？"

郑君说："大夫说，不好说。"

孟凡生见刘玉东注视着自己，就向刘玉东走去。

刘玉东等孟凡生走到近前，离开人群，悄声问："情况怎么样？"

孟凡生说："东西没在顾盛宽的背包里。他去过假日酒店，我怀疑，他把东西交给了住假日酒店的某个人。"

"到假日酒店设法找到跟顾盛宽联系的人。"刘玉东说，"还应当到他的家里搜查。"

"我明白。"孟凡生瞟了眼漂亮的女人问，"那女的是谁？看她表情似乎跟顾盛宽有关系。"

"她是顾盛宽的女儿，叫顾梦阳。我也是刚才通过郑君介绍知道的。"刘玉东说，"日后你要提防她，她现在在省公安厅刑侦总队工作。"

"顾盛宽有这么个女儿，若是顾盛宽对她说些什么，对咱们将很不利。”

“据说她今早刚到东林，顾盛宽应当还没有对她说什么。”刘玉东说，“顾盛宽被抢夺案将由你搞，记住，不能让郑君插手。你跟我来，我把你引荐给顾梦阳。”

孟凡生随刘玉东到了顾梦阳的跟前。刘玉东把两人相互介绍完，对顾梦阳说：“你父亲被抢夺的案子，由孟凡生领人侦破。”

孟凡生对顾梦阳说：“希望你给予协助。”

顾梦阳说：“我当然会协助。”

4

顾盛宽被抢夺时撞到电线杆昏迷后，出警的巡警从他的手机里找到顾梦阳的手机号，从而联系到顾梦阳。

顾梦阳在父亲没被推进手术室前，始终处在忙乱和惊恐的状态中。当父亲被推进手术室后，她想到父亲多舛的遭遇和母亲的离去，不禁黯然神伤。继而，她对父亲的被抢夺萌生疑虑：父亲虽年过五旬，但可谓身强力壮，况且父亲的穿着并不光鲜，对方为何偏对他下手呢？她敏锐的思维又使她想到电脑上那封诽谤母亲的信。她觉得，父亲的这次劫难似乎与他被免职以及母亲不幸的境遇有着某种关联……

四个小时后，顾盛宽被推出手术室，送到重症监护室。顾梦阳问大夫手术的情况。大夫说，手术非常顺利，患者两三天后就会苏醒。顾梦阳听了大夫的话，内心的担忧得以释然。顾盛宽的同事听了大夫的话，也面露慰藉地相继离去。

顾盛宽在重症监护室，护理均由医护人员进行。他的一些亲属得到信儿后，赶到医院，守候在监护室外。腾出时间的顾梦阳想了解父亲被抢夺案的侦破情况，她先是给孟凡生打电话，可孟凡生的电话通了后却没人接听。顾梦阳又给郑君打了电话，郑君说："正在单位研究你父亲被抢夺案的相关视频。"

顾梦阳说："我到你单位跟你们一起研究。"

刘玉东在医院把顾盛宽被抢夺案交给孟凡生时，虽告诉孟凡生，不让郑君插手案件的侦破，但郑君在孟凡生没在单位的当口，把外出调查刚回来的代夕波叫到自己的办公室，问："案件搞得怎么样了？"

代夕波说："用移动硬盘复制了两段录像，一个是顾盛宽家小区对面邮政银行门前监控录像，另一个是假日酒店大门口的监控录像。"

郑君让代夕波把录像复制到自己的电脑里。恰巧这时，顾梦阳的电话打进了郑君的手机。

孟凡生曾跟代夕波交代过，顾盛宽被抢夺案的侦破情况不要向郑君透漏。代夕波虽不知孟凡生对自己这样的交代是何用意，但他面上还是要顺从孟凡生的。为了避免长时间跟郑君在一起，他把移动硬盘从电脑上拔出，说自己还有别的事，就离开了郑君办公室。

顾梦阳进了郑君的办公室。

郑君把门关严，说："你进刑侦支队楼时，没看见孟凡生吧？"

"没看见。"顾梦阳问，"怎么了？"

"在医院，我见刘玉东把孟凡生引荐给你，跟你说，把你父亲的被抢夺案交给他搞。可他领人搞案件，却把我这个关心案件的人排除在外。我刚才想问代夕波案件侦破的详情，他好像有意回避我似的，复制完录像就走了。”

“为什么?”

郑君有些茫然地摇下头，说：“别的事不说了，我们看录像吧。”

郑君坐在电脑前，打开录像。顾盛宽家小区对面邮政银行门前监控所摄的录像显示，顾梦阳开的丰田大吉普从小区大门出来后，后边跟着一辆类似于125型号的红色摩托车，摩托车上坐着穿蓝色套装的两人。假日酒店大门口的监控录像显示，顾梦阳开车送父亲进假日酒店大门后，那辆在小区门口出现过的红色摩托车，跟驶过大门口。因两段录像所显示的都是摩托车的侧面，故看不清摩托车车牌和摩托车上两人的容貌。

显然，摩托车上的两人有作案的嫌疑。顾梦阳推断，若摩托车上的两人是嫌疑人的话，嫌疑人从父亲的住处跟到假日酒店，那么父亲被抢夺案就不是嫌疑人临时起意的举动，而是一起蓄谋后的所为。她下一步要做的是，了解父亲到假日酒店见了谁，父亲被抢夺案是否与他见的人有关系。

5

孟凡生到中国移动调取了顾盛宽的手机通话记录，又通过调取假日酒店的监控，看到顾盛宽走进了2001号客房。

孟凡生走进2001号客房小会议室，见到魏军，就表明身份，用盛气凌人的口气问魏军：“你跟顾盛宽什么关系?”

魏军说：“只是认识，没什么来往。”

孟凡生问：“顾盛宽前天上午到你这儿来干什么?”

魏军考虑该怎样回答孟凡生时，孟凡生拿出顾盛宽的手机通话记录说："我可是掌握你是跟顾盛宽通过话的。"

魏军没有直接回答孟凡生，而是问孟凡生，为何调查他和顾盛宽的关系。

孟凡生说，顾盛宽前天上午刚出假日酒店就被人抢夺并摔伤，为此他要调查顾盛宽所接触的人。

魏军说："原来是这样。"接着他说，和顾盛宽是半年前通过朋友认识的，前天早晨顾盛宽给他打电话，问他怎么样。他说，最近正在东林搞房地产开发。于是顾盛宽便来假日酒店看他。

孟凡生问："顾盛宽没放你这儿什么东西吗？"

魏军摇下头说："没有。"

孟凡生在沙发上，摘下墨镜，边用纸巾擦着，边睨视着魏军说："我看你还是说实话为好。"

魏军淡笑了一下："我刚才说的都是实话。"

孟凡生认为，顾盛宽的举报材料十有八九在魏军这儿。他见自己和颜悦色的话没起作用，就故弄玄虚，敲山震虎地说："经侦查，抢夺顾盛宽嫌疑人的目的并非图财，而是要得到顾盛宽掌握的一份材料，这材料涉及到一起大案。顾盛宽被抢夺前到你这儿来过，我们也了解到他在你这儿留下了东西，若是你不配合我们，到时候我们再传唤你就不好了。"

"我随时恭候你们的传唤。"孟凡生的话，对见过世面的魏军不但没起作用，而且还引起了他的反感。他下了逐客令，"对不起，孟警官，待会儿有客人要来，你请便吧。"

孟凡生在沙发上起身，用冰冷的目光瞄了魏军一眼，悻悻地离去。

魏军点燃一支雪茄，思忖着，作为警察的顾盛宽在光天化日之下怎会被抢夺？这个叫孟凡生的刑警怎么就那么肯定顾盛宽给我留下了东西？极有可能是，当初程坤江被害案侦破停滞时，我把邓梅的上访材料交到省委书记苏振民的手里，他们是知道的。目前顾盛宽和刘玉东的矛盾已明朗化，孟凡生受刘玉东的指使阻止顾盛宽对他所做的一切不利的举动，由此他们发现顾盛宽到我这儿了，就怀疑顾盛宽把举报信给了我；为了索取举报信有个由头，便编了个顾盛宽被抢夺案背后隐藏着一起大案的谎话。

魏军想到这儿，对正邪之间复杂而又近乎惨烈的较量很是喟叹。他虽然不愿多事，拒绝了顾盛宽的托付，但想到顾盛宽做事不是为自己私利，心中萌生对顾盛宽的敬意……

6

女秘书出现在小会议室门口：“魏总，有个女警察想要见您。”

“怎么又是警察？”魏军说，“不见。”

可魏军的话音刚落，顾梦阳在女秘书的身后闪出：“对不起，魏总，我今天非得见您。”

魏军只好向女秘书挥下手，女秘书转身走了。

魏军打量下顾梦阳，见她身材高挑、形体匀称，容貌俏丽而又带有凛然的气质。“请坐。”他指了下对面的椅子说，而后问，“不知你是哪位？”

顾梦阳落座说：“我叫顾梦阳。想必顾盛宽您认识，我是他女儿。”

魏军感到诧异：“你是顾盛宽的女儿？你也是警察？”

顾梦阳把工作证递给魏军：“这是我的证件。”

魏军看过工作证，还给顾梦阳：“不知你找我什么事？”

“前天上午我送父亲到假日酒店，他是到您这儿吧？”

“对，是到我这儿。”

“我父亲从您这儿走后被抢夺，并被摔伤。”顾梦阳问，“我想知道我父亲到您这儿来做什么？”

“你父亲真的被抢夺和摔伤了？”

顾梦阳点下头，问：“您知道我父亲从您这儿走后的事？”

“我是听别人说的。”

“听谁说的？”

“孟凡生。”

顾梦阳没想到孟凡生先自己一步，就问：“他在您这儿了解到了什么？”

魏军说：“他是为调查你父亲被抢夺案来的，他问我和你父亲是什么关系和你父亲为什么到我这儿来。我说，我和你父亲是半年前通过朋友认识的，前天早晨你父亲给我打电话，问我最近怎么样。我说，最近正在东林搞房地产开发。于是你父亲便来假日酒店看我。他说，你父亲被抢夺案的背后隐藏着一起大案，并推断，你父亲在我这儿留有东西。我说，你父亲没在我这儿留有东西。”

顾梦阳知道，虽然作为房地产开发商的魏军是别人攀附的对象，可父亲不是趋炎附势的人。她也推测，父亲到魏军这儿来也非他说的这么简单。她说：“我知道您说的话，是针对孟凡生的。”

“我说的话，也是回答你想知道你父亲到我这儿来做什么的问话。”

“您可以不相信别人，但不能不相信我；况且我还是警察。”顾梦阳忽地满是感伤地眼中噙泪说，“父亲刚做完开颅手术，现正昏迷不醒地躺在床上，我必须得把父亲的被抢夺案查清。”

顾梦阳的表情，让魏军一时无语。

“我父亲一定托付了您什么事情，您在我父亲走后，又拒绝了他。”顾梦阳说着，拿出父亲的手机，打开短信，展现在魏军的面前。

手机上的短信，让魏军难以再搪塞顾梦阳，他说：“你父亲到我这儿，是找我帮他……”

魏军虽把顾盛宽给他的举报信撕毁并扔掉，但他把信的内容说给了顾梦阳。

顾梦阳听了魏军的话，大吃一惊……

7

顾梦阳出了假日酒店，刚坐进车里，接到了韩宣的电话。

韩宣在清江省公安厅政治部工作。他在电话里说：“老婆，我想你，你参加婚礼后怎么没回来?”

顾梦阳虽是强女子，在忙碌中没想起给丈夫打电话，但她此时的内心是伤感和孤寂的，丈夫的话使她眼泪顷刻间夺眶而出。她哽咽地说：“我父亲出事了。”

韩宣急切地问：“怎么了?”

顾梦阳把父亲的遭遇和自己所了解到的情况跟韩宣说了，而后接着说：“父亲的被抢夺，我怀疑是刘玉东为阻止父亲的举报而安排手下人所为。”

韩宣说：“别的事你暂时不要考虑，只要父亲没生命危险就好，我明天到东林。”

顾梦阳回到医院已是傍晚，见自己的姑姑等亲属还在监护室外守候着，她劝说了半天才将亲属劝走。

薛贺在监护室外徘徊。顾梦阳不认识他，疑惑地打量了他一眼。

这时，一个护士走出监护室，对顾梦阳说：“你也回家休息吧，你在这儿也照顾不了你父亲。如若有事，我们会给你打电话的。”

顾梦阳说：“我不常在父亲身边，即使现在照顾不了他，我也想多陪陪他。”

护士理解地点下头，走了。

薛贺坐在顾梦阳身旁，问：“你是顾盛宽的女儿？”

顾梦阳点下头。

薛贺自我介绍：“我叫薛贺，是你父亲的好友。”

在顾梦阳的记忆里，父亲没有提起过薛贺这个名字。她问：“您是哪个单位的？”

“我是新概念酒店的副总经理。”

新概念酒店顾梦阳是听说过的，她想起魏军在谈到父亲举报信时提到过这个酒店。她不由得问：“你们总经理是商克峰？”

听到商克峰的名字，薛贺有些畏缩地点下头。

顾梦阳疑虑地想，新概念酒店的商克峰和刘玉东沆瀣一气，父亲正因得罪了他们才遭遇不测，而作为新概念酒店副总的薛贺，竟说是父亲的好友。难道他和商克峰不是一路人？她不由得问：“您怎么认识的我父亲？”

“我通过我妻子认识的你父亲，我妻子梅丽是你父亲高中同学。”薛贺说，“我和你父亲认识没多久。”

“啊，您夫人梅丽的名字我听父亲说过。”顾梦阳打消了心中的疑虑。

“你父亲的伤情怎么样？”

“他颅骨骨折，颅内有些积血。大夫说，手术很顺利，没什么大碍。”

“那就好。”薛贺说着，从拎包里拿出一个信封递给顾梦阳，“你父亲治疗需要钱，这三万元钱是我的心意。”

薛贺的举动让顾梦阳有些无措，她推开薛贺递过来的信封说：“您这钱我不能收。”

“我毕竟经商，收入高些，你父亲伤势这么重，我拿些钱是应当的。”薛贺又嗫嚅地重申说，“我真是你父亲好友，待他醒过来，你问他就是了。”

顾梦阳很清楚，父亲被抢夺而衍生的情况很复杂，况且薛贺的举动已明显超出人情往来的范畴，她为此坚定地说：“谢谢您，您这笔钱我真的不能收。”

“好吧。”薛贺把信封放回拎包，起身说，“我改天再来看你父亲。”

薛贺出了医院，坐进车里，没有即刻启动车，而是静静地坐着，木然地透过挡风玻璃望着车外。

薛贺的心情很复杂，既惊恐忐忑，又满是自责和愧疚。自从他在孟凡生的折磨下而交代出是顾盛宽指使他在客房安的摄像头后，他的日子便没有好过过。他从公安局出来第二天，刚上班，商克峰一脚踹开他办公室的门，到他近前用凶恶的目光盯着他问：“你帮顾盛宽的目的是针对我吧？”他忙解释说：“我不是帮顾盛宽，我只是相信了顾盛宽说的在客房安摄像头是为了破案的谎话，我绝不是针对你！”商克峰没再问别的，扔下了一句“别看我当市委书记的父亲不在了，但谁要是得罪我，绝对没有好下场”的狠话，离开了他的办公室。就在商克峰对薛贺说狠话的当天晚间，被商克峰抛弃后而又大闹市委气死商兆明的何静，竟无因由地从青年公寓的顶楼跳楼自杀。何静的自杀，更使薛贺胆战心惊，他后悔没把在公安局的实情告诉顾盛宽。他虽自我安慰地认为，顾盛宽毕竟是警察，刘玉东和商克峰不会把他怎么样，可担忧的事情还是发生了。他得知顾盛宽出事后，为了减轻内心的愧疚，拿了三万元钱到了医院……

清晨，顾梦阳从医院回到家里，准备拿些父亲换洗的内衣裤，可她进了家门觉得有些不对劲，她虽没发现家里有大的翻动的迹象，但仔细观察后认定，家里来过外人，外人是用技术手段开门入室。她拿起手机拨通了110……

开发区分局刑侦大队大队长姜鹏接到报警后，带领刑侦技术人员对现场进行了勘查。可勘查结果仅发现一对浅显的脚印，没再发现别的线索。

第十六章

1

韩宣在重症监护室外，见岳父头上缠着绷带，面色的青紫还没消去，犹如熟睡般静卧在病榻上，手臂上挂着吊瓶。岳父的伤势，他很揪心。

韩宣侧脸问妻子：“你不是说父亲手术后两三天就会苏醒吗？现在可都第四天了。”

顾梦阳忧戚地摇下头：“我也不知道怎么回事。”

这时，一个大夫走了过来。顾梦阳问：“大夫，我父亲手术今天第四天了，怎么还没醒过来？”

“每个人的体质不一样，晚醒几天也属正常。”大夫安慰说，

“你放心吧，你父亲肯定会醒过来的。”

大夫的话，让顾梦阳和韩宣心里轻松不少。

顾梦阳说：“我们出去走走吧。”

韩宣说：“好吧。”

顾梦阳和韩宣来到了医院附近的北山公园。

北山公园位于东林市的最北端，依托林木葱茏的北山和北山南麓的“抗日战争暨人民解放战争殉难烈士纪念碑”而建。十月阳光明媚，碧空如洗的蓝天下，楼台亭榭掩映在五花山之中，尽显秋日之美。顾梦阳和韩宣无心欣赏秋日的美景，面色沉郁，边走边谈，拾级而上。

韩宣说：“你把父亲被抢夺案的详情说说。”

“父亲被抢夺案的背后扑朔迷离……”顾梦阳说，“事情的起因源于一起命案。去年12月1日晚间8时许，在西四条路松江边上，东林市民营企业家、坤江石油机械厂厂长程坤江被人伤害致死。时任市长高维斌作了限期破案的批示，父亲是案件的责任人。当时摸排上来的嫌疑人是市委书记商兆明的儿子商克峰……而刘玉东竟是商克峰的‘保护伞’……”

听了顾梦阳的话，韩宣也不免面露惊异，继而叹口气说：“若是如你所说，父亲的被抢夺案是难以侦破的。”

顾梦阳若有所思，没有应话。

两人步入一个凉亭，从凉亭鸟瞰，大半个城市尽入眼底。顾梦阳看着眼前的景致，不由心生感慨，虽然自己不在这个城市生活，可自己毕竟生于斯长于斯，这个城市的某些角落有过自己的身影，这个城市有自己难舍的至爱亲朋。这个城市天是那么蓝，太阳是那么暖人。自己和这个城市有不可割舍的依恋。

韩宣打破了沉寂："父亲一个人在这个城市是孤单的，借这次父亲受伤的机会，日后就别让他上班了，咱俩把他接到清江，好对他有个照应。"

"那得征求他的意见。"顾梦阳问，"你支持我对父亲被抢夺案的调查吗？"

"难道你要调查父亲的被抢夺案？"韩宣说，"父亲被抢夺案的背后如此复杂，只靠咱们的力量难以把案件查清。像刘玉东这样的腐败官员日后自有纪检监察部门查处……"

顾梦阳打断韩宣的话："那如你所说，我们在受到伤害后只能忍气吞声了？"

"没别的办法。若是我们接着跟刘玉东斗下去的话，很难说能赢。"韩宣感慨地说，"在浮躁与功利充溢人心的当今，有些人在物欲的诱引下变得疯狂。虽然我们对腐败所产生的罪恶也是深恶痛绝，可我们能做的只能是洁身自好，别的就难有所为了。"

"你的意见，父亲不会同意的。"顾梦阳望着山下的烈士纪念碑，有所触动地说，"在我上小学的时候，每年的清明节，老师都领我们到烈士纪念碑前祭奠革命先烈。后来我读了《红岩》、《钢铁是怎样炼成的》、《平凡的世界》等书籍，十分崇拜那些对国家和社会做出贡献和牺牲的人，也对那些遭遇磨难却又恪守良知的凡人萌生敬意。这个叫东林的城市是培育我成长的家乡。我爱我的家乡，我希望我的家乡祥和、安宁。父亲为了家乡的安宁如今受伤躺在病榻上，他是个老刑侦，他对自己的所为可能引发的不测，我想他是清楚的，但他却没有退却。父亲临危没有退却，做女儿的岂能退却？我要先把父亲的被抢夺案查清。我所做的，与那些为国家和社会做出贡献和牺牲的人不能同日而语，我只是尽一名警察的职责而已。"

“你说得都对，可我们不要把什么事情都理想化，有些事，我们是难以作为的。”韩宣不无担忧地说，“况且你在东林调查案件，你的安全我怎能放心得下？”

顾梦阳坚定地说：“危险或许有，但我只能如此。”她又侧身柔情地看着丈夫说，“放心吧，老公，我会注意安全的。”

韩宣见难以劝阻妻子，就问：“你下步要怎么做？”

“通过对父亲被抢夺案的分析，对方的目的是获得父亲掌握的相关证据。他们抢走了父亲的背包，没有找到想要的东西，继而用技术手段开锁到我家搜寻。我估计，对方现在仍没有找到想要的东西。”顾梦阳说，“我下步要做的，就是把对方想要的东西拿到手，以便向省公安厅领导反映问题，使我日后的行动能得到省公安厅领导的支持。”

2

商克峰为财为情已直接或间接地害死了几条人命，但在权势的庇护下，仍以成功商人的身份拓展着自己的事业。他觉得，自己经营的酒店业，与房地产开发相比是小巫见大巫。于是，他注册了新概念房地产开发公司，又通过刘玉东购下了两块不错的地皮。

对于刘玉东来讲，他虽然知道自己帮商克峰是冒风险的，但他深知，他和商克峰是一荣俱荣一损俱损，他只能帮下去。再则，他实在不舍得在商克峰身上失去滚滚的财源。

这天上午是新概念房地产开发公司开业典礼的日子，本来商克峰请了包括刘玉东在内的几位市领导参加典礼，可这天早上刘玉东起床时，右眼皮突然跳起来，他泛起了寻思，进而有些紧张地想到了顾盛宽。或许顾盛宽已经苏醒？他若苏醒了会做些什么呢?

刘玉东萌生出要到医院看顾盛宽的念头。

刘玉东给商克峰打电话，搪塞说，自己上午要到市信访办接访，他公司的开业典礼就不能参加了。

商克峰说：“你是主宾，虽然不能让外人觉得咱俩关系近，但怎么也得打个照面呀。”

刘玉东说：“我确实脱不开身。”

随后，刘玉东给卢向东打电话，说要到医院去看顾盛宽。

正如刘玉东预感的，这天，顾盛宽苏醒了过来。

顾盛宽已从重症监护室搬了出来，住进了单间病房。早晨，顾梦阳帮护工刚给他擦洗完，他微闭的双眼犹如睡醒后悄然睁开。

顾梦阳惊喜地说：“爸，您醒过来了!”

顾盛宽看着女儿，含糊地“嗯”了一声，目光落在了五十余岁的男护工身上。

顾梦阳指着护工说：“他是照顾您的护工，姓董。”

这时，韩宣拎着打来的饭走了进来。顾梦阳指着韩宣对父亲说：“爸，您认识他吗?”

韩宣走到近前，拉着顾盛宽的手，兴奋地说：“爸，您可醒过来了!”

顾盛宽用力握了下韩宣的手，对他点了下头。

正在这时，刘玉东在卢向东等人的陪同下走进了病房。病房里一下显得有些逼仄，护工见状出了病房。

刘玉东看见顾盛宽睁眼在病榻上躺着，笑容可掬地问顾梦阳：“你父亲苏醒了?看样儿是好起来了。”

顾梦阳说：“他刚苏醒，还说不出话。”

刘玉东走到病榻前，俯身关切地问："老顾，现在感觉怎么样？能认出我是谁吗？"

卢向东在刘玉东身旁附和说："老顾，刘市长来看你来了。"

顾盛宽毫无反应地双眼直视着天花板。

"看样还有待于恢复。"刘玉东直起身对顾梦阳说，"看到你父亲的伤情正在好转之中，我们很欣慰。你父亲是老公安，为公安工作做出了突出奉献。局党委非常关心你父亲的被抢夺案和他的伤情，案件的侦破工作正在紧锣密鼓地进行中。你父亲这次因伤住院不属于医保范畴，局里将想办法解决他住院期间的费用。"他又指了下卢向东说，"日后若有什么困难，你可以直接找政治部卢主任。"

顾梦阳说："谢谢局领导对我父亲的关心。"

刘玉东等人临走时，卢向东把装慰问金的信封放在了顾盛宽的枕边。

3

晚间，护工老董走进了医院附近的一家小吃部，点了两个小菜，要了杯小烧酒。

老董是企业下岗职工，妻子常年有病，儿子念大学，一家的支出完全来自他当护工的所得。为了能多挣点儿，他一天不得闲，每天晚饭时出来喝点儿小酒，是他最惬意的时候。

这时，孟凡生走进小吃部，坐在了老董的对面。

孟凡生要了一道鱼和一个烧鸡，外加一瓶洋河大曲。

在等菜的过程中，孟凡生问老董："你在第二医院当护工吧？"

老董点头："对。你见过我？"

“我当然见过你，你不是给叫顾盛宽的病人当护工吗？顾盛宽是我一个单位的，我去看他时，看见你在那儿。”其实孟凡生并不是看顾盛宽时见过老董，而是暗中观察才了解老董的。

“啊，你是公安局的。”老董亲近地说。

“对。”孟凡生说着递给老董一支中华烟，帮他点燃。

服务员把孟凡生所点的菜肴和酒端了上来。

孟凡生给老董斟了一杯洋河大曲，推到他跟前说：“喝这个吧。”

老董很高兴：“谢谢！”

孟凡生端起酒杯：“来，老哥，咱俩喝一口。”

老董响应着跟孟凡生碰了下杯，喝下一大口。

孟凡生贴靠老董的目的就是了解顾盛宽，他拐弯抹角地问老董：“顾盛宽苏醒了后，是真的说不了话，还是有意不说话？”

老董说：“他刚醒来时，看样儿挺清醒，谁知你们公安局的人来看他，他却不认人了……”

孟凡生了解完情况，告诉老董，不要跟外人说两人见过面，而后大方地扔在餐桌上五百元钱，说是买单钱，临走时要了老董的手机号。

孟凡生前脚刚走，老董就把餐桌上的五百元钱攥到手里。

老董喝得面红耳赤，回到医院。

顾梦阳说：“董师傅，看样子你没少喝。”

老董说：“在饭店遇上个熟人，就多喝了两杯。你放心，即使我多喝了点儿酒，也不会耽误照顾病人的。”

早晨，顾梦阳拎着早点刚走进病房，孟凡生领着代夕波随后进来。

顾梦阳问："我父亲被抢夺案侦破得怎么样了?"

孟凡生说："还没有像样的线索。我听说顾支队醒过来了，就过来看看是否能从他这儿问些情况。"

顾梦阳说："我父亲现在不能说话。"

孟凡生带着调侃说："说不定顾支队见我来了就说话了呢。"

顾梦阳请孟凡生坐在凳子上，说："那你过来问我父亲吧。"

孟凡生亲热地对顾盛宽说："顾支队，你认出我来了吗?"

顾盛宽这次比在刘玉东等人面前似乎强了些，他直视着孟凡生，嘴里"啊、啊"了两声。

"顾支队，看样子你认出我来了。你的被抢夺案现在由我负责侦破。你说不了话，能写字吗?"孟凡生从拎包里拿出笔和纸，把笔塞到顾盛宽的手里说，"你把你那天被抢夺的经过写下来。"

顾盛宽似乎听明白了孟凡生的话，把笔落在了纸上……

可让孟凡生失望的是，顾盛宽在纸上只乱划了几个道道。

顾梦阳很有意味地看着眼前的情景，从昨天上午父亲醒来时灵敏的目光，到见到刘玉东等人后他的目光忽地变得呆滞，待刘玉东走后，他竟能自如地吃饭和如厕。而现在，他的目光虽不呆滞，却是十足的病人糊涂的模样。顾梦阳揣测，父亲的头脑是清醒的，他见到不同人的神态，是有意而为的。

这时，大夫巡诊走进病房。孟凡生指着顾盛宽问："大夫，他怎么还不能说话?"

大夫望着顾盛宽说："他应当能说话了，他目前不能说话的原因，或许是因他大脑的语言功能区还没有完全恢复。"

孟凡生听了大夫的话，从凳子上起身，对顾盛宽说："顾支队，你安心养伤吧。待你恢复好了，我再来看你。"

顾盛宽又"啊、啊"了两声。

孟凡生跟顾梦阳告辞，顾梦阳将孟凡生和代夕波送到门外。

顾梦阳返回病房。大夫吩咐顾梦阳，要加强病人的语言训练和营养。大夫出门时，护工老董接个电话，也随着出去了。

顾梦阳对父亲说："爸，刚才大夫的话听明白了吗？您不要老不吱声，您要勤锻炼说话。还有，您要多吃些营养的东西，别再给您营养的东西您不愿吃。"

顾盛宽点下头，接着在孟凡生给他的纸上写下四个字："尽快出院。"

4

孟凡生接到政治部通知，让他到省警官学院晋升警衔学习半个月。他给卢向东打电话，以自己手头有要案为由，问："学习不去行不行？"

卢向东说："省公安厅对晋升警衔的学员要求很严，不去恐怕不行。"

孟凡生撂下内线电话，拿手机拨通了刘玉东的电话，他说："刘市长，我有事要见您。"

刘玉东说："那你过来吧，我现在市政府。"

孟凡生见到刘玉东，汇报说："顾盛宽要出院。"

"你怎么知道顾盛宽要出院？"刘玉东诧异地说，"他还没有完全恢复，出院干什么？"

"两天前，我接触了护理顾盛宽的护工，他说，顾盛宽苏醒的时候，神智反应看不出不正常；而之后在你我面前，却表现出神志不清的样子。按常理顾盛宽现在是不应出院的，而我在今天上午给护工打电话时，护工却说，顾梦阳找大夫，要给父亲办理出院手续。大夫没有立即同意，说再观察几天再说。”孟凡生说，“顾盛宽要出院，应是他本人的意愿。”

刘玉东问：“那顾盛宽出院的目的是什么？”

“顾盛宽不能说话，很可能是伪装的。他之所以伪装是为了麻痹咱们。他出院后就用不着伪装了，而且他干些什么也就随意了。”

刘玉东显然不同意孟凡生的看法，他思忖了会儿，说：“我们对顾盛宽的所为，是不是过于主观臆断了？”

孟凡生不解地问：“刘市长，您的意思……”

“当初，我怀疑薛贺和顾盛宽接触是有目的的，之后又在新概念酒店的客房搜出了摄像头，这些似乎验证了我的怀疑。你审讯薛贺时，薛贺先是说，自己安装摄像头是满足自己偷窥的欲望，后来又交代说，是受顾盛宽的指使。之后为了把顾盛宽手里关于我的材料搞到手和阻止他对我做出不利举动，咱们采取了一系列行动，你连顾盛宽的办公室和家都去了，可却没有发现咱们想要的东西。”刘玉东说，“我是说，顾盛宽或许没做不利于我的举动。你审薛贺时，薛贺一开始说的是真话，但在你加大审讯力度后，他在你的诱引下不得不编了个受顾盛宽指使的谎话。而咱们在他的谎话驱使下所做的一切，当然也就一无所获。”

“刘市长，您的话不无道理。”孟凡生说，“不过顾盛宽的疑点确实太多了，再一个，咱们怀疑他还有个前提……”话说到这儿，孟凡生不无谨慎地看着刘玉东，“刘市长，恕我直言。”

刘玉东信任地说：“咱们之间，有话直说。”

孟凡生似乎把一切看得很明白，他接着说：“去年‘12·1’案件发生后，顾盛宽被免职，他岂能不对您产生怨恨？”

孟凡生的提示，让刘玉东坚定了对顾盛宽以往的怀疑，他问："顾盛宽的事，你看日后该怎么办?"

"既然在顾盛宽那儿没有找到举报材料，我怀疑，举报材料在房地产开发商魏军那儿。"孟凡生说，"据我了解，魏军是程坤江的生前好友，程坤江被害案侦破搁浅时，就是这个魏军受程坤江的母亲邓梅委托，把举报材料递到了省委书记苏振民的手里。我怀疑，顾盛宽找魏军，跟当初邓梅找他是一个目的。顾盛宽的事情或许能在魏军那儿找到抓手。"

魏军是从省里新调来的市委书记鞠兴海招商引资过来的，且背景深厚。刘玉东深知，即使孟凡生所说属实，自己也奈何不了魏军。他把头仰在靠椅上说："以魏军的身份，在他那儿找到抓手是不可能了。再一个我想，魏军能帮邓梅，但他不一定能帮顾盛宽，况且他房地产开发的项目在东林市，他没必要跟我这个副市长过不去。"

孟凡生听了刘玉东的话，只好说："那既然这样，我日后对顾盛宽只能多观察了。"

"你还要多观察顾梦阳，她不会对她父亲的事情善罢甘休的。"刘玉东说，"你要让对顾盛宽下手的人隐蔽好，别让顾梦阳找到。"

"这点您放心。"孟凡生说，"刘市长，有件事我还得跟您商量。"

"你说。"

"政治部的人让我到省警官学院培训半个月。您说，我去学习去，我手里的工作也放不下呀。"

"现在省警官学院对培训的学员要求比较严。"刘玉东说了个折中的办法，"要不你这样，你去省警官学院报个到，待上两天。而后我给警官学院领导打电话，说这边有工作需要你，你再返回。"

“那好。”孟凡生想到了谢志的委托，“刘市长，我有个朋友想宴请您。”

刘玉东笑笑：“谁呀？”

“开帝豪娱乐城的谢志是我好朋友，有些事他帮了不少忙。他想认识下您，您看……”

“好吧。”刘玉东问，“什么时间？”

“今晚怎样？”

刘玉东翻了下办公桌上的日历说：“今天下午有个会，那就今晚7点以后吧。”

“那您等我电话。”孟凡生面带喜悦地走了。

晚间8点，在新概念酒店一个单间里，孟凡生给刘玉东介绍了谢志。

酒宴过程中，孟凡生去了趟卫生间。谢志对刘玉东说了些日后还得仰仗刘市长对自己生意关照的话，并把存有二十万元钱的银行卡塞进了刘玉东的兜里。

5

韩宣和顾梦阳似乎各怀心事，若有所思地静躺在床上。

韩宣打破了沉寂，把手放在顾梦阳平坦的腹部说：“梦阳，我父母等着抱孙子呢，可你总是避孕。”

韩宣仍打算让妻子避开是非，他想，妻子怀孕了，自然会回到省城清江；自己再把岳父接到清江，这样就可以远离东林这个是非之地了。

顾梦阳说：“待我把爸爸被抢夺案搞清楚，咱俩再要孩子。”

韩宣说：“你一个新警，面临复杂的环境……”

没等韩宣把话说完，顾梦阳侧身吻了下他，说：“放心吧，老公，你老婆不会有事的。明天你安心地回省厅上班。”她不想把话题延伸，再引发两人的争执。她闭上眼睛说，“困了，关灯睡吧。”

韩宣关闭了床头柜上的灯。

顾梦阳开车送韩宣去火车站的路上，接到了父亲发来的短信：过来办理出院手续。

顾梦阳把手机递给韩宣：“我爸发来的短信。”

韩宣看过短信，把手机还给顾梦阳说：“你爸的伤应当是痊愈了。可他为什么不说话呢？”

“他不想回答别人的问话，所以就不说话。”

“你若找到刘玉东违纪违法的证据，你打算怎么办？”

“当然是举报。”顾梦阳说，“我会把证据交给省公安厅的领导。”

“若是不起作用呢？”

顾梦阳一时语塞，随后说：“不应不起作用吧？”

“刘玉东是副厅级领导干部，省公安厅纪委对他无权查处。”韩宣显然经过深思熟虑，“你要争取把刘玉东违纪违法的证据搜集全面些，而后把举报材料交给我，我可以在北京通过我父亲，直接交到中纪委。”

顾梦阳兴高采烈：“就照你说的做。”

韩宣转了个话题：“你回东林已有一段时间了，省公安厅那边你打招呼了吗？”

“父亲出事的时候，我跟副厅长谷涛请假说，父亲受伤需要照顾。谷涛很关心父亲的身体，他告诉我，先照顾好父亲，别的不要考虑。”

“你要在东林搞案件，必须得找个充足的理由跟厅领导请示。”韩宣说，“若你的请示被批准，还得有适当的人配合你才行。”

“我父亲会想办法的，他和谷涛很熟……”

送丈夫到了火车站，顾梦阳赶到医院，结算了护工老董的费用，给父亲办理了出院手续。

顾梦阳和父亲拿着东西出了医院的大门。她发现，父亲行动利落起来，没用她搀扶，便上了汽车。

顾梦阳启动汽车后，半个月没有开口的顾盛宽咳嗽过几声后，问：“韩宣走了？”

虽然顾梦阳预料到父亲能说话，只是在医院不说而已，但她听到父亲的声音，不免哈哈笑了两声，说：“爸，您能说话了？”接着她说，“韩宣一个小时前坐火车走了，他单位工作忙。”

顾盛宽“啊”了一声，而后忽然像想起什么似的，回头在后排座上寻找着什么。

顾梦阳问：“爸，您是找你到省警官学院那天放在我车里的旅行包吧？”

“对，那天，你到东林参加婚礼，你说，第二天回清江，让我跟你一同回。我要当天到清江，你让我把旅行包放到你的车上。”顾盛宽没见到旅行包，问，“旅行包你拿下车放家里了？”

“没放家里。”顾梦阳笑了下，“在车上呢。”

“车上哪儿有？”顾盛宽脸上透着焦虑，“难道丢了？”

顾梦阳把车停在路边，下车打开后备厢，从后排座底下拎出已落了一层灰的旅行包。她拿抹布擦干净旅行包，拿上车递给父亲说：“您好像说过，旅行包里装有重要的材料，我就把旅行包放在车里隐秘的地方了。”

顾盛宽打开旅行包，脸上的焦虑舒缓开来。

顾梦阳再次启动车，说：“爸，您身体还没有完全康复，应当再休养一段时间。”

“我也是这么打算的。”顾盛宽说，“我已联系好了凤凰山疗养院，你直接送我到凤凰山疗养院，那地方的条件不错。”

“好的。”顾梦阳面露欣慰，“凤凰山疗养院怎么走？”

顾盛宽说：“在市南郊凤凰山南麓。”

顾梦阳加大了油门，丰田大吉普向市南郊疾驰。

在路上，顾梦阳对顾盛宽说：“爸爸，我知道您为什么被抢夺……”接着，她向父亲提出，自己要破获他的被抢夺案。

顾盛宽默然无语。

6

凤凰山疗养院给顾盛宽安排的房间，恰巧是邓梅曾住过的房间。睹物思人，他若有所思地伫立在客厅中央。

顾梦阳问：“爸，您在想什么？”

“我在想曾经在这个房间里住过的一个人。”

“谁？”

“一个品德高尚的老人，现已过世。”顾盛宽喟叹说，“这个老人叫邓梅，是东林师范学院退休教授，是‘12·1’案件被害者程坤江的母亲。程坤江被害后，她跟儿媳马文秀打官司分家析产，而后把继承来的几百万元捐了出去，以资助那些学习困难的孩子。邓梅因怀疑害死自己儿子的所谓凶手安彦斌并非真凶，去省委上访的过程中被刘玉东派人抓回后被虐待致死。”

顾盛宽被抢夺案发生后，顾梦阳虽在假日酒店从魏军的嘴里了解到父亲让他转递举报信的大概内容，但此时父亲的话，还是让她感到些许震动。她说：“爸，您被抢夺，也与‘12·1’

案件有关吧?"

"应当有关。"顾盛宽问,"有些事,你都知道了?"

"您被抢夺后,我曾以您手机上的短信为线索,到您去过的假日酒店找魏军了解情况。魏军说,您找他的目的,就是让他把您写的举报刘玉东的材料转递到省委书记苏振民手里。于是我推测,对方抢您拎包的目的,就是要您的上访材料。"

"还有相关的证据。"顾盛宽问,"我的手机还在你手里吧?"

"在我手里,当时孟凡生想要,我没有给他。"顾梦阳从背包里掏出了父亲的手机。这时,手机响了起来。

顾梦阳看着来电显示说:"是谷涛厅长来的电话。"

"你先接,问他说话方便吗。"

顾梦阳接起电话说:"谷厅长,您好,我是顾梦阳……"

顾梦阳跟谷涛说了几句话,把电话递给父亲,说:"他说,说话方便。"

顾盛宽接过电话说:"老谷,你好。"

谷涛说:"前段时间听你女儿说,你被抢夺造成伤害。你现在伤情怎么样?"

顾盛宽说:"伤情无大碍,我刚出院。"

谷涛说:"你出院了?我还寻思借这次出差的机会跟刘玉东到医院看你呢。"

顾盛宽说:"你到东林了?我有事想跟你反映。你现在在哪儿?"

谷涛说:"我在假日酒店。"

顾盛宽说:"那你半小时后在酒店门口等着,我让梦阳去接你;记住,不要向别人透漏你要来见我。"

谷涛打着哈哈说:"你什么时候搞起秘密工作了。"接着他说,"那我就服从你的安排。"

顾盛宽挂断电话，对顾梦阳说："你到假日酒店接谷厅长。"

"好的。"顾梦阳出了门。

一个小时后，顾梦阳接来了谷涛。顾盛宽跟谷涛寒暄了几句，然后说："现在已是中午，咱们到楼下餐厅边聊边吃饭。"

三人到了餐厅，进了个单间。

顾梦阳看出父亲因她在跟前，没有跟谷涛谈更深的话题，便在饭菜上来后，匆忙地吃了几口，从单间告辞出来。

随着顾梦阳关严门的声音，谷涛说："老顾，该说你的事情了。"

顾盛宽神情有些激动，他点燃一支烟，抽了几口后，才缓缓地说："我的事情得从'12·1'案件说起……"

谷涛虽预感到顾盛宽要对自己说重要事情，可他没料到顾盛宽会提及作为副市长兼公安局局长刘玉东，这不免让他心中暗自一惊。他听过顾盛宽的话，思忖了半天，神情凝重地说："你说的情况使我想起了另外两起跟商克峰有关的案件，2010 年 5 月间，与商克峰合伙的新概念酒店股东广东汕头商人黄东风，因酗酒车祸死亡后，他的家人找到省公安厅，反映黄东风是被商克峰图财预谋害死。黄东风的家人提出两个疑点，一是黄东风极少喝酒，更不可能酒后驾车；再一个，黄东风投资新概念酒店的两千多万，大多不见了踪影。省公安厅虽派人对黄东风的死进行了复查，可不了了之。还有一起是两个月前发生的商克峰原情人何静跳楼自杀案，何静的家人到省公安厅上访说，何静是商克峰害死的。刘玉东若是商克峰'保护伞'的话，那么这两起案件疑点重重也就好理解了。"

"这两起案件我只是听说，详情不清楚。"顾盛宽不免喟叹，"刘玉东助纣为虐啊！"

“我所能做的，就是向厅党委汇报，争取专案对商克峰进行调查……”谷涛没提及对刘玉东举报的事。

不过谷涛的话，还是让顾盛宽憋闷了两年的心终于有了些亮色，他端起茶杯说：“我今天以茶代酒，敬你一杯。”

谷涛跟顾盛宽碰下茶杯后喝下杯中的茶，他看着顾盛宽满是皱褶的脸上透着沧桑和些许的无奈，心情很不是滋味：“其实我应当感谢你。你为了一起案件，还被害者一个公道，担当得太多了！”

谷涛所言说到了顾盛宽的心坎上，他的双眼湿润了……

顾梦阳送完谷涛返回疗养院后，对父亲说：“谷厅长让我近期回省公安厅。”

顾盛宽说：“那肯定是交代你任务的。”

顾梦阳说：“我放心不下您。”

顾盛宽说：“我生活能自理，不用人照顾，再则你姑姑和姑父会常来的。”

顾梦阳问：“厅里交代我的任务能是调查商克峰吗？”

顾盛宽说：“有可能。”

顾梦阳想起韩宣跟她说过的举报刘玉东的事，她问：“您把举报信给谷厅长了？”

“我没把举报信给他，我不想把他牵扯到其中。”顾盛宽说，“不过省厅若把商克峰绳之以法，刘玉东违纪问题自然会暴露出来。”

顾梦阳说：“您把举报材料给我吧，我和韩宣商量过，韩宣说，把举报材料通过他父亲交到中纪委。”

“刘玉东这样级别的干部违纪不属中纪委管。”亲家虽是北京副部级领导干部，但顾盛宽压根儿没考虑用亲家的关系解决问题，“这样做妥当吗？”

“虽不属中纪委管，不过有影响的违纪案件中纪委会督办的。”顾梦阳说，“没什么不妥当的。再则，举报材料在您手里，会给您带来风险的。”

在顾盛宽的眼里，女儿说得不无道理，他打开旅行包，拿出一个档案袋……

第十七章

1

顾梦阳回到清江，先和丈夫把父亲托付的档案袋带到了北京，交给了公公。

顾梦阳到省公安厅上班，谷涛并没有召见她。三天后，顾梦阳在走廊里遇见谷涛，她本以为谷涛会跟她说些什么，打着招呼：“谷厅长好。”

谷涛只跟她点点头，微笑了一下，与她擦肩而过。

顾梦阳按捺不住地给父亲打了电话，说自己回省公安厅后谷涛没有安排她什么任务。

顾盛宽说：“从郑君那儿得知，谷涛到凤凰山疗养院那天，本来说好下午走，可却被刘玉东留下了，晚间在新概念酒店吃了饭。谷涛做事轻易不改变计划。我推测，谷涛到凤凰山疗养院的事，刘玉东很可能知道了，他留下谷涛，是想从他嘴里了解些情况。”

顾梦阳心里一沉，说：“若是谷涛向刘玉东透漏了您说的情况，那咱们岂不陷入被动之中？”

顾盛宽说：“谷涛应当不会在刘玉东面前说什么。”

顾梦阳刚挂断电话，刑侦总队长翟文瑞的电话打了进来：“小顾，你到我办公室来一趟，有抓捕逃犯的任务。”

顾梦阳和几个同事领受的任务是抓捕公安部一个 B 级通缉逃犯。翟文瑞把通缉令发给属下说：“今晚 5 点钟以后在单位待命，抓捕通缉令上的逃犯。逃犯的特征是，脸上左侧有疤痕。逃犯身上很可能带有枪支，抓捕时一定要注意自身安全。”

顾梦阳不曾想到的是，晚间的抓捕行动竟让她见到了正在吸毒的孟凡生。

刘玉东应孟凡生的要求，以工作离不开为由，跟警官学院领导打了招呼，让晋升警衔的孟凡生到警官学院报个到就回东林。可孟凡生到了警官学院后，认识了清江一个做生意的朋友，这朋友给他安排吃喝玩的内容时，有毒品这一项。孟凡生不愿到警官学院培训，就是难以离开毒品。他见在清江能解决自己的需求，也就不着急回东林了。

这天晚间，孟凡生和朋友在饭店给“刀疤脸”接风，而后去了一家迪厅。在迪厅包厢里，三人找来三个小姐，正吞云吐雾之际，忽地有人敲门。

孟凡生朋友问：“谁？”

一个女生回答：“服务员。”

孟凡生朋友打开房门，一服务员端着果盘走进来。

这服务员是顾梦阳装扮进来探情况的。

“刀疤脸”说：“我们有果盘了，怎么还上?”

顾梦阳说：“这是赠的。”

孟凡生扭头看了眼身材高挑、容貌俊俏的服务员，不禁觉得有些眼熟，他连续多日吸毒后已变得迷糊的头脑没有认出面前的服务员就是顾梦阳，还以为是以前在娱乐场所接触过的小姐。顾梦阳一眼就认出了孟凡生，虽觉吃惊，但表面上却很镇定地对孟凡生嫣然一笑。

顾梦阳的笑，撩拨得孟凡生难以自控，他撇开找的小姐，去搂抱刚把果盘放在茶几上的顾梦阳。

顾梦阳扭动身子，想挣脱孟凡生：“先生，别这样。”

孟凡生则紧抱着顾梦阳，嘴还凑在了她的脸上。

顾梦阳情急之下右肘击向孟凡生的下颚，孟凡生仰面倒在地上。

顾梦阳的身手，让“刀疤脸”一怔，他从沙发上起身，刚要有所反应，顾梦阳瞬间近前，抓住他伸向腰际的右手一翻腕，他疼痛难耐咧嘴间，腰际的仿六四式手枪已到了顾梦阳手里。

顾梦阳为通知门外的同事，把果盘扒拉到地上。

在走廊里听到响声的同事冲进屋，控制住了另外几人……

顾梦阳的果敢和敏捷的身手，让同事们对她刮目相看。

孟凡生在押解的车上给刘玉东打了电话，话刚说几句，手机便让顾梦阳夺了过去。

做完尿检的孟凡生被带进审讯室，他“扑通”一声跪在顾梦阳的面前，哀求着说：“顾梦阳，求求你放过我吧！我日后定会报答你。”

顾梦阳冷笑一下：“现在认出我来了？”

“我怎会不认识你呢？刚才我在迪厅喝多了，才做出轻浮的举动。”

“是吸毒吸糊涂了吧？”接着，顾梦阳厉声说，“你现在给我起来，坐进审讯椅里去。”

孟凡生见自己的哀求无果，只得起身。他恢复了常态，看了一眼审讯椅说：“我没犯罪坐审讯椅里干什么？”

“你现在在这儿不仅是违法乱纪的警察，还是一名嫌疑人。待查明了你和通缉犯的关系，才能对你做定论。”

孟凡生无奈地坐进审讯椅里，喃喃地说：“我和你们抓的人没有任何关系。”

顾梦阳没再理会孟凡生。另两名民警对他进行讯问，她走出了审讯室。

没过多长时间，在审讯室门口打电话的顾梦阳，看见孟凡生大摇大摆地走出了审讯室，后边跟着审讯的两名民警。

顾梦阳满脸诧异地问：“怎么回事？”

一民警压低声音说：“翟总队长让把他放了，说是谷厅长的意思。”

顾梦阳意识到，孟凡生给刘玉东打的那个电话起了作用，心里满是沮丧。

2

顾梦阳对谷涛愈发不信任，早上一上班就给父亲打电话，说了谷涛包庇和放纵孟凡生的事。

顾盛宽仍对谷涛保持着信任，他开导女儿说："谷涛的做法谈不上包庇和放纵。即使谷涛所为受刘玉东之托，也不能证明他和刘玉东关系非同一般，更不能由此判断他有问题。人在官场，有些事是不得已而为之的，况且孟凡生是东林市公安局民警，若刘玉东对谷涛说，孟凡生的问题应交由东林市公安局处理，也是可以的。至于刘玉东是否处理孟凡生，那是另外的事情了。"

顾盛宽对女儿的开导，并没有解开她思想上的结。顾梦阳跟父亲通完电话，觉得父亲没有自己设身处地的感受才仍旧信任谷涛的；但她转而又想，父亲为把真凶绳之以法屡遭磨难，谷涛是父亲目前寄予的伸张正义的唯一希望，他不信任谷涛岂不近乎绝望！想到这儿，她觉得孤立无助的父亲很可怜，更为自己不能直接帮上父亲一筹莫展。

下午，翟文瑞给顾梦阳电话，让她到谷涛办公室。顾梦阳推测，谷涛找自己十有八九是关于父亲的事，心情激动地出了办公室。她在谷涛办公室门口遇见了翟文瑞，翟文瑞敲开谷涛办公室门，两人走了进去。

谷涛热情地把两人让到沙发上，而后从办公桌上拿了一沓儿材料，坐在两人的对面。

谷涛冲顾梦阳笑了一下，说："小顾，关于你父亲向我反映情况的事，你等着急了吧?"

顾梦阳笑了一下："没着急，我在耐心等待。"

"你父亲反映的情况，我跟副省长兼公安厅厅长鲁洪刚作了汇报。你父亲反映的情况，加之商克峰谋害与其合伙经营的广东汕头商人黄东风和谋害其情人何静的嫌疑，鲁省长很重视。"谷涛对两人说，"经厅党委研究决定，对商克峰进行彻查。组织派翟文瑞同志到东林市公安局挂职锻炼，任分管刑侦副局长，这也为案件调查提供了便利。顾梦阳作为省厅刑侦总队民警，参与案件的调查。”

顾梦阳说：“在东林搞案件，若是刘玉东干预的话，案件将难以搞下去。”

谷涛对顾梦阳说：“我会告诉刘玉东，你们要在东林搞一起专案，让他给予支持。倘若刘玉东与商克峰有利益瓜葛的话，他肯定会干预的，只不过不能在明面上干预。即使刘玉东干预，我们也只能如此展开工作。”

顾梦阳张嘴还想说什么，翟文瑞瞪了她一眼，她闭上了嘴。

谷涛把放在茶几上的材料递给翟文瑞说：“这是商克峰涉嫌犯罪的相关材料。”

翟文瑞表态：“我们一定完成厅领导下达的任务。”

谷涛说：“你俩回去准备一下，明天上午随省厅政治部的人到东林……”

离开谷涛的办公室，翟文瑞把顾梦阳叫到自己的办公室，对她说：“谷厅长在此之前跟我说了你父亲的情况，我跟你父亲也是很熟的。你父亲的遭遇让人感到愤慨，你这个当女儿的内心的愤慨肯定比我们还要强烈，可我们对事情查办不能操之过急。谷厅长刚才已经把话讲得很清楚了，你要再提什么要求的话，等于难为他一样。你要平息自己内心的焦虑才能查办好案件，否则你感情用事的话，很不利于案件调查。”

翟文瑞的一席话，让顾梦阳感觉到了刚才在谷涛面前的唐突。她说：“谢谢翟总队的开导，我知道日后该怎么做了。”

翟文瑞说：“刘玉东打电话说，孟凡生的违纪问题由东林市公安局纪委处理。明天到东林，你把孟凡生的讯问笔录和化验单交给纪委书记庞荣忠。”

“孟凡生吸毒，若对他处理的话，得开除公职。”顾梦阳说，“刘玉东要想处理孟凡生的话，他就不会昨晚深更半夜地打电话为孟凡生说情了。”

翟文瑞带有意味地说：“你可以把孟凡生的违纪材料备份。”

顾梦阳点点头：“我明白。”

3

顾梦阳随翟文瑞到了东林后，并没有跟翟文瑞到公安局，而是到凤凰山疗养院看父亲去了。

翟文瑞到东林的当天下午，东林市公安局召开了中层以上领导干部大会，同去的省公安厅政治部人员宣布了翟文瑞到东林市公安局挂职锻炼任分管刑侦副局长的决定。

晚间，刘玉东召集党委班子成员，外加现任刑侦支队长耿禹，在新概念酒店为翟文瑞接风。

酒宴中，刘玉东给翟文瑞介绍着耿禹：“耿禹虽原是刑侦支队政委，可是他在刑侦方面也是行家里手，当了刑侦支队长后，领导属下连破多起大案。”

翟文瑞说：“耿支队，还望你多支持我的工作呀。”

耿禹一直觊觎分管刑侦副局长的位置，并为此搭给刘玉东不少钱，可翟文瑞的到来使他希望破灭而倍感失落。他听了翟文瑞的话，有些漠然地说：“我会支持翟局长的工作的。”

耿禹的神态让翟文瑞感到疑惑，他想到了顾盛宽，他问刘玉东：“刘市长，听说顾盛宽最近不太好，他支队长职务被免职了，还被抢夺受伤了，他现在怎么样了？”

刘玉东在此种场合是不宜说顾盛宽的不是的，他避开顾盛宽被免职的话题说："顾盛宽被抢夺一事，据推断，嫌疑人对他下手，并非图财，或许他在工作中得罪人了。他被抢夺时头部受伤，现已康复。"

翟文瑞感慨地说："警察得罪人是难免的。"继而他举起白酒杯说，"我敬诸位一杯酒……"

耿禹是有些酒量的，可他跟翟文瑞碰杯后只喝下半杯白酒，就感觉头晕目眩。他知道，自己此时不胜酒力源于心里犯堵。他怕自己失态，就借接电话的机会出门溜了。

刘玉东对耿禹在为翟文瑞接风宴上的表现感到不满，第二天一上班，他就给耿禹打电话，让耿禹到自己办公室来一趟。

耿禹进了办公室后，刘玉东问："昨天在酒宴上你有些失态，不是你心里真的装不下事吧？"

耿禹喃喃地辩解说："昨天不知怎么的，身体不舒服，酒没喝多少就感觉到醉了。"

刘玉东毕竟得到过耿禹的益处，并答应过他刑侦副局长的位置非他莫属，因而对耿禹不便发作，只能开导他说："行了，你就别解释了。翟文瑞是到东林市挂职锻炼一年，并不是正式任职，所以你任分管刑侦副局长的事，只是个时间问题。"

刘玉东的话，让耿禹有些释然。他忽觉得昨晚有些对不住刘玉东。他说："刘市长，昨晚真的不好意思！本来昨晚是局党委成员给翟文瑞接风，刘市长高看我才让我到场，我却……"

刘玉东办公桌上的电话响起，他看了眼来电显示，拿起电话："谷厅长，你好……"

耿禹一听刘玉东跟省厅领导通话，就敛声屏气地静坐着。

刘玉东跟谷涛没说几句话就撂下了电话，面色沉郁，若有所思。

刘玉东的神情让耿禹觉得不便在他办公室再待下去，低声说：“刘市长，若没别的事，我先告辞。”

“刚才我跟谷涛的通话你也能听到些。”刘玉东说，“谷涛跟我说，翟文瑞和顾梦阳要在东林组织人员搞专案，让我给予支持。究竟什么专案，他虽没跟我说，但你我心里也是知道的。你回去后替我勤观察着点儿。”

“12·1”案件发生后，顾盛宽把商克峰当作嫌疑人调查，继而又搜集刘玉东的违纪证据。刘玉东为得到顾盛宽掌握的证据而致顾盛宽被抢夺受伤，大致情况耿禹是清楚的。现在由省厅牵头搞专案，加之顾梦阳参与其中，这个专案所指就很明了了。刘玉东让耿禹回去观察情况，其实是想干预专案。耿禹明白，干预专案是要承担风险的，可他此时无法回绝刘玉东，因为正是他帮助刘玉东阻碍了“12·1”案件的侦破，才使顾盛宽倒台，他才当上了支队长并且有望日后当上刑侦副局长。耿禹踌躇了一下说：“我知道怎么做。”

“那你忙去吧。”刘玉东从靠椅上起身说，“我得到市委开会。”

耿禹随刘玉东走出了办公室。

刘玉东出公安局大门时，见不远处顾梦阳从丰田大吉普上下来，不由得蹙起了眉头。

顾梦阳是到公安局纪委送孟凡生的违纪材料的，当她把孟凡生的违纪材料递到庞荣忠手里时，庞荣忠浏览了一眼材料，竟问：“你们当时没搞错吧？”

顾梦阳说：“你若怀疑材料的真实性，可以再做调查。”

4

姜鹏和郑君接到顾梦阳的通知后，这天上午到了翟文瑞的办公室。翟文瑞和顾梦阳已在办公室等候两人。

因都是多年的老刑侦，翟文瑞与姜鹏和郑君都熟悉。他让两人坐在沙发上，先是介绍顾梦阳说："顾梦阳想必你俩都认识，她是你俩的师父顾盛宽的女儿。她在省厅刑侦总队工作，近段时间会和咱们一同搞一起专案。"

姜鹏和郑君一听说搞专案，神情凝重地把手中的笔记本展开。

"专案是省厅领导交办的，从现在起，你俩就得把手头的工作放一放，全身心地投入到专案之中。"翟文瑞说，"我们要搞的专案就是调查商克峰。说起商克峰我想你俩也都熟悉，2013年12月1日晚程坤江被害案，商克峰曾被当作嫌疑人进行调查。那时姜鹏还是刑侦支队一大队大队长，在搞案件期间被调到开发区分局任刑侦大队长。'12·1'案件几经周折，侦破工作近乎搁浅。刑侦支队长顾盛宽在省委书记苏振民对案件批示的情况下，再次亲抓这起案件，却因一起没经查实的违纪案被处分和免职。对顾盛宽的处分与免职，似乎与这起案件没关联，但我想你俩也都明白，若不是顾盛宽抓住商克峰的嫌疑不放，他也就不会遭遇挫折……"

翟文瑞的话，让姜鹏和郑君面面相觑。正如翟文瑞所说，他俩深知顾盛宽的挫折与刘玉东有直接的关系，"12·1"案件的内情对于他俩来讲是不能提起的公开秘密，而刚到东林的翟文瑞竟如此直言，出乎两人意料。

翟文瑞接着说："商克峰还涉嫌谋杀其生意合伙人广东汕头

商人黄东风和他的相好东林市团市委干部何静。他涉嫌的三起杀人案，表面上是看不出破绽的。2011 年 5 月 17 日，黄东风醉酒驾车撞到隔道桩死亡，交警对现场的勘查和尸检报告证实了这一点。‘12・1’案件，程坤江被害，因商克峰与程坤江妻子马文秀有染，被程坤江在新概念酒店客房发现并发生肢体冲突，由此案件的嫌疑人指向商克峰无可非议；可结果却出现了新概念酒店保安部长安彦斌，当初为阻止程坤江与商克峰的冲突而与程坤江结怨，于是案发当晚，安彦斌酒后回家的途中偶遇程坤江，两人互不相让，冲突中，安彦斌持鹅卵石击打程坤江左侧额头，致程坤江颅脑损伤死亡。2014 年 11 月 8 日晚间，何静在开发区分局辖区内青年公寓 8 楼跳楼自杀……”

在翟文瑞说话间，顾梦阳给姜鹏和郑君每人一份材料。顾梦阳分发的材料，是商克峰所涉嫌的三起案件的案情汇总，一部分是郑君提供的，其中“12・1”案件的材料齐全些，有复印的中院审判卷宗。

翟文瑞对姜鹏和郑君说：“我和顾梦阳对商克峰涉嫌的案件并不是很了解，你俩接触过商克峰涉嫌的案件，一定要把材料研究透，找着抓手，以便展开对商克峰的调查。”

姜鹏和郑君听翟文瑞指示时，似乎都有些走神。姜鹏对翟文瑞后一句指令的话没有表态。郑君则像是应付地说：“翟局长，抓手我想会找到的。”

见姜鹏和郑君如此神态，翟文瑞注视着他俩，表情严肃地说：“我们要抛弃顾忌，站在讲政治的高度对待专案。今天是 2015 年 8 月 9 日，我们把所搞的专案就叫‘8・9’专案，我和顾梦阳为专案组正副组长。由于当前所处的情形，以及咱们所查的三起案件的案发地都在开发区分局辖区内，专案的办公地点就设在开发区分局刑侦大队。如果临时人手不够，姜鹏可以从刑侦大队抽调人手，不过专案的详情只限咱们四人知道。”

姜鹏见翟文瑞已把自己摆在重要的位置上，只得表态说：“我听从局领导的指示，努力搞好专案。”

翟文瑞留下了顾梦阳，姜鹏和郑君离去。

姜鹏和郑君在翟文瑞办公室之所以走神，是因为两人对翟文瑞所下达的任务各有所思。姜鹏有畏难退缩的想法。商克峰的背景和顾盛宽的遭遇，使他对再查商克峰的后果不得不犯寻思。郑君听了翟文瑞关于顾盛宽的话，心里满是愧疚。顾盛宽被处分和免职，虽缘于有人举报他私放涉嫌伤害致死的堂弟顾盛友，可实情是怎么一回事，只有他清楚。顾盛宽曾跟他说，他怀疑孟凡生收了顾盛友四万元钱私放顾盛友；顾盛宽根据顾盛友跳楼自杀现场的勘查和尸检结果，把顾盛友死因直指孟凡生……顾盛宽的话验证了他的所见，可他当时因是孟凡生的直接领导并直接参与了抓捕顾盛友，因为怕牵连到自己，故而对顾盛友的致死原因始终保持缄默。他的缄默使顾盛宽的问题难以澄清，这是他对顾盛宽满是愧疚的因由。

出了局机关大楼，姜鹏对郑君说：“你到我车里，我有话跟你说。”

郑君随姜鹏坐进了他开的警车里。

姜鹏说：“商克峰是个罪人，是应该把他绳之以法；可商克峰有刘玉东罩着和大把的钱财，况且商克峰涉嫌的‘12·1’案件已经尘埃落定。你说，咱们再对他进行调查，有几分胜算？”

郑君有些茫然：“不知道。”

“翟文瑞是省厅下派挂职锻炼的，顾梦阳也是省厅的，可咱俩得长久在东林待下去。”姜鹏说，“若是对商克峰的调查前功尽弃或不了了之的话，翟文瑞和顾梦阳都有退路，可咱俩却没有退路。顾盛宽的倒台，应是咱俩的前车之鉴呀!”

郑君盯着姜鹏：“你说这话是什么意思?”

“商克峰是不好查的，‘12·1’案件发生后，省委书记苏振民还作过批示呢，可结果却怎样?”姜鹏说，“我的意思很明显，咱俩要对自己的前途考虑。”

“你想打退堂鼓?”

姜鹏点下头：“是的，我要找机会退出专案组。”

“顾盛宽是咱俩的师父，咱俩能走到领导的岗位，与顾盛宽的扶持是分不开的。顾盛宽给予咱俩不少帮助，你不应当忘记，在你二十年前结婚的时候，因你家是农村的帮不上你什么，是顾盛宽帮你找的新房，并拿出五千元钱贺礼帮你成了新家……”郑君有些激动，“咱俩对待专案不为别的，单冲顾盛宽对咱俩的恩情和他调查商克峰所遭遇的磨难，也应全力以赴地把他未竟的事情做下去。”

郑君的话，使姜鹏的神情透着窘迫。

“我两天后就到你那儿搞专案，别忘了给我和顾梦阳腾出个临时办公室。”郑君扔下这句话，没等姜鹏再说什么，下车走了。

5

顾盛宽自打搞“12·1”案件以来所遭遇的一切，使他情绪始终处在悲痛、压抑、激愤之中，当他从女儿那儿得知由省公安厅牵头着手对商克峰展开调查的消息，他虽难以预想此役必胜，但他心里仍旧宽慰许多。

顾盛宽上午外出散步，接到省城清江市的一个电话，电话里传出浑厚的男音：“你好，我是清江省纪委工作人员，叫肖清泉。请问你是顾盛宽吗?"

顾盛宽一听肖清泉说是省纪委的，意识到电话可能与自己举报刘玉东有关，他把手机紧贴在耳边说："我是。"

肖清泉问："你在东林市公安局工作?"

顾盛宽说："对。"

"中纪委转交并督办一起案件，案件的举报人名字是你，被举报的是东林市副市长兼公安局局长刘玉东。"肖清泉说，"我给你打这个电话是核实一下情况。"

当确知自己的举报有了回应，顾盛宽倏然很激动，持电话的手有些抖，说话竟口吃起来："对，是我举报的刘、刘玉东，举、举报材料中有一个移动硬盘存有刘玉东乱搞男女关系的录像……"

"你说的佐证都有。"肖清泉说，"你最近不要关闭手机，我们还要到东林找你和相关的人了解情况。"

"我手机每天二十四小时开机，你们可以随时联系我。"

"谢谢你对我们工作的支持。好的，再联系。"肖清泉挂断了电话。

顾盛宽回味了会儿刚才通话的情景，从刚才的激动变为兴奋。他平时不苟言笑，此刻却挥动着臂膀，大幅度地做着扩胸动作，面带笑容，边走边跟病友打着招呼。

下午，顾盛宽回到房间，给女儿打电话，让她到凤凰山疗养院给他办理出院手续。

顾梦阳到凤凰山疗养院，劝慰父亲说："爸，您不要着急出院，在这儿再住一段时间吧。"

"刚才我让大夫查了查，大夫说，我恢复得很好，可以出院。"顾盛宽说话间，从沙发上站起，抻了下胳膊，又做了两个踢腿的动作，"看，我现在跟健康人一样。"

顾梦阳看着父亲欢快的神态，笑着问："爸，您这是怎么了？换了个人似的。"

顾盛宽大笑两声说："一场好戏即将上演，我岂能不高兴？"

"什么好戏？"顾梦阳接着问，"爸，您出院上班吗？"

"省纪委给我来电话了，这好戏你当然心知肚明。"顾盛宽说，"我得上班，我要让那些整我、希望我趴下的人看看，我顾盛宽是整不垮的。"

顾梦阳听了父亲的话，惊喜地说："真是好戏即将上演。您不出院上班，岂不失去了观赏的机会？"她转身说，"我这就给您办出院手续。"

两天后，省纪委的肖清泉和同事在东林找到了顾盛宽……

第十八章

1

顾梦阳和郑君到开发区分局时，姜鹏已在刑侦大队给两人准备了两间办公室。姜鹏领着两人看了办公室后说：“我好不容易给你俩腾出两间办公室。”

顾梦阳说：“谢谢姜队想得这么周到。”

姜鹏看了眼郑君说：“我若不这么做的话，有人该埋怨我了。”

姜鹏的言行，让郑君看出他曾对专案打退堂鼓的想法已改变，他不由得欣慰地说：“你是我和梦阳的大哥，你想得周到些也是应当的。”

顾梦阳说：“我们找个地方研究案情吧。”

姜鹏指了下走廊尽头的双扇门："到分局小会议室。"

三人进了小会议室，各自把携带的相关材料放在椭圆形桌上。

顾梦阳说："给你俩的材料都看了吧？你俩谁先谈？"

"我对专案的情况了解得多些，我先谈吧。"郑君说，"商克峰所涉嫌的三起命案，我以时间顺序剖析案件的疑点。第一起命案是，2011 年 5 月 17 日晚 8 时许，黄东风醉酒驾车撞到隔道桩死亡。这看似是一起后果严重的交通事故，只因醉酒驾车，就变得很简单。不过，从黄东风交通肇事案所显示的证据材料上看，那天晚间，黄东风是和时任新概念酒店保安部长安彦斌喝的酒，他的司机也在场。黄东风的司机证实，那天晚间，黄东风喝酒是没有外出打算的，他让司机也喝了酒，他说，酒后就在新概念酒店住。可就在黄东风被安彦斌劝下半斤白酒后，接了一个电话后，说要出去一趟，司机说送他被他拒绝。他向司机要了车钥匙，出了酒店十分钟后便出了车祸。这起案件的疑点在于，安彦斌的劝酒和那个打进黄东风手机的电话，是否出于同一个目的？再一个，那个打进黄东风手机里的电话竟然是位于郊区青梅山庄里的公用电话，对方用公用电话给黄东风打手机，很可能出于隐藏自己身份的目的……"

顾梦阳插嘴问："当初调取的黄东风手机话单现在还有吗？"

"话单没附在案卷里，保留的可能性很小。"郑君想了会儿说，"因黄东风的家人发现，他投资新概念酒店的两千多万元没了踪影，便怀疑黄东风是商克峰谋害死的。省公安厅派人对黄东风的死因复查时，我们一大队的代夕波曾协助省公安厅的人工作。待我过后给代夕波打个电话，看他能否找到黄东风的手机话单。"

顾梦阳说："你接着说。"

郑君说：“我现在说第二起案件，第二起案件就是 2013 年 12 月 1 日晚发生的程坤江被害案。这起案件的案情你俩也都知道，我就不再赘述。我只说这起案件的疑点，‘12·1’案件的疑点有两个，第一个疑点是，郝磊和马文秀的证言不一致，排除商克峰作案嫌疑的唯一证据是马文秀的证言，也就是说，在案发时间商克峰与马文秀在一起。可经调查，马文秀还有一个情人，叫郝磊，案发的当天和第二天下午，两人都有过通话。我们找郝磊了解情况，问他在案发时间段与马文秀通话的内容时，他以时间长久记不清为由没有回答。郝磊出了公安局，我们给他上了技术手段，他约马文秀见面，以自己没有说实话为由向马文秀要了二十万元的封口费。郝磊再次被传唤到公安局，他只好交代说，12 月 1 日晚间 5 时许，他约马文秀到了自己家，一直待到第二天早晨。谁知过后马文秀又约他跟他说，无论是谁，即使警察问，也不要说出 1 日晚间两人在一起。当我们第一次找郝磊了解情况时，郝磊感到，马文秀让他隐瞒实情肯定是有事，说不定与程坤江被害案有关，于是便借机敲诈马文秀。就在案情即将明朗之时，顾盛宽因涉嫌私放嫌疑人被市公安局纪委停职，‘12·1’案件的侦破也发生了戏剧性的变化。马文秀交代说，12 月 1 日晚间 5 点到 8 点多跟商克峰在一起，8 点半后到的郝磊的住处。这样仍旧排除了商克峰作案的嫌疑。纵观案件的调查情况，显然是马文秀为了洗脱商克峰的嫌疑撒了谎。第二个疑点是，新概念酒店保安部长安彦斌，承认程坤江是他害死的。安彦斌与程坤江无冤无仇，即使他在新概念酒店因程坤江堵着商克峰和马文秀在客房里亲热，他为阻止程坤江跟商克峰的肢体冲突跟程坤江发生过矛盾，他也不至于害死程坤江。要弄清第二起案件的两个疑点，必须让马文秀和安彦斌说实话，可让两人说实话，近乎不可能。”

顾梦阳也有同感，不过她带着慰藉说："好在当初给郝磊上技术手段时的录音和他的笔录材料都保留着。"

郑君说："关于何静自杀的案件，疑点就直接牵扯到咱们内部人了……"

姜鹏虽琢磨过何静自杀案的案情，但他没考虑到内部人。他问："谁?"

"孟凡生。"郑君说，"何静自杀时，孟凡生不仅在属地光明派出所的民警没有赶到前，领着队里民警对何静出事的青年公寓进行了调查，还对随后到来的派出所民警说，何静是自杀。我认为，孟凡生出现在何静自杀的现场，不应是110的派警，而是受人指使去的。他作出何静自杀的结论，就是为了掩盖何静系他杀的真相。"

姜鹏对郑君的分析，赞许地点下头。

顾梦阳揣测着郑君的话，她认为，若是孟凡生出现在何静的自杀现场是有人指使的话，那么这个人不是别人，应当是刘玉东。她不便把自己的揣测说出来，便把目光投向了姜鹏。

"郑君对专案的意见，我基本同意。我对商克峰涉嫌谋害黄东风一案做些补充。"姜鹏说，"我怀疑，黄东风出车祸前，给他打电话的是个女人。这个女人跟黄东风很可能有暧昧关系，否则的话，黄东风怎会不让司机送他？黄东风的车祸现场位于新概念酒店东侧七公里的立交桥上，十分钟行驶七公理，时速大概在四十迈左右。也就是说，黄东风虽酒后驾车，但他车开得还是挺稳当的。他车开得稳当是不应出事的，可他驾车下立交桥时却出了事。我怀疑，黄东风开的那辆丰田轿车制动出了问题，他加大油门上了立交桥，在下立交桥过程中轿车失去了控制……"

姜鹏说完，顾梦阳说："今天的案情分析就到这儿。姜队，你领属下去调查商克峰涉嫌谋害黄东风一案，我和郑君调查另外两起案件。”

姜鹏说：“好吧，有情况及时沟通。”

郑君说：“我回刑侦支队让代夕波找一下黄东风的手机话单。”

顾梦阳说：“我和你一起去。”

顾梦阳和郑君在代夕波的办公室拿到了黄东风的手机话单。在顾梦阳的要求下，代夕波还将薛贺因安摄像头的事被传到刑侦支队交代的材料，一并交给了她。

2

刘玉东得知翟文瑞和顾梦阳在东林市组织人员搞专案的消息后，心中始终惴惴不安。刘玉东最近时常待在公安局的办公室里，观察翟文瑞等人的动向。

刘玉东早上刚进办公室，顾盛宽随后跟了进来。

刘玉东见到顾盛宽愣了一下，忙指着沙发说：“老顾，来了，坐。”

顾盛宽没有半点儿拘谨地一屁股坐在沙发上，说：“我告诉刘市长一声，我今天开始上班。”

“你伤好了吗?”刘玉东坐在办公桌后的靠椅上说，“你还是在家休息吧。干了三十余年公安工作，为东林市的社会治安付出了大半生的精力，就是你在家休息到退休，公安局也不会有人跟你攀比。”

顾盛宽似乎讲着事不关己之事，笑呵呵地说：“干了三十余年公安工作，得过诸多荣誉，可没想到晚节不保，五十多岁了，还险些被开除出公安队伍。"

刘玉东尴尬地笑了下："人无完人，况且警察的职业带有风险，犯错误也就难免。"

"对了，刘市长，我有件事想问。"

"什么事？你说。"

顾盛宽面无顾忌地说："我因涉嫌私放嫌疑人而在没有查证的情况下，被免职和行政警告处分。而孟凡生在清江市吸毒被省厅刑侦总队当场抓获，局领导怎么不作处理？"

"这个……"一贯说话流利的刘玉东，此时有些拙嘴笨舌，"这个孟凡生的情况嘛，他的情况有些特殊，他当时并不是想吸毒，而是他朋友往他的饮料里放了毒品……"

顾盛宽没料到刘玉东竟然替孟凡生编瞎话开脱，他从沙发上站起，打断刘玉东的话："我了解的情况可不是这样……"

刘玉东猛然意识到，顾梦阳参与抓逃犯时，才发现孟凡生吸毒的，顾梦阳岂能不对父亲说实情？于是他改口，不再为孟凡生开脱："详细情况我可能了解得不够全面，但孟凡生的违纪问题肯定是存在的，近期我会让纪委拿出个处理意见来。"

"我相信，刘市长处理问题不会厚此薄彼。"顾盛宽扔下这句话，转身出了刘玉东的办公室。

刘玉东恼怒地目视顾盛宽离去。

刘玉东点燃一支烟，边吸边想着：顾盛宽提出让他处理孟凡生吸毒的事，这无疑给他出了个难题。如果按相关规定，孟凡生吸毒就得清除出公安队伍，并送到戒毒所强制戒毒。但他不能如此处理孟凡生，孟凡生帮他解决过棘手的事，同时也掌握他的把柄，若把孟凡生辞退的话，他说不定会麻烦缠身。

刘玉东拨着孟凡生的手机号，可电话里却传出了"你拨打的电话暂时无法接通，请稍后再拨"的提示音。

刘玉东拿起内线电话，拨通了耿禹的办公室电话，让耿禹到他办公室来一趟。

耿禹来到刘玉东办公室，没等刘玉东开口，就先汇报工作似的说："翟文瑞等人搞的专案，办公地点没设在刑侦支队，而是设在了开发区分局。郑君跟我说，他近期在开发区分局工作。"

"我知道了。"刘玉东问，"孟凡生没在单位吗？"

"孟凡生正在搞一起毒品大案，我还准备跟你汇报呢。"耿禹在刘玉东办公桌前的椅子上坐下说，"孟凡生在新概念酒店获得线索，打掉了一个倒卖毒品的网络，现已拘传五人，缴获各类毒品一千多克。上午一上班，我就看见孟凡生领队里的人又传人去了。"

"怎么搞案件搞到新概念酒店去了？没影响到酒店的生意吧？"刘玉东话语中明显透露着不满。

"没有影响到酒店的生意。"耿禹知道刘玉东和商克峰的关系，神秘地说，"有些话，我不知当讲不当讲？"

"有话就直说。"刘玉东斜睨着耿禹说，"你若有话不对我说，那就不对了。"

"最近孟凡生不知怎么跟商克峰走得很近，他这次在新概念酒店获得线索缉毒，肯定跟商克峰商议过……"耿禹说，"孟凡生想打掉现有的毒品交易网，自己独揽毒品生意。"

刘玉东惊骇地问："难道他不仅吸毒，还想贩毒？"

耿禹知道孟凡生在清江吸毒的事，肯定地点下头。

"他怎会这样？"刘玉东神态严肃地拍了下桌子，从靠椅上站起身，踱着步。

耿禹也从椅子上站起，不知所措地看着刘玉东焦虑的神情。

不一会儿，刘玉东脸色忽然和悦起来，他对耿禹说："你回去忙吧。”

耿禹离开刘玉东的办公室，心里嘀咕：孟凡生肯定要惹祸上身了。他压根儿不了解刘玉东找到了借孟凡生搞毒品案件给他立功的机会，以此减轻对他的行政处罚的理由。至于孟凡生所为的后果，刘玉东已无法顾及。

3

顾梦阳把代夕波打印的薛贺的交代材料拿给父亲看。

薛贺当初被传到刑侦支队，缘于刘玉东在他常去的新概念酒店 4028 号房间发现了无线摄像头并在薛贺的办公室搜出了接收信号的电脑。在孟凡生刑讯逼供下，薛贺交代说，顾盛宽为了搞一起案件，让他在 4028 号客房里安装摄像头用于秘密侦查，并让他跟谁都不能提及此事。安装摄像装置后，录下了一些画面，其中有两个画面是一个男人在不同时间段跟两个女人做爱的场面。而后，顾盛宽到他办公室，把录像剪贴到他拿的移动硬盘上了……

顾盛宽说：“我从假日酒店出来后拎包被抢，我就怀疑，是刘玉东指使人干的，想得到我所掌握的举报他的证据。从薛贺的交代材料中可以看出，我当初的怀疑是对的。刘玉东怕我把录像送到纪检部门，就采取了狗急跳墙的行动。”

顾梦阳说：“爸，我近期在搞案件间隙，对刘玉东进行了调查。”

“你调查到了什么？”

顾梦阳说：“我调查了刘玉东涉嫌强奸的那段录像，录像里的女孩原是第一医院的实习生，叫于香霞，与孟凡生的妻子狄玉在一起工作，我妈住院时我见过她。经我调查，于香霞在刘玉东的帮助下，已成为第一医院的正式医生，她现在跟刘玉东还有往来。我估计，当初是刘玉东在于香霞有求于他时，跟于香霞发生了关系。现在于香霞得到了回报，也就默认了跟刘玉东的暧昧关系。”

“这么说，刘玉东从薛贺的嘴里得知自己所面临的危机后，给于香霞落实了工作。”

“应当是这样。”顾梦阳想起薛贺到医院看父亲的事，她说，“在你出事后住院时，薛贺到医院来看过你，他对我言明了自己的身份，还拿了三万元钱给我，我没收……”

“薛贺能拿三万元钱看我，说明他心里装着事。”顾盛宽说，“我得找他谈谈。”

顾梦阳不放心地提醒：“您找他谈，当心他再给您卖出去。”

“不会的。”顾盛宽说，“薛贺不交代出些问题，孟凡生怎肯善罢甘休？从薛贺的交代材料上看，他对孟凡生等人还是有所保留的，他没有说出我让他搜集刘玉东违法乱纪证据的实情。我找他谈，说不定还会另有收获。”他说着从茶几上拿起手机，给薛贺打着电话。

薛贺听到顾盛宽的声音很高兴，他问：“你身体恢复得怎么样？”

顾盛宽说：“很好。”

薛贺说：“我跟你很久没见，咱俩吃点儿饭吧？”

顾盛宽说：“我给你打电话就是想请你吃饭。”

薛贺说：“好，那你现在下楼等我，我打出租车五分钟就到。”

在一家小饭店的单间里，服务员将菜摆在餐桌上。薛贺打开自己拿来的一瓶茅台酒，边往两个杯里倒边说：“今天咱俩好好喝点儿。”

“我出院后还没喝过白酒呢。”顾盛宽说，“今天跟你破戒开喝。”

薛贺端起酒杯：“老顾，很对不起，你出事后我也没去看你。”

顾盛宽平静地注视着薛贺：“我女儿说，我在医院监护室时，你来看过我。”

“就那一次，跟没看一样。”薛贺说，“我先自罚一杯酒，以赔不是。”

“咱俩一同喝。”顾盛宽欲跟薛贺碰杯。

可薛贺却一仰脖把满杯的酒干了。

薛贺的表现已显示出他内心的矛盾和自责，顾盛宽忽地有种愧对薛贺的感觉。他随着喝了口酒，说：“薛贺，其实不是你的不是，而是我的不是！”

薛贺拿酒瓶往杯中斟酒的手停了下，诧异地看着顾盛宽。

顾盛宽说：“我不应把你牵扯到一些事情中，我若不让你搜集刘玉东的违纪违法的证据，你就不会被警察传唤而遭遇刑讯逼供，你就不会忐忑不安地过日子。是我打破了你平静幸福的生活……”

“别说了，你没有对不起我，而是我对不起你呀！”顾盛宽的几句话一语中的，薛贺不吐不快地说，“你被抢夺受伤，都是我被传到刑侦支队后，没有对你说实话而引发的呀！孟凡生折磨得我生不如死，我没办法，只得说是你为了破案的需要，让我在新概念酒店 4028 号房间安装的摄像头……”

薛贺所言，顾盛宽虽事先所知，但此刻更深刻地意识到，对付一个违法乱纪的官员和被官员庇护下的嫌疑人多么艰难！

薛贺还向顾盛宽说了孟凡生为了抢夺娱乐场所的毒品市场，借警察的身份清除原有毒贩的事。

第十九章

1

顾梦阳走进郑君的办公室。

正翻看着卷宗的郑君说："你来得正好。有新发现。"

顾梦阳问："什么新发现?"

"黄东风的手机话单上频繁出现马文秀的手机号，而且两人时常半夜通话，莫非……"

"你怀疑黄东风出事前的那个电话是马文秀打的?"

郑君思忖着说："若按姜鹏所说，黄东风出车祸前，那个给他打电话的或许是跟他有暧昧关系女人的话，打电话的女人应当就是马文秀。"郑君说，"黄东风到东林来只带个司机，没领女人，他的那辆帕萨特轿车是商克峰借给他用的。黄东风和商克峰当时是生意伙伴，马文秀是商克峰的相好，马文秀不应当跟黄东风频繁联系。那么不应当发生的事情的出现，也许是商克峰为图财而设计的圈套，商克峰让马文秀诱惑黄东风，当马文秀感觉已把黄东风撩拨得跃跃欲试时，她在青梅山庄用公用电话给黄东风打了手机。于是黄东风不听司机的劝阻，踏上了不归路。”

“不知姜队那边查得怎么样了。”顾梦阳说，“若是黄东风的死是有人在车的制动上做了手脚的结果，你的推断就可能成立。”

“找姜鹏开个碰头会吧？”

“姜鹏没在单位。”顾梦阳说，“咱俩去找何静的母亲了解一下情况。”

开门的是一个满头银发的中年妇女。

“您是何静的母亲吧？”郑君亮出工作证说，“我们是公安局的。她叫顾梦阳，是省公安厅刑侦总队的。”

何母情绪低落地问了句：“你们是调查何静自杀的事吧？”

郑君点了下头。

何母把两人让进了屋内。

屋内没有装修过，只是白墙和水泥地面。客厅一张方桌上摆有一台老旧电视，外加四把椅子。屋内的摆设，有种家徒四壁的感觉。

待三人在椅子上坐下，顾梦阳说：“何静自杀后，您曾怀疑何静是被商克峰谋害死的，到省公安厅上访。我们到您这儿就是调查您上访一事的。”

不曾想的是，何母竟说：“我不上访了，我已和派出所签订了息访承诺书。何静是自杀，你们就不要查了。”

“何静的死的确有疑点，为女儿讨回公道是应当的啊！”顾梦阳问，“为什么要息访？”

何母沉默了片刻，潸然泪下，看着顾梦阳，抬高声调说：“你说得对，我女儿的死的确有疑点。我认定，我女儿压根儿不会自杀！老伴儿两年前撇下我和一对子女早逝，何静在家是长女，她上大学的弟弟得依靠她资助，她怎会自杀？”

顾梦阳从拎包里拿出纸巾，递给何母：“大婶，您别激动，慢慢说。”

何母擦拭了下眼泪说：“我上访后，派出所的民警到我家里说，何静的死没有他杀的证据，再上访也无用。后来商克峰到我家，他说，他爱何静，怎么会杀她呢？他扔下十万元钱用作我儿子上大学的费用。你说，就这个情况我还能上访吗？派出所再次找我时，我只得签下息访承诺书，把何静的尸体火化掉……”

从何母家出来，郑君说：“怪不得何静死打烂缠商克峰不放，原来是家庭窘困的缘故。”

顾梦阳没有接郑君的话茬儿，而是像想起什么似的说：“何静尸检过，我们应对何静的血样再次化验。你打电话给法医肖刚，找他要血样。”

郑君拨通了肖刚的电话，说专案组要何静的血样。肖刚说，何静母亲后来对何静的自杀没异议，就没再保留她的血样。

郑君和肖刚的通话，顾梦阳在旁听得很清楚。

待郑君挂了电话，顾梦阳带有意味地说：“何静尸体火化，血样也没保留，他们对何静自杀案的处理倒是很利索。”

2

孟凡生掌握了商克峰杀害何静的证据后，窥见了发财的契机，他先在商克峰那儿拿了巨额的封口费，继而又跟商克峰提议，要承包新概念酒店娱乐城。商克峰难以拒绝，也就由着他了。他想垄断整个东林市的毒品交易市场，以抓获在新概念酒店娱乐城交易的毒贩为切入口，打掉了东林市的贩毒网络。孟凡生把重新洗牌后的东林市的毒品市场交给了谢志，他则在幕后坐享其成。

谢志原是开帝豪娱乐城的，他指使手下人给孟凡生办了诸如抢顾盛宽背包等不少重要的事后，和孟凡生臭味相投。谢志开帝豪娱乐城期间，为了得到刘玉东的关照，通过孟凡生的引荐送给刘玉东存有二十万元钱的银行卡。可他时运不济，帝豪娱乐城的地界因房地产开发被征用，使他的生意终止。孟凡生承包新概念娱乐城后，邀谢志到他这儿来干，并答应给谢志丰厚的待遇。谢志便在新概念娱乐城施展开了拳脚。

孟凡生的行为也使刘玉东对他愈发难以摆布。这天，《东林日报》用整版刊载了东林市公安局刑侦支队一大队大队长孟凡生，带领民警历经一个月的鏖战，打掉了东林市最大的贩毒网络的新闻报道。

孟凡生一早就在报摊买了几张《东林日报》。他把新买的奔驰车停在公安局院里时，见庞荣忠挥手招呼自己，心里一激灵：有人举报我吗？否则纪委书记找我干什么？

孟凡生下车奔向庞荣忠："庞书记找我什么事？"

庞荣忠说："你在清江的事，刘市长让我们纪委拿出处理意见……"

孟凡生已忘记在清江吸毒的事，问："我在清江什么事？"

"你在娱乐场所不是让省厅刑侦总队……"

孟凡生恍然记起了顾梦阳领人查获自己吸毒的事，但却极力想保持面上的光鲜。他打断庞荣忠的话："庞书记，你别说了，我想起什么事了。"接着他商量着说，"庞书记，你看这样行不行？处理我的事你先缓一缓，我找刘市长唠唠，说不定刘市长会改变处理我的意见。"

庞荣忠知道孟凡生和刘玉东的关系非同一般，就送个顺水人情说："那好，你找刘市长唠唠吧。"

孟凡生进了刘玉东的办公室，把《东林日报》放在刘玉东的办公桌上："刘市长，这是今天的报纸，上面有我缉毒的宣传报道。"

刘玉东拿起报纸浏览了下，说："不错。"

"刘市长，我这边缉毒出成绩被宣传，而纪委却因我在清江吸毒的事要给我处分。你说，纪委给我处分后弄得全局的人都知道我吸毒，那我还咋混？"孟凡生辩解说，"那天在清江碍于朋友的情面就吸那么一小口。若给我处分，那我可是一失足而成千古恨啊。"

"你在清江的事，我是想压下来，可是有人咬着你不放。没办法，我就让纪委拿出个对你处理的意见。对你的处理，是为了堵住别人的嘴。"刘玉东说，"就是给你个行政处分，因纪委不下通报，不会有几个人知道，对你不会产生什么影响。"

因了解孟凡生吸毒详情的只有顾梦阳，所以孟凡生说："咬住我不放的无非是顾盛宽父女俩，难道他俩还能左右你吗？"

"在东林市公安局，没有人能左右我。不过你的事被顾盛宽提出来，等于给我出个难题。我会借你缉毒有功的表现，让纪委对你低调处理。纪委不处理你，顾盛宽岂能善罢甘休？这点你还不明白吗？”刘玉东解释得有些不耐烦。

孟凡生脖子一梗：“反正我就是不要处分。”

刘玉东听了孟凡生的话，心里不由得一紧。他盯着孟凡生，孟凡生发黄灰暗的脸色，使他愈发感到陌生，也让他恍然明白，自己在跟一个已没有正常思维的瘾君子说话。他黯然而又无奈地说：“孟凡生，你走吧。”

孟凡生不解地问：“不给我处分了吧？”

刘玉东挥下手说：“不给你处分了。你日后好自为之吧！”

孟凡生对刘玉东话中的不满当然能听出来，他没再说什么，悻悻地走了。

刘玉东办公桌上的手机响了起来。他见来电显示是个陌生的电话号码，就猜测是商克峰的电话，因为针对商克峰的专案组成立后，他告诉过商克峰，日后给他打电话，必须时常换手机卡。

刘玉东接起电话。

商克峰在电话里焦虑地说：“我听说姜鹏领人在停车场把黄东风肇事的那辆帕萨特车弄走了。”

商克峰涉嫌谋杀黄东风的事，不曾跟刘玉东提过。而现在商克峰提及的话，显然承认黄东风的死与他有关。

刘玉东问：“黄东风已死四年多了，那辆肇事车怎么还在？”

“我以为那辆肇事车早销毁了呢，谁知姜鹏用了几天的时间，在几百辆报废车辆中把肇事车找了出来。”

刘玉东知道，即使商克峰与黄东风的死有关，他只是个主谋者，事情得由别人去做。他说：“只要做事的人能够守口如瓶，专案组就不会查出什么来。”

商克峰想从刘玉东嘴里得到准信，他说：“那倒是，不过心里还是不托底。”

刘玉东叹口气，说：“专案组的行动我无法干预，情况也难以了解到。要是觉得情形对你不利的话，你不妨躲躲。”

商克峰说：“我明白。”

刘玉东挂断电话，眼神有些发呆。

刘玉东其实更想离开东林，一方面他在东林已任职近一届五年，调离是必然的。更主要的是，他难以掌控目前对自己不利的局势，他想在局势不可收拾前，安抚好跟自己有关联的人，力争净身而退。

3

顾梦阳和郑君调查何静的自杀案没什么结果，接着欲调查程坤江被害案，可主要证人马文秀在东林消失了，在东林监狱服刑的安彦斌也像在人间蒸发了一样没了踪影。东林监狱的人说，安彦斌已转监。当顾梦阳问及安彦斌转到哪所监狱时，监狱方说，不清楚安彦斌转到了哪所监狱，管理档案的人正在休假，也无法找到安彦斌转监时的手续。顾梦阳虽意识到监狱方在作梗，可也无可奈何。

就在顾梦阳和郑君出了监狱大门一筹莫展之时，顾梦阳的手机响了起来。姜鹏说，黄东风的交通肇事案有了突破，找到那辆肇事的帕萨特车后，拉到汽车修理厂检查，确定车的制动在肇事前因人为破坏已失去作用，从而认定黄东风的死是谋杀。顾梦阳接完姜鹏的电话，随即给翟文瑞打电话，把好消息告诉了他。

在开发区分局会议室，翟文瑞听取了顾梦阳等人的专案汇报后，说："马文秀和安彦斌的口供对专案至关重要，务必要找到这两人，而后制订周密的审讯计划，让这两人开口说实话。"

姜鹏说："安彦斌被转监，肯定是商克峰等人给咱们设置的侦查障碍。东林监狱找不到安彦斌的讯息，那咱们不妨采取笨办法，我和郑君到省监狱管理局去调查。"

"先别忙，我一个同学在东林监狱当副监狱长，我看能不能联系上他。"翟文瑞说。

翟文瑞拨了多个电话才跟在东林监狱的同学联系上，翟文瑞挂断手机说："安彦斌两个月前转到了省城清江新建监狱。"

姜鹏说："那我们现在就办手续去新建监狱。"

"多带两个人去。"翟文瑞说，"你们到新建监狱的任务是，把安彦斌押解回来，先不要对他进行讯问。"

姜鹏点头："我明白。"

"郑教跟着去吧。"顾梦阳把车钥匙扔给郑君说，"路途远，开我的大吉普去。"

"好的。"郑君拿起车钥匙，和姜鹏出了会议室。

顾梦阳说："翟局长，还有一个人是专案的关键人物。"

翟文瑞说："你说的是孟凡生？"

"对。"顾梦阳说，"何静在青年公寓跳楼后，是孟凡生第一个出的现场，接着他就认定何静是自杀。何静死后不长时间，孟凡生承包了商克峰的新概念酒店的娱乐城，还买了辆奔驰车。商克峰能把自己的生意拱手让给孟凡生经营，及孟凡生突然暴富，很有可能是他抓住了商克峰什么把柄后，和商克峰交易得到的益处。"

"我也听到不少人反映，他一方面缉毒，另一方面却又自己贩毒。"

顾梦阳说："孟凡生知道很多事，如果能撬开他的嘴，那咱们的专案就能达到事半功倍的效果。”

“那除非把他抓起来。”翟文瑞说，“孟凡生虽是个害群之马，但有刘玉东的庇护，咱们目前还奈何不了他。他在清江吸毒的事，刘玉东都没处理他。”

顾梦阳说：“咱们能不能借助省厅缉毒总队的力量对孟凡生的毒品犯罪进行侦查？他被抓捕后，咱们再参与审讯。”

“你的提议倒也是个办法。”翟文瑞说，“过后我跟谷厅长商量下。”

顾梦阳忽然有种预感，转个话题说：“翟局长，你说安彦斌能不能被保外就医？”

“一个刑期十五年的罪犯，这刚进监狱一年多，不可能保外就医。”翟文瑞说了这话，又有所悟地更正说，“也不是没有可能，要不他转监干什么？”

顾梦阳知道，若是安彦斌保外就医的话，将再难以找到他。她见窗外姜鹏等人上了丰田大吉普冒雨而去，眼中透着些许茫然。

4

其实安彦斌转监的目的就是为了保外就医。

安彦斌在东林监狱服刑后，经商克峰上下打点，他的生活除了女人接触不到外，倒也滋润。没进监狱前花天酒地惯了的安彦斌，在服刑半年后，终于按捺不住，让商克峰想法把他弄出去。商克峰不敢怠慢，找监狱的领导商量如何能让安彦斌出狱。监狱的领导说，办法只有一个，那就是保外就医，不过像安彦斌这样长刑期的罪犯只有濒临死亡才有希望保外就医。商克峰把一张存有二十万元钱的银行卡塞给监狱领导时，那位领导把银行卡推给商克峰说："我不是不给你办事，安彦斌案件在东林影响大，他若是在东林监狱保外就医的话，传出去很可能引起上访，到时候会麻烦缠身。你可以给他转监，而后在外地监狱给他办理保外就医。"

要想给安彦斌转监，并不是一蹴而就的事，商克峰托了很多关系才有了些眉目，终于把安彦斌转到了清江新建监狱。安彦斌患有肺结核病，吃了不少抗结核药。抗结核药的副作用就是对肝不好，安彦斌的肺结核病稳定下来后，又患上了肝炎，使他有了保外就医的借口。商克峰使了大把的钱后，安彦斌的普通肝炎就变成了不保外就医就极有可能死在监狱的肝硬化。

姜鹏等人驱车刚驶入清江市时，商克峰正在清江新建监狱给安彦斌办理保外就医手续。

安彦斌被商克峰接出监狱大门。他直了直腰，抬起头，任凭纷纷的雨水淋在他的脸上，他做了两个深呼吸，说："监狱生活真是难熬啊！"

商克峰用遥控器开锁不远处的一辆路虎车说："上车吧。"

安彦斌喜欢摆弄车，他问："商总，怎么开上路虎车了？"

"借朋友的。到清江后，朋友听我说要到监狱接人，就说路途远，路况也不好，让我开他的车。"

安彦斌伸手说："我开车。"

商克峰把车钥匙放在安彦斌手里。

上了车，安彦斌启动了车。

商克峰说："去机场。"

"去机场干什么？"安彦斌说，"咱俩应到市里找个五星级酒店住下。"

商克峰了解，安彦斌现在所需的是美食和女人，他说："你到海南后，想怎么逍遥就怎么逍遥。但现在不行。我已给你买好了去海南的机票。”

安彦斌问：“那我还得躲一阵子？”

“是的。”商克峰说，“东林市公安局来了个副局长，叫翟文瑞，他和顾盛宽的女儿顾梦阳等人成立了个专案组，开展对咱们的调查，所以你必须躲出去。”

“他妈的，咱们的事是没完没了啊！”安彦斌问，“顾盛宽的女儿也是警察？”

“当然是警察，据说是省公安厅的。”

听了商克峰的话，安彦斌似乎觉出了事态的严重性，表情阴郁地开着车。

一辆丰田大吉普迎面擦身而过。

丰田大吉普里正是姜鹏等人。开车的姜鹏对副驾驶位置上的郑君说：“刚才过去的开路虎车的像是安彦斌。”

郑君一怔，随即说：“难道安彦斌被放了？赶快掉头看个究竟。”

姜鹏掉转车头，追赶路虎越野车。

安彦斌从反光镜看到后边追上来的车说：“刚才过去的那辆大吉普，又掉头跟在咱们后边了。”

商克峰从反光镜端详了下后边跟上来的车，紧张得有些口吃：“不、不要让后边的车追上。”

安彦斌侧头：“怎么了？”

“后边的那辆车就是顾梦阳开的，里面肯定坐的是专案组的人。”商克峰催促，“你怎么不加速？”

“先别加速。”安彦斌冷笑下，“在监狱憋闷坏了，这辆车没车牌，我今天跟他们玩一把。”

当丰田大吉普即将从左侧超过路虎时，安彦斌猛地向左打轮，把丰田大吉普逼下路基，撞在了一棵杨树上。

安彦斌望着后视镜，双手拍着方向盘大笑几声，换了下档位，加大了油门。

路虎在凹凸不平的路上飞速地行驶，犹如脱缰的野马……

第二十章

1

丰田大吉普撞在杨树上，除开车的姜鹏胸部软组织挫伤，车里别人没有受伤。汽车前保险杠虽破损，但对行驶无碍。

当翟文瑞在办公室听取了姜鹏和郑君关于安彦斌因肝硬化在监狱保外就医和在他们眼皮底下逃逸的情况汇报后，沉默半晌，说：“你们开车走了后，我和顾梦阳就预感，安彦斌转监的目的就是保外就医。可我们还是晚了一步。这说明，我们低估了对手。”他对姜鹏说，“姜鹏，从今天起，你要派稳妥的人对商克峰进行监控，掌握对手的动向。”

姜鹏说："好的。"

翟文瑞说："你身上有伤，休息几天吧。"

姜鹏说："前胸顶方向盘上了，就青了一块，工作不碍事，贴上膏药几天就好了。"

翟文瑞问顾梦阳："马文秀寻找得怎么样了？"

顾梦阳说："仅了解到了马文秀父母家的地址，在离东林三百公里外的青山镇。"

"安彦斌是不好找了，马文秀别再有什么不测。"翟文瑞对顾梦阳说，"你明天和郑君去青山镇。"

"专案组人少，就不用郑君陪我去了。"顾梦阳说，"再说对马文秀不一定要采取强制措施，我一个人去就可以。若需要人手的话，我会给你们打电话或找当地警方配合。"

翟文瑞说："让马文秀开口说实话不易，你找到她的话，要注意工作的方式方法。"

顾梦阳说："你放心吧，翟局长，只要能找到马文秀，我会让她开口说实话的。"

2

顾梦阳驱车四个小时到了青山镇。青山镇是地道的农村小镇，三面环山，一面临河，仅有的一条主干道横贯南北。或许是农忙的时节，洁净的街道上没几个行人，两边的商铺略显冷清。顾梦阳见一个院落门前挂有青山镇派出所的牌子，院内有一座二层楼，就把车停在门前，走了进去。

派出所院内有一个民警和一个辅警，两人见一辆挂有省城牌照的丰田大吉普停在门外，一位容貌俏丽、气质出众的女子走进院落，便有些诧异地迎上。

民警问："请问你有什么事？"

"咱们是同行，我到这儿找个人。"顾梦阳说着把工作证掏出递给民警。

民警看过证件，把证件还给顾梦阳，热情地伸手说："原来是省厅的领导，欢迎欢迎。我是这儿的所长，姓张。"

顾梦阳和张所长握着手说："我可不是什么领导，只是普通民警而已。"

张所长把顾梦阳往办公楼内让着说："里面请。"

进了办公楼内一间办公室，张所长把顾梦阳让座在沙发上，从茶几上拿瓶矿泉水递给顾梦阳，问："你办什么事？"

顾梦阳喝了一口水说："我来找个人，找一个叫马文秀的女人，据说她娘家在青山镇。"

张所长坐在椅子上问："她父母的姓名你知道吗？"

"不知道。"顾梦阳说，"是这样，马文秀十年前大学毕业，在东林结婚后，户籍便落入了她丈夫家，在她的户籍上只能查出原籍是青山镇的。她丈夫和婆婆近两年先后逝去，她便离开了东林。因一起案件的需要，我们必须找到她。"

"我没听说过马文秀这么个人，那就只能查马姓的人家，挨个儿比对了。"张所长说，"我们内勤今天还请假了，计算机查不了。"

顾梦阳踌躇了一下说："我可以等。你若是查到马文秀消息的话，请给我打电话……"

张所长在工作日记上记下了马文秀的名字和顾梦阳的手机号，看了眼墙上的石英钟，说："这到中午了，在我们这儿吃点儿饭吧。"

"不了。"顾梦阳觉得很乏，站起身说，"你忙吧，我先找个旅店，休息下。"

“那好。”张所长也起身，和顾梦阳出了办公室。

张所长带顾梦阳到了一家靠河边的旅店，临走时说：“你要查的事，最迟明天告诉你。”

顾梦阳午饭没吃，躺在床上不久就睡着了。她一觉醒来，天色已经暗了下来。她看了眼手机，见没有未接来电和信息。

顾梦阳出了旅店，在一家小吃部吃了碗馄饨。

暂且放松的顾梦阳，信步走在小镇的街上。这时，她衣兜里的手机响了起来。

韩宣问：“忙什么呢?”

她调侃说：“正在旅游。”

韩宣问：“怎么有闲心旅游了?”

她笑着说：“我这是边搞案件边旅游。”接着她便把到青山镇调查马文秀的事说了。继而她又说：“韩宣，这青山镇可是个很美的地方，你下次到东林来，我一定带你来这儿看看。”

韩宣说：“怪不得你说你边搞案件边旅游呢。”又问：“咱爸最近怎么样?”

她说：“挺好的，他现在上班了……”

跟丈夫通完电话，顾梦阳想起，应给父亲打个电话，告诉他自己出差的事。

顾梦阳拨通了顾盛宽电话：“爸，我出差到了青山镇，今晚不回家了。”

顾盛宽说：“好，我知道了。”

顾梦阳问：“爸，您在家呢?”

顾盛宽说：“我跟你薛叔在一起喝茶呢。”

因顾盛宽常喝酒，顾梦阳惦记父亲的身体，唯恐他喝多。她听父亲说在喝茶，便乐呵呵地说：“好了，没事我挂了。”

3

这天下班的时候，薛贺给顾盛宽打电话，告诉他，新概念房地产开发公司昨晚不仅非法强拆了十多户居民的住房，还将阻拦强拆的一名妇女用推土机碾死。顾盛宽想了解更详细的情况，就约薛贺晚间到家喝茶。

顾盛宽挂断女儿的电话，把手机放在餐桌上，问：“那个开推土机的的确看见前面站着人?”

薛贺说得口有些干，他喝下半杯茶说：“当时场面虽嘈杂，但我想，推土机司机应当能看见阻拦拆迁的妇女。我估计是，开推土机的司机以为他接着往前开，那家女主人会躲开，可是那女的竟没躲，撞上人后，他才把推土机停下，可是已经晚了。别人围上来，发现那女的已断了气。”

“出了一条人命，又接着拆别人家?”

“别人家已经拆完了，阻拦拆迁的女的是最后一家。”薛贺说，“出人命后，有人拨打 110，警察过了十多分钟才到场。警察到场后，把碾死人的推土机司机带走了。”

顾盛宽知道，按薛贺所说，强制拆迁一开始就有人打 110，可警察直至出了人命才到场，这种事情的出现都源于刘玉东庇护的结果。顾盛宽始终关注着孟凡生，他问：“听说孟凡生承包了你们新概念酒店娱乐城后，生意比以前好多了?”

“因为娱乐城乌烟瘴气的，什么都可以干，生意当然比以前好了。”薛贺说，“孟凡生接手娱乐城后，小姐一下子增多，还到酒店客房乱串，多次出现敲错房间门的情况，有客人投诉。

因为有孟凡生参与了酒店的经营，酒店相对安全，提高了酒店的入住率。”

顾盛宽冷笑了一下：“看样子孟凡生是个很好的生意人，他当警察有些屈才了。”他暗自决定，到新概念娱乐城进行侦查。

4

顾梦阳吃完早点，来到了青山镇派出所，想让张所长无论如何打听到马文秀的踪迹。

派出所值班民警说，张所长还没有上班。顾梦阳就坐在院里的椅子上等。

顾梦阳等到了8点半上班的时间，仍没见到张所长，便给张所长打了电话。张所长说：“你的事必须得上计算机查。派出所的内勤请假回了娘家。我得开车到乡下接内勤，大约一个小时后能回所里。”

近10点的时候，张所长开着警车到了派出所门口，张所长和胖墩墩的年轻女内勤下了警车。

张所长满脸歉意地对顾梦阳说：“真的不好意思，顾领导，耽搁你时间了。为你的事，我在回来的路上，给我们所里其他民警打了电话，让他们回所里开会。你放心，只要马文秀的娘家是青山镇的，今天肯定能找着她。”

顾梦阳见张所长话说得坦诚，心中的些许不满也就释然了。

女内勤在计算机里查出五个姓马的人家，并把这几家的户籍资料打印出来给了张所长。张所长招呼随后回所的三个民警到会议室。张所长让顾梦阳介绍了情况，而后把打印的户籍资料分发给大家说：“你们看看能不能在这几份马姓户籍的资料中找到马文秀的线索。”

一个五十多岁的老民警拿着份户籍材料，思忖着说：“这份户籍材料的户主叫马忠诚，他有一儿一女，儿子叫马文涛。我记得，他去外地念大学的女儿叫马文什么。”

“你说的情况跟我查的人很像。”顾梦阳说，“调查马文秀需隐秘地查，不要让马文秀的家人知道警察在找她。”

张所长对老民警说：“这个任务就交给你了，你从侧面了解下马文涛的姐姐是否叫马文秀，若叫马文秀的话，再了解马文秀现在是否在青山镇。”

下午，顾梦阳在旅店接到了张所长的电话，张所长对她说：“马忠诚的女儿就叫马文秀，马文秀半年前回到了娘家，没待多长时间，就和父母离开了青山镇，据说搬到了海林农场……”

顾梦阳驱车进入海林农场的地界，天色已渐晚。她发现几栋红墙碧瓦的漂亮别墅，别墅远衬苍翠的山岳，近赏清澈的河流，景致非同一般。她想，马文秀很可能住在别墅里。

顾梦阳虽揣测马文秀住在别墅里，可并没有把车驶向别墅。她考虑先找个住的地方，明早到属地派出所打听情况。

顾梦阳进而见到一座教堂，教堂门口停着一辆奔驰车。她觉得蹊跷，现在有钱人欠缺的就是信仰，是谁既有钱而又向神父做着忏悔？

坐奔驰车来教堂向神父做忏悔的就是马文秀。此时，马文秀在教堂里对年迈的神父说：“我来这儿做最后一次省察，因为我就要离开此地，或许就难再回来了。”

“用心考察自己，或从领洗以来，或从上次妥当告解以来，所犯过的诸罪。”神父说，“跪求天主，开明我心，好认我的罪，该尽我的明悟……”

马文秀虔诚地跪在耶稣像前，泪流满面……

顾梦阳敲开马文秀所住的别墅门，问马文秀在不在，保姆说，马文秀昨天半夜坐飞机上北京了……

5

顾盛宽躺在沙发上酣睡，被房门的响动搅醒，他睁开眼，见女儿走了进来。

顾梦阳问：“爸，怎么没上班?”

“今天身体有些不舒服，就没去。”顾盛宽在沙发上起身说。

顾盛宽昨晚去了新概念娱乐城，搜集黄赌毒的证据，直到凌晨才回家。他不想告诉女儿实情，免得她担心。他问：“找到马文秀了吗?”

“没有。”顾梦阳坐在沙发上说，“马文秀去北京了，我今晚也得去北京，机票都买好了。”

“她躲到北京去了？你能找到她吗?”

“她到北京不是躲，她现在已经没有能力躲了。”顾梦阳说，“她得了艾滋病，并已到晚期，她到北京治病去了。”

“她得了艾滋病?”顾盛宽面露惊愕。

“人生如戏，或许这句话放在马文秀的身上最为贴切。”顾梦阳拿起茶几上的暖瓶，倒了杯水喝下，感慨地说，“从我之前掌握的和这次寻找马文秀过程中了解的情况来看，马文秀为了金钱和欲望，既害了别人更害了自己。她先害死了丈夫程坤江，又害死了婆婆邓梅，并参与了商克峰等人的犯罪。或许她作孽太多后良心发现，得了头疼病后离开了商克峰，回到了家乡青山镇，随后在海林农场买了栋别墅，跟父母搬了进去。她常到教堂忏悔。她虽没向牧师倾诉自己的罪恶，可牧师跟我说，从她嘴中说出的我有罪和她泪流满面的情形上看，她似乎在真诚地忏悔。据马文秀家的保姆说，她一个月前发热不退，淋巴结肿大。在她正常用药疾病仍没有好转后，她到东林第一医院做了艾滋病病毒抗体检测，结果为阳性。”

“她一个人到北京看病吗?”

“是的。”顾梦阳说，“她一个人到北京治病，缘于对亲人的诀别心态。她父母不知道她得了艾滋病，她的病只有保姆知道。她对保姆说，她不想让年迈的父母为她的病情揪心。她告诉保姆，她走后就不回来了，让保姆照顾好她的双亲。”

顾盛宽叮嘱：“她得了艾滋病，你若是找到她，跟她接触时一定当心呀!”

“她是我们所搞专案的关键人物，找到她并让她开口说实话，专案就会有大的突破。所以我一定要找到她。”顾梦阳笑了下，说，“接触艾滋病患者没什么可怕的。再则，我跟马文秀没什么冤仇，她还能一口咬着我不放啊?”

顾盛宽的手机响了起来。

姜鹏给他打电话说：“半个小时后，刘玉东将带领市公安局法制等部门负责人和开发区的领导到开发区分局现场办公，就发生的非法强拆案件进行专题研究。”

顾盛宽挂断手机，对女儿说：“我得出去一趟。”

顾梦阳在门口帮父亲穿外衣时，顾盛宽见女儿俊俏的脸上满是疲惫，不免心疼地说：“你一个女孩儿跟一个大男人似的为搞案件东奔西跑的，真是难为你了!”接着，他摇下头说，“当时真不该让你考公安院校。”

“有其父必有其女嘛。”顾梦阳说，“这个社会需要警察，更需要好警察，选择警察这一职业我不后悔。”

6

顾梦阳和丈夫一同到了北京。韩宣说：“你就在家休息几天吧，你找人的事，我通过北京市公安局给你找。”

好在顾梦阳除知道马文秀在北京的几个接触关系外，还知道她一部常处在关机状态的手机号码，可以通过技术侦查手段找到马文秀。

顾梦阳怕丈夫和公公婆婆担心，她说，她到北京只是找一个女证人，并没有谈到马文秀是艾滋病患者的事。

四天后，虽然北京市公安局寻找马文秀仍没有结果，可千里之外郑君的电话却给顾梦阳带来了好消息。郑君说，马文秀用座机往家里打过电话，电话号码的区号是05……

马文秀往家打电话用的座机是福建省厦门市滨海大酒店的电话。顾梦阳接过郑君的电话，跟丈夫说要去厦门。韩宣没有过多时间陪妻子，只得让妻子一人买了去厦门的机票。顾梦阳在网上预订了厦门滨海大酒店的客房，当晚就惜别丈夫和公公婆婆，乘飞机飞抵厦门。

顾梦阳住进厦门滨海大酒店时已是半夜，她不顾旅途的劳累，翌日一早，就去找当地公安机关，请他们配合查找马文秀的下落。

让顾梦阳欣慰的是，马文秀三天前入住滨海大酒店后始终没有退房。可顾梦阳把电话打进马文秀所住的5219号客房时，电话却没有人接。顾梦阳通过服务员了解到，马文秀刚离开酒店。

与马文秀失之交臂的顾梦阳，与当地警察话别后，坐在大厅的沙发上等待着马文秀。可她一直等到中午也没见到马文秀。

顾梦阳在餐厅吃了午饭后，把手机号码留给了前台，让服务员转告 5219 号客房的客人给自己打电话，便走出了酒店。

厦门滨海大酒店靠山临海，风景秀丽。可顾梦阳心情焦虑，提不起兴致欣赏眼前的美景。她没走多远就略感疲惫地坐在一个冷饮摊的椅子上，要了一瓶饮料，望着大海慢啜着。

一直思虑的问题又涌向了顾梦阳的脑际：马文秀能否配合自己把她的所知说出来呢？自己若是找到她，言明警察的身份，她马上会意识到警察找她的目的。她虽然离开了商克峰，可她跟商克峰的违法犯罪脱不了干系，她极有可能会跟自己对立。马文秀不是平常人，她是个艾滋病患者，她不会在乎任何人。她若是不理会自己的话，自己该怎么办呢？自己若暂且不言明警察的身份，又该怎样跟她接触和打动她，让她吐出实情呢……

正思虑间，顾梦阳的手机响了起来。手机里传来服务员的声音："5219 号客房的客人回来了……"

顾梦阳返回酒店，欲要敲开 5219 号客房的门时，见门的把手上挂着"请勿打扰"的牌子。

顾梦阳看了眼手表，见是两点，她揣测马文秀此时在睡觉，她不愿让自己的所为使马文秀抵触，转身向不远处自己所住的客房走去。

顾梦阳回到客房，仍不放心马文秀。她给前台服务员打电话，告诉服务员，5219 号客房的客人外出的话，给她房间打电话。

顾梦阳躺在床上刚迷糊着，就被房间的电话震醒。前台服务员说："马文秀现正办理退房手续……"

顾梦阳赶到楼下前台时，马文秀刚离去，门童告诉了她马文秀所乘出租车的车牌号。

第二十一章

1

几个月来疾病的煎熬，使马文秀由最初的绝望，逐渐变为坦然。她离开商克峰后，不想再做什么，只想与父母一道富足安逸地度过此生。不跟商克峰在一起，她头疼病也明显地好了。然而，她静下来后，时常回忆起自己的亡夫程坤江。她感到愧疚，甚至有种负罪感。内心的重负使她走进了教堂，她在教堂不可能把心底的秘密说与牧师，只是忏悔和祈祷耶稣的保佑。她离开教堂时，常扪心自问，不说出自身的罪过，岂能得到神的保佑？当她确切地得知自己患上了艾滋病时，认为患病是自己放荡和神不保佑的结果。虽然她觉得神并没有保佑她，可她仍往教堂去，她觉得，自己无所依托的心似乎只有在教堂才能得以慰藉。

马文秀离开东林时，身体已出现了较轻的发热、乏力等症状。她患病，周边的人只有保姆知道，她没有勇气把病情告诉父母，更不愿看见父母痛不欲生的样子。她一个人到外地治病，是不想烦劳熟悉的人，她不想看到熟人知道自己得了让人恐慌的艾滋病，从而对自己唾弃和对父母产生负面影响。她的打算是，自己到好点儿的医院治疗，直至不是很痛苦和很邋遢地离开这个世界。

马文秀本想到北京治病，可她到了北京后，给她联系住院的朋友说，还得等一段时间。她不愿等，再则她看到北京大医院嘈杂的人流，也心生烦躁。她跟程坤江曾到过秀美的厦门，厦门的景致和美食让她欢喜得不得了。于是，她不顾朋友的劝阻到了厦门。入住滨海大酒店后，她抑制不住对父母的思念，就在客房里给父母打了电话，这才让专案组的人知道了她的去向。

马文秀压根儿没有想到，公安机关会成立专案组，对商克峰的违法犯罪进行彻查，所以她也不知道顾梦阳正费尽周折地寻找她。这天上午，马文秀再次出去找医院，她把自己住院的地方当作走完人生最后历程的家。她用挑剔的目光找到了三级甲等综合性医院博爱医院，这所医院住院区紧靠大海，环境优雅。她挑选好医院，就准备回酒店退房，然后到医院住院，可她回到酒店后感觉身体乏力，就把“请勿打扰”的门牌挂在门外，而后沏了一杯牛奶喝下，躺在床上小憩了会儿。她睡醒后感觉身上发烧，不敢多耽搁，便收拾了东西到前台退房后，直奔博爱医院。

马文秀下了出租车，走进博爱医院的院落，拖着旅行箱没走几步，就气喘吁吁地坐在了椅子上。

顾梦阳也已跟随出租车到了医院，她没见过马文秀，但马文秀照片上的模样已铭记在她的心里。

她一眼便认出了坐在椅子上的马文秀，走近前问："你是马文秀吧？"

顾梦阳的搭话，让马文秀心生诧异，她低头喘着粗气问："你怎么认识我？"

"我叫顾梦阳，是东林的。我认识你。"顾梦阳用左手拉起她的旅行箱，右手欲搀她，说，"我帮你找医生去。"

马文秀难以信任顾梦阳，把着旅行箱不放手："我不用你，你若想帮我，就帮我把医护人员找……"可她话没说完，就倒在了顾梦阳的怀里。

马文秀苏醒过来时，见自己已躺在一个单间病房的病榻上，手背上插着点滴针，呼吸机和检测仪也用在了自己的身上。

顾梦阳坐在病榻边的椅子上，见马文秀苏醒过来，说："你可醒了，吃点儿东西吧。"

她端起小柜上的碗，用小勺舀起碗里的粥递到马文秀的嘴边。

马文秀吞咽下了唾液，说："我咽喉痛，吃不下东西。"

顾梦阳说："明天需要做全面检查，你必须得吃些东西。"

饥肠辘辘的感觉让马文秀点了下头，不过她还是在心里做完基督教徒餐前的祷告后，才吃下了顾梦阳喂的粥……

2

孟凡生每天晚间都到新概念娱乐城了解经营情况。这天半夜，他照例到了新概念娱乐城，拿出钥匙，打开位于三楼的办公室门，进屋后，用手机拨了个电话："谢志，我过来了。"

谢志说："你在办公室等我，我过会儿上去。"

"好的。"孟凡生挂断电话，坐在沙发上，点燃了一支雪茄。

过了十分钟，谢志进了办公室，对商克峰说："今天已收入八万六千元。"

"好的，辛苦你了。"孟凡生在烟灰缸里捻灭雪茄，"咱俩吃点儿夜宵去。"

"不了……"谢志走到窗前说，"孟大队，我觉得这几天有些不正常。"

孟凡生问："什么不正常？"

谢志挑开窗帘说："有几个人不怎么消费，却总四处踅摸。"

孟凡生狂傲地说："谁他妈胆大到这儿来踅摸！"

谢志似乎没发现窗外有什么情况，放下了窗帘，说："我看他们像警察。"

"警察？"孟凡生知道，东林市的警察大都知道他和刘玉东的关系，没有人敢来搅他的生意，他不由得说，"难道是外地的警察？"

"很有可能。"

孟凡生一惊："咱俩到监控室看一眼。"

两人到了监控室。谢志没有看到自己说的人，而孟凡生却看到了顾盛宽背着背包离开的背影，骂了句："这个老不死的，肯定是在整事。"

谢志不解地看着孟凡生："你是在说谁？"

孟凡生没有理会谢志，掏出手机，离开了监控室……

顾盛宽走出新概念娱乐城，打开背包，关闭了数码摄像机，接着站在马路边等出租车。几分钟后，顾盛宽出租车没打着，却发现从新概念娱乐城冲出来三个穿黑西服的年轻人，向自己跑来。他意识到，自己到新概念娱乐城进行侦查，被对方察觉了，疾步穿过马路，向二百米开外的派出所走去。

顾盛宽的背后传来跑步的声音，他猛地站住，转身。三个“黑西服”也止住了脚步，虎视眈眈地注视着他。

顾盛宽亮出工作证，厉声说：“我是警察，你们要干什么?”

顾盛宽的警察身份没有震慑住三人，相反他们把袖筒和怀里的两根铁管和一把砍刀掏出，逼向顾盛宽。

其中一人说：“你是警察，我们不难为你，你只要把你背包里的东西交给我们就行。”

顾盛宽收回证件，紧握双拳，淡定地笑了下：“那你们就过来拿吧。”

说话的人先是挥舞铁管向顾盛宽头部击来，顾盛宽低头侧身，抬腿侧踢那人的腹部。那人的铁管击打落空，身体前倾，又遭顾盛宽迎身的脚踢，他“哎呀”一声就捂着肚子蹲了下来。

顾盛宽的身体素质和反应大不如从前，当另两个人持铁管和砍刀一同向他袭来时，铁管从他肩部擦过，持砍刀的手被他抓住。他欲夺砍刀，可从他肩部擦过的那根铁管，重又挥向他并重重地击打在他的肩胛处，他夺砍刀的手不由得松开，向前趔趄了一下。

就在砍刀和铁管再次挥向顾盛宽时，两声清脆的枪响和随后的“住手”的喝令，让两个“黑西服”不敢再动手，拽起蹲在地上的同伙，顷刻间跑走了。

一个着便装的中年人把手枪揣回腰际，问顾盛宽：“老同志，你没事吧?”

“没事。”对方是警察而又不认识自己，使顾盛宽不由得问，“你是……”

不远处派出所里的警察听到枪声，冲了出来。中年人看了眼跑过来的民警，打断顾盛宽的话："没事就好。"接着匆忙离去。

中年人躲避派出所民警的举动，让顾盛宽对他的身份起疑。不过，他对赶到的派出所民警没提刚才给他解围的那个中年人，只说自己刚才遇到三个抢劫的。派出所民警认识顾盛宽，以为是他开的枪，就没再问别的。派出所民警走后，顾盛宽借着路灯的光亮，从地上捡起一枚弹壳。

三个"黑西服"没能拿到顾盛宽背包里的东西，孟凡生听了他们的汇报后，近段时间因仰仗刘玉东而自以为是地有些昏昏然的他，忽觉得自己的处境很不妙。他思忖：难道有人真的开始琢磨自己了？顾盛宽整事倒可以理解，自己毕竟因刘玉东而算计过他。可谢志说的有几个像是警察的人在娱乐城四处踅摸，以及搭救顾盛宽的那个便衣警察，让他费思量了……

3

孟凡生上班前，先给刘玉东打了个电话，想打探一下情况，可刘玉东不接电话。他想，可能是因为自己顶撞刘玉东使他真的生气了。他走出卧室，对在餐厅吃早餐的妻子说："媳妇，你给我办件事。"

狄玉在生活上虽不检点，但对丈夫有钱后在外花天酒地也十分反感，她说："你现在又有钱又有势的，还有什么事摆不平？"

孟凡生拿起一根油条，吃着说："我说的事，只有你能摆平，因为你俩关系好。"孟凡生说完这句话，皮笑肉不笑，眼神充满意味地盯着妻子。

狄玉虽反应过来，丈夫想让她找刘玉东办事，可丈夫的神态却使她难以承受。她把筷子摔在餐桌上，说："我跟谁关系好？你说这话什么意思？"

"别激动，我可从没像你这样急赤白脸地跟你说话。"孟凡生打着哈哈说，"我让你找刘玉东也不是什么大事，就是让你打听件小事。"

她嗔怪地睨了丈夫一眼："打听什么事？"

"最近娱乐城总有几个像是警察的人转悠。"孟凡生说，"你问下刘玉东，是不是有人在琢磨我？"

丈夫经营的娱乐城涉及黄赌毒，狄玉是知道的，她闷声了会儿，透着无奈说："那好，我上班后给他打电话。"

狄玉上班后，通过电话从刘玉东那儿打听到，省厅刑侦总队的人确实在东林活动，但目标是否是孟凡生他就不知道了。刘玉东当然不希望孟凡生出事，他告诉狄玉，劝孟凡生收敛些。

4

顾盛宽走进了翟文瑞的办公室。

翟文瑞说："你若不来，我还要给你打电话呢。"

顾盛宽坐在沙发上问："找我有事？"

翟文瑞在办公桌后前倾着身子说："听说你昨晚有惊无险？"

"你听派出所民警说的吧？"

"我听省厅刑侦总队的人说的。"

顾盛宽恍然明白，给自己解围的是省厅刑侦总队的人，这说明省厅也在对新概念娱乐城进行调查。他说："原来你们已有安排，我还挺着急的，自己单独行动了。"

"省厅的人也是两天前刚过来。"翟文瑞说，"从安全的角度，你不应单独行动。”

顾盛宽把背包里的摄像机掏出，递给翟文瑞说：“我这条老命已被人暗算过一回了，所以我也就不在乎了。”

翟文瑞理解顾盛宽对专案的那种焦虑般的关注，他说：“或许你搜集的证据会给专案打开突破口。”

翟文瑞说话间打开摄像机，摄像机的屏幕上出现了新概念娱乐城所涉黄赌毒的画面。他说：“你所提供的证据和我们掌握的情况，我看对新概念娱乐城采取行动是时候了……”

可让专案组没料到的是，新概念娱乐城下午挂出了停业装修的牌子。

5

顾梦阳跟马文秀说，她几年前曾在新概念酒店餐饮部当过服务员，马文秀曾给她过关照。这次，她是到厦门来照顾姨姥的，姨姥一个星期前去世了。就在她要离开厦门时，路过博爱医院门口见到了马文秀，由此她才走进医院，帮助马文秀。

当初在马文秀手下工作过的人不少，她不可能认出来每一位。她虽对顾梦阳的话将信将疑，可现在也的确需要人照顾。顾梦阳的麻利和细致，使她对顾梦阳说：“能够他乡遇故知，也算是我的造化。你若没有什么急事的话，就照顾我一段时间吧。我这种病很难找到顺心的人照顾。你照顾我，我不会亏待你，月薪一万元。”

顾梦阳点头答应了下来。

这天早晨，顾梦阳见马文秀还没有醒，就出了病房，去买早点。

其实，两个小时前，马文秀就已经被钻心的肌肉疼折磨醒，她把眼睁开会儿又昏沉地闭上。她继而出现了幻听幻视，她看见母亲眼噙着泪水说："姑娘，你在哪儿呢？怎么离家一个月了就只来了一个电话？"接着母亲再说什么就被澎湃的海浪声淹没了，母亲的面容也随即变成了商克峰的脸。商克峰不说话，对她讪笑着，她想叫商克峰离开，可她说不出话来。她知道自己闭着眼睛，她意识到，若把眼睛睁开，商克峰就会消失。她费力地睁眼，却难以睁开……

病房的门响，让马文秀终于睁开了眼睛。她环视着病房，见床头柜上多了张检测报告。她知道刚才是护士进病房送检测报告来了。

马文秀拿起检测报告，看见检测报告上的CD4细胞记数是310。她知道，一个HIV携带者在正常的情况下，每年才下降20到30，而她自己仅半个月就下降了400。她有些绝望，欠身看了眼对面墙上镜子里的自己，面容灰暗，头发凌乱，嘴角沁出牙龈渗出的血。

看到镜子中自己狰狞的面容，她心中涌起自我毁灭的冲动，她像疯子一样捶打着自己的脑袋，成绺地揪下自己的头发，直至精疲力竭才住手，仰在病榻上。

顾梦阳买回早餐，看到马文秀痴呆的面容和她周边杂乱的发丝，不由怔了一下。她捡起扔在地上的检测报告，就一切都明白了。

顾梦阳把发丝捡拾干净，欲到卫生间给马文秀打洗脸水。

马文秀似乎饿了，她说："咱俩先吃饭吧，待会儿我想洗个澡。"

顾梦阳拿暖瓶给马文秀倒了一杯水，递给她说：“先漱漱口吧。”

马文秀饭后洗完澡，精神焕发了不少。

顾梦阳说：“我陪你到外边走走吧。”

马文秀提议：“早晨我听到了海浪声，咱俩看海去。”

马文秀经常拿本《圣经》到外边独自看。两人临出门时，她拿起了床头柜上的《圣经》。

在海边，马文秀扬起手臂，呼吸着清新的空气说：“天高云淡，风平浪静，我竟听见了澎湃的海浪声。”接着，她坐在岸边的椅子上，伤感地对顾梦阳说，“我幻听幻视很厉害，我想，这是神知道我不久将辞于世，便让我在有限的生命里多感觉些生活的气息吧。”

“不要想得那么悲观。”顾梦阳转个话题问，“你为何信基督？”

“我得了艾滋病后，才信的基督。”马文秀说，“我想通过对神的忏悔，让神宽恕自己，也使自己得以超脱，可是神拯救不了我。我得病后，唯一支撑我活下去的是我的双亲，虽然我远离他们，可我没有一天不挂念他们。他们日后真的有一天知道我死了，该多么悲伤啊……”

为了使马文秀能够揭露商克峰等人的罪行，顾梦阳苦思冥想怎样才能让马文秀开口说实话。她照顾马文秀这段时间，马文秀手里的《圣经》她也常读。她拿过马文秀手里的《圣经》说：“我给你念段吧？”

马文秀点点头。

“圣经路加福音 10 章……”顾梦阳有所选择地大声念着，“……不可杀人，不可奸淫，不可偷盗，不可作假见证，不可亏负人，当孝敬父母……”顾梦阳念完此段，戛然而止，注视着马文秀说，“《圣经》上说，不可作假见证，不可亏负人，这些你都真心地忏悔过吗?”

顾梦阳的话显然对马文秀有所触动，马文秀直视大海的目光变得若有所思，接着，她的脸抽搐了一下，说：“我没有对神做到真心的忏悔!”

第二十二章

1

刘玉东即将调离东林市，由副厅级提拔为正厅级，升任清江省公安厅常务副厅长。他仕途升迁的消息通过省委组织部门传出，已成为不公开的秘密。对他谦恭的人多了起来，也有不少省厅的人打电话向他恭贺。

刘玉东即将升职的消息，给顾盛宽很大刺激。他不知省纪委为何没对刘玉东采取行动，自己转交省纪委和过后协助省纪委搜集的证据，足可以将刘玉东撤职查办。他按捺不住，按下了跟他联系过的省纪委肖清泉的手机号，觉得不妥又摔断了。他给女儿打电话，焦虑地问她，是否已从马文秀的嘴里问出有价值的证言。

顾梦阳说，马文秀是个得绝症的人，自己若跟她摊牌问话，她要是不配合，专案的工作将陷入愈发艰难的境地。顾梦阳告诉父亲，她现正逐渐地做马文秀的工作，马文秀的思想已经有些松动，她近几日将视情况询问马文秀。

顾盛宽跟女儿通完电话，郁闷地出了办公室，向翟文瑞的办公室走去。

进了翟文瑞办公室，顾盛宽应了声翟文瑞的招呼，坐在沙发上，闷头点燃一支烟。

翟文瑞也似乎满腹心事，一时没言语。

顾盛宽把烟蒂捻灭在茶几上的烟灰缸里，问："翟局长，刘玉东要升任省厅常务副厅长的消息确切吗?"

翟文瑞点下头："消息确切，估计他很快就会离开东林。"

顾盛宽愤怒地说："如此作恶多端的腐败官员却能升迁，还有没有党纪国法了?"

顾盛宽不知道的是，刘玉东升迁的消息，带给翟文瑞的震动不亚于对他的刺激。翟文瑞很清楚，若是刘玉东到了省厅任常务副厅长，他这个编制还在省厅的处级干部根本抗衡不了刘玉东，刘玉东可以毫不费力地把他调回省厅，中断他组织调查的专案。他心里也明镜般地清楚，他到东林挂职锻炼搞专案，把矛头暗指刘玉东，与刘玉东的关系已近乎剑拔弩张。日后刘玉东若是给他穿个小鞋的话，那他也得受着。

翟文瑞透着些许无奈地说："有些事我们是无能无力的，我们所能做的，就是立足本职，把持好自己的本分。"

顾盛宽从沙发上起身，走到翟文瑞的跟前说："目前我们迫切的任务就是专案要有所突破，这种胶着状态对我们很不利。"

"你也知道，我们虽然做了大量的工作，可现在专案仍没有好的抓手。”翟文瑞的目光转而透着坚定，“专案近期一定会出现转机。”

这时，顾盛宽无意间看到，孟凡生的奔驰车开进了院内。他注视着走下车的孟凡生说：“孟凡生或许能给专案带来转机，他的新概念娱乐城不会关闭太久，因为黄赌毒的丰厚利润诱惑着他。”

翟文瑞说：“但愿他的新概念娱乐城能及早开业……”

2

正如顾盛宽所揣测的，黄赌毒的丰厚利润始终在诱惑着孟凡生，他想让刘玉东调走前给自己提拔至禁毒支队支队长的位置。他既需要提拔，更需要庇护自己的毒品生意。

这天，孟凡生到单位有些迟。他迟到的原因是，他到工商银行给刘玉东办理了一张存有五十万元钱的银行卡，他要用这笔钱买下禁毒支队长的位置。他了解刘玉东如同了解自己一样，认钱认女人。虽然刘玉东因他在清江吸毒曾要给他处分时，因他不同意两人之间弄得有些隔阂。但他清楚，他知道刘玉东的软肋，他跟刘玉东再有隔阂，刘玉东也不会抛弃他。

刘玉东没在公安局的办公室。孟凡生直奔市政府。

孟凡生此时到市政府找刘玉东很不是时候，因为半个小时前，他妻子在医院下了夜班后，走进了刘玉东在市政府的办公室。刘玉东在新概念酒店的房间发现摄像头后，就再没有跟狄玉亲热过。狄玉走进他的办公室，尽显妩媚，刘玉东按捺不住，把狄玉拉进了套间……

以往，孟凡生每次进刘玉东的办公室都很顺畅，可这次刘玉东的秘书肖宪国却拦住他说：“刘市长正忙，你改日再来吧。”

孟凡生以为肖宪国之所以对他这么说，是因为刘玉东不愿见自己。他说："我有急事找刘市长。"便离开秘书室，抬手敲响了刘玉东办公室的门。

肖宪国在孟凡生身后拽他一下，说："你怎么能这样?"

孟凡生转身推了下肖宪国，进而听到刘玉东说"请进"的声音，就推开了刘玉东的办公室。

站在办公室套间门口的刘玉东，见进来的是孟凡生，慌乱地关严套间门，而后不客气地问："你来干什么?"

"刘市长，挺长时间没见，我来看看您。"孟凡生对两人间的隔阂讪讪地赔着不是，"我这人有时上来犟劲儿，有些不通情理，还望刘市长见谅。"

"来之前怎么不打个电话?"刘玉东坐在办公桌后的靠椅上，仍旧不悦地指着沙发说，"坐吧。"

孟凡生坐在沙发上说："上次给您打电话您没接，所以这次就贸然来了。"

"我待会儿要出去。"刘玉东的态度有所缓和，"什么事?说吧。"

"我从普通民警走到领导干部的岗位，都是刘市长提携的结果，我对刘市长很是感激!"孟凡生说，"最近我听说，刘市长要回省厅任常务副厅长，是吗?"

刘玉东没接孟凡生说的感谢的话茬儿，正襟危坐，说："我在东林任期已满，我是要走。"

孟凡生说出了自己的意图："刘市长，我听说，您走之前会做一些人事调整，您能不能再帮我任禁毒支队支队长?"

"我觉得，你现在的位置已经很不错了。"刘玉东说，"你现在是正科级，提副处级近乎不可能。"

孟凡生从沙发上起身，把准备好的银行卡放到刘玉东的办公桌上："这是我的一点儿意思，密码是卡号的后六位数。"

出乎孟凡生意料的是，刘玉东竟严肃地说："你这是干什么？把卡拿走。"

孟凡生怎可能把卡拿走，他说了一句："刘市长，我的事您还是考虑考虑。"就转身往门外走。

孟凡生在临出刘玉东办公室时，无意中发现，在三人沙发坐垫和扶手的缝隙处有一条白色丝巾。

刘玉东站在套间门前慌乱的神情和沙发上白色的丝巾，在孟凡生脑海中反复浮现。出了市政府大门，孟凡生猛然想起妻子常围的白色丝巾。他认定，自己在刘玉东办公室时，妻子就在刘玉东办公室的套间内。

孟凡生虽然早就知道妻子跟刘玉东有一腿，可他仍表情复杂地干笑了一下，钻进奔驰车，等着妻子。

十多分钟后，狄玉匆忙地走出市政府大门。

孟凡生在她身后按响了汽车喇叭。

狄玉扭身，脸上瞬间掠过惊慌，进而面带笑意地坐进奔驰车里："难道你知道我到市政府办事没有开车，特意来接我？"

"当然。"孟凡生转而满脸怨怼地挥手说，"我别的不想提，我只想说，就冲我给刘玉东所付出的和他搞我的女人这两方面，我就得坐到禁毒支队支队长的位置。你必须给我做通刘玉东的工作……"

3

顾梦阳得知刘玉东即将升任清江省公安厅常务副厅长的消息后，知道自己不能再等了，决定跟马文秀摊牌。

在通常的情况下，马文秀下午的状态比较好，可这天下午，顾梦阳要跟马文秀说些什么的时候，马文秀却发起烧来。

傍晚，顾梦阳叫醒了昏睡的马文秀，让她吃饭。

饭后，马文秀下床活动着，自我慰藉地说："病痛是快乐的，至少证明我还活着。你说是吧，小顾?"她又自嘲地笑了一下说，"没有病痛会更快乐，不过病痛与我是如影随形的。快要死去的人，即使在病痛中也能感受到活着的幸福与美好……"

顾梦阳从洗漱间出来："怎么谈到死了？说活，不能说死。"

"活与死是相对的，说到活，必然要谈到死。"马文秀啰嗦地阐释着人生感悟，"人们有时嘴上说着不想活，活着没意思，活着太累人……其实活着的确是件累人的事，可是如果没有累，哪能感觉到舒适呢?以前我曾想过，在我老的时候无疾而终就是上天对我最好的眷顾，可现在……"她不再说下去，脸上透着沮丧。

顾梦阳推开通往平台的门说："咱俩到平台坐一会儿吧。"

"好吧。"马文秀随顾梦阳出了病房。

两人在平台向远望去，只见太阳的余晖把一道道的金光洒向海面，犹如镶嵌在海面上的一颗颗宝石，闪着璀璨的光芒。

眼前的美景，并没有使顾梦阳面露欢喜，她面冲大海，凝重地问："马文秀，能给我说说你在东林期间的事吗?"

"你想知道什么?"马文秀问，"是在新概念酒店的事吗?"

顾梦阳侧过身，注视着马文秀说："是你在新概念酒店和商克峰之间的事。"

马文秀愣怔了下，问："你为什么问我和商克峰之间的事?难道你是警察?"

顾梦阳点下头，说："说出你和商克峰之间的事，是你做的最大的善事，也会卸下你心里的负担。"

“我是应当卸下心里的负担。”马文秀人停了会儿，用一种洞察的目光看着顾梦阳，转了个话题，“从你一身品牌的服装看，我就知道你不是普通的打工妹。我已感觉出你对我的观察、你行为的机敏以及你的焦虑。这些让我对你感到诧异和费解。虽然我把你的身份往警察方面想过，但又觉得自己多疑，没想到你真的是警察。”她仰头喟叹着说，“也真难为你了，为了了解情况，辗转地跟踪我，并冒着被感染的危险伺候一个艾滋病患者。”

顾梦阳摊开手：“为了从你身上了解情况，我们找你找得的确挺艰辛……”

马文秀接着顾梦阳的话说：“艰辛地找到我后，怕我冥顽地拒绝你们，你想感化我，便伪装成打工的人，在我身边待了下来。”

顾梦阳坦诚地说：“也可以这么说。”

马文秀没有顺着话题再唠下去，而是用舌头舔了下干涩的嘴唇说：“小顾，不，应当叫你顾警官，你帮我买些水果去吧。”

顾梦阳有些踌躇，没有即刻离开。

“你也知道，我是需要水果的。”马文秀笑了笑，“像我这种濒死的人，不会在你离开后做出自杀这种愚蠢举动的。”

顾梦阳觉得马文秀说得不无道理，转身到外边买水果去了。

过了十多分钟，顾梦阳返回时，见病房的门虚掩着。她出门时已将门关严。她不免疑惑地推开门。

一个男子匆忙而出，险些跟顾梦阳撞个满怀。这个男子顾梦阳认识，是一家饭店送快餐的服务生，他手拿着马文秀的 LV 拎包，惊恐地看着顾梦阳，往后退了几步。

眼前的一切，让顾梦阳明白，送快餐的男子发现马文秀有钱，便打起了马文秀的主意。他或许已踩了几次点，这次趁顾梦阳出去的机会，见只有马文秀一人，况且她还在平台上，于是便下了手。

顾梦阳想规劝男子，可男子见顾梦阳堵在门口，慌不择路，奔向通往平台的门。

男子到了平台，马文秀吓得躲在旮旯处。男子想从平台找下去的通道，但没找到，又不敢从十几米高的平台往下跳。他折过身来，露出凶狠的样子对顾梦阳说："你把路让开，否则我就不客气了。"

马文秀看明白了怎么回事，焦急地指着男子对顾梦阳说："他手里的包，装着我全部家当。"

顾梦阳淡淡地笑了一下："你把包放下，能得到从宽处理。"

男子没有理会顾梦阳的话，左手拿包，右手挥拳向顾梦阳打来。

顾梦阳稍一侧身躲过来拳，抬腿直踢，将男子踢出三米开外，男子四仰八叉地倒在马文秀的身边。他麻利地站起身，拉起马文秀，从身上摸出一把水果刀挥舞着，对顾梦阳威胁说："放我走，要不我就杀了她。"

马文秀虚弱的身体加之如此惊吓，昏厥了过去。

顾梦阳忙摆动着双手说："你不要伤害她，你可以走。"

"你让开门口，到墙边去。"男子注视着顾梦阳的举动。

顾梦阳离开门口，按照男子的要求靠到了墙边。

男子确定与顾梦阳的距离足够逃脱时，向门口奔去。

顾梦阳抄起茶几上的《圣经》，奋力向男子掷去。

厚重的《圣经》击打在男子的小腿上，男子趔趄了一下，栽倒在地。

就在顾梦阳制服男子时，医护人员也到了平台。

顾梦阳指着昏倒在地的马文秀说："你们快去救病人……"

4

狄玉临上班前，对在卫生间洗漱的丈夫说："你出来一下，我跟你说件事。"

孟凡生拿毛巾擦着脸，出了洗漱间："跟我说啥事？"

"你昨晚回家太晚，我就没跟你说。"狄玉把一张银行卡从拎包里掏出，放在茶几上说，"这是你送给刘玉东的银行卡，他让我还给你。"

"难道他不给我办事了？"孟凡生把毛巾停留在脸上问。

"事刘玉东给你办，但可能不如你所期望的那样。"狄玉说，"他让你今天上午到他市政府办公室，他有话要跟你说。"

孟凡生到了刘玉东的市政府办公室，刘玉东对他很热情，没有摆官架，和他并排坐在沙发上。

近距离的接触，让孟凡生有些受宠若惊。

刘玉东点燃一支烟，说："你上回到我办公室提出的职位要求，当然我会责无旁贷地帮你。可你想过没有，即使我再帮你，也是有限度的。你一个正科级想当禁毒支队支队长，显然让我勉为其难。我就要离开东林，我不想给你违规提拔后，新任领导来了再给你拿下来。我考虑了一下，你若真想上禁毒支队，那你就当副支队长吧。"

刘玉东的话讲得很明白且很有诚意，孟凡生无法再坚持自己的要求，他说："刘市长费心了，我同意到禁毒支队当副支队长。"

其实刘玉东最打怵的就是孟凡生，他不仅跟孟凡生妻子有暧昧关系，更关键的是，他曾指使孟凡生暗算过顾盛宽和帮着商克峰掩盖罪行。他见孟凡生答应了自己提出的条件，如释重负："那就这么定下来了。这个周末开局党委会进行干部调整，你下个星期就能任职。"

"多谢刘市长。"孟凡生惦记着停业的新概念娱乐城，他问，"刘市长，前段时间听说，省厅刑侦总队来东林搞案件，他们现在走了吗？"

"可能走了，最近我没听见什么信儿。"刘玉东知道孟凡生所经营的新概念娱乐城，他问，"你认为刑侦总队在东林是针对你？"

"前段时间，在新概念娱乐城发现两个便衣警察，东林的警察我都认识，所以，我怀疑是省厅派来的人。"孟凡生没有说在娱乐城发现顾盛宽，以及派人抢夺顾盛宽的摄像机时，一个警察鸣枪示警帮顾盛宽解围的事。

孟凡生隐瞒的情况，使刘玉东忽略了问题的严重性，他说："若是省厅派来的人长期在东林的话，我应当知道。"

新概念酒店娱乐城每停业一天，对孟凡生来讲都是一笔不小的损失，他说："新概念娱乐城可以重新开业了吧？"

刘玉东始终罩着新概念酒店并从中得过很多益处，他也希望孟凡生承包的新概念酒店的娱乐城生意红火，他说："娱乐城该营业营业，不过别太张扬，否则让别人说三道四就不好了，特别是你即将调整的这段时间……"

一个星期后，孟凡生拟任禁毒支队副支队长的公示出现在公安局局域网上。

在孟凡生拟任新职务公示的当天夜晚，新概念娱乐城在换过霓虹灯牌匾后重新营业。

5

马文秀受惊吓昏迷后，身体状况变得岌岌可危，她持续低烧，昏昏沉沉，大小便都得在病榻上解决。她患上了卡氏肺囊虫肺炎，不昏迷的时候就持续地咳嗽。她大幅度地消瘦，身体上的疱疹逐渐溃烂，且散发出腐臭味。

顾梦阳问大夫马文秀的病情。大夫说，她目前的这种状况，是艾滋病患者晚期的症状，随时都有生命危险。

由于还没有采集到马文秀的证言，大夫的话使顾梦阳心急如焚。

这天凌晨，顾梦阳被马文秀叫醒。马文秀微闭着眼睛说："我挺长时间没怎么说话了，咱俩唠会儿嗑吧。"

顾梦阳说："你要跟我唠什么？"

"我就是有倾诉的愿望，我唠，你听。"

顾梦阳困意犹浓，她揉了下脸，使自己精神了些："你说吧，我听着。"

马文秀仍旧闭着眼睛，演讲似的说："我们生活的这个星球，承载着各种各样的生物，每天都有新生与死亡的交替。生命的新生总是相似的，充满着喜悦；而生命的消亡却各有各的不同。有时想起来，我们生活的这个星球犹如一个天外高等文明的试验场，在四十多亿年前，他们制造了地球这个可供他们实验的场所，然后一步一步地建设这个实验室，先有了低等生物，随着时间的推移，慢慢出现了灵长类猿，慢慢地其中一部分就发展成了今天的人类。为了达到星外文明者的要求，时不时地还来一场自然灾害，恐龙的灭绝、冰川的形成与消融、庞贝古城一夜间的消失、古罗马的灭亡、战争、洪水、地震……"

马文秀发神经似的话，让顾梦阳不禁为之惊讶。她打断马文秀的话说："看样子你读过不少书。"

"当然，其实我很喜欢读书。我高考的时候，当时的目标就是北大，可我与北大仅差四分擦肩而过。于是，我就进了一所大学学化学专业，后来又改为酒店管理专业。"马文秀说，"你知道我为什么把地球比作天外高等文明的实验室吗?"

顾梦阳盯着马文秀微闭的双眼说："学化学常跟实验室打交道，难道跟你学过的化学有关?"

"你说得对，我的想象就是源于上学时在实验室做的实验。"马文秀说，"在实验室把几个化学物品放入一个容器里，然后给予一定条件，让其按照自己的要求发展，有时看到化学的反应速度慢了，就加一些催化剂，使其反应迅速；有时看到反应速度过于快了，为了达到控制的目的，就加上一些物质延缓其发生的速度，一切都在我们的掌控中。实验做完后，将所有反应后的物质倒掉，将器皿洗干净，第二天走进实验室，就像什么都没发生过一样。"

马文秀此时富于逻辑的言语，使顾梦阳摸了下她的额头，她感觉马文秀的体温已经正常，便带有目的性地说："你跟我谈些别的吧。"

可马文秀却打起微酣，睡了过去。

早上，马文秀叫醒顾梦阳，让她给自己擦洗后喂食。

马文秀饭后说："小顾呀，真是多谢你了！这段时间若是没有你，我真的不知该怎么过。像我这样的人们躲都唯恐不及的艾滋病患者，有谁会愿意接近呢?"

顾梦阳直言不讳地说："你若想谢我的话，就把你所知道的商克峰的情况告诉我。"

马文秀脱口说："我曾跟商克峰说过，他的事我会守口如瓶的。"

顾梦阳的隐忍已到了极限："你是信基督的，如果你仍冥顽不化的话，那你只能下地狱了！"

顾梦阳的话，让马文秀怔住了。

顾梦阳接着说："你的所为，不仅害死了你丈夫程坤江，还害死了你的婆婆。若是能早将商克峰绳之以法的话，他也没机会再去害死何静和做更多的恶事……"

马文秀问："我婆婆是怎么死的？怎么能说我害死的？何静是商克峰喜欢的情人，他怎会害死她？"

"'12·21'案件判决后，你婆婆邓梅却仍上访，要求司法机关重新审理此案。商克峰为了阻止邓梅上访，指使人用自行车撞伤邓梅，致使邓梅腿部受伤。邓梅腿伤稍好后再次上访，被东林市公安局的人抓回，后被虐待致死。若你丈夫不被害死，你婆婆怎么会死？"顾梦阳说，"说起何静，她想嫁给商克峰，商克峰为摆脱她的纠缠，就暴力相向，给她打流产……没过多久何静没任何缘由地在青年公寓跳楼自杀。据我们调查，何静是被人谋杀的。谋杀她的人不是商克峰，还能是谁？"

顾梦阳的话，使马文秀目瞪口呆。

顾梦阳为彻底打消马文秀对商克峰残存的情感，说："商克峰为人恶毒，他若是知道你的下落，为了保全自己，即使你不会对他构成威胁，他也不会放过你的……"

"别说了。"马文秀终于妥协，"你想知道商克峰什么，你就问吧。"

顾梦阳长嘘一口气，如释重负地坐在椅子上，掏出手机给厦门市公安局刑侦支队打了个电话，言明了自己的身份后，让对方带着摄像器材到博爱医院来。

顾梦阳要用书面和影音全面采集马文秀的证言。她在厦门警方的协助下，对马文秀进行了询问。

马文秀接受完询问，对顾梦阳提了个要求："我死了，请你把我的骨灰送到我家乡。"

顾梦阳郑重地点点头。

当天晚间，马文秀停止了呼吸……

第二十三章

1

当飞机飞抵东林的上空时，顾梦阳望着地面的点点灯光，不由得激动起来。她虽然为专案寻找马文秀离开东林仅有两个月，但任务的艰巨所带来的心理压力、对艾滋病的些许恐惧和最终获得马文秀证言后的喜悦，以及对马文秀逝去的喟叹，这些复杂的情绪变化，使她颇有种沧桑的感觉，似乎离开东林已有三年五载。

到机场接顾梦阳的，不仅有顾盛宽和翟文瑞，还有马文秀的家人。马文秀的父母从顾梦阳手里接过女儿的骨灰盒和遗物，感激地对顾梦阳鞠了一躬。

在开发区分局会议室，专案组的人观看着顾梦阳带回来的，她在厦门市公安局两名女民警协助下询问马文秀的录像。

面容枯槁的马文秀躺在病榻上，对顾梦阳缜密、细致的问话，她回答得很慢，每一句话似乎都是仔细考虑后说出的。

顾梦阳问："2013 年 12 月 1 日晚间的事情，你还记得吧？"

马文秀干笑了一下，说："因为那天晚间，我丈夫程坤江被商克峰害死了，所以那天晚间的事情对我来讲刻骨铭心，我当然记得。"

顾梦阳注视着马文秀，等待着她的下文。

马文秀接着说："12 月 1 日白天，市税务局的办公室主任郝磊约我晚间到他家去，他说，他妻子出差，晚间不在家。那天晚间我 5 点下班后就到了郝磊家，一直待到第二天上午 7 点多。"

顾梦阳问："你是怎么知道程坤江被害消息的？"

"2 日傍晚，我接到了商克峰的电话，他让我到蓝天宾馆。我到了蓝天宾馆，商克峰对我说：'昨晚 8 点多种，我把程坤江打死了，为了摆脱警察的怀疑，你得帮我……无论任何人问你，你都要说，案发时间咱俩在一起来着，就在我的住处。'于是我就答应了商克峰的要求……"

"商克峰跟程坤江有什么矛盾？"

"商克峰跟程坤江的矛盾都是由我而起，程坤江不能生育，快到中年还没有个孩子。多年前，他性功能又出现了问题，不能过正常的夫妻生活，便怀疑我在外边如何，变着法地折磨我。我想跟他离婚，他又不同意。正因为如此，我才跟原先的恋人、市税务局的办公室主任郝磊联系，在商克峰的关怀下，也跟他有了暧昧关系。我和商克峰在新概念酒店客房亲热时，曾被程坤江堵在客房里，程坤江和商克峰发生过肢体冲突，由此两人结怨。”

“商克峰打死程坤江的过程，他是怎么跟你说的?”

“在程坤江没死之前，商克峰有个两全其美的设想，既跟我保持暧昧关系，又不跟程坤江水火不容。他始终在找机会跟程坤江沟通。商克峰当时跟我说，12 月 1 日晚 7 时许，他开车时在西四条路见到了程坤江，便想和程坤江心平气和地谈谈，让程坤江想开些。他把程坤江叫到车上，开始跟程坤江谈，让程坤江不要记恨他，还让程坤江不要虐待我。商克峰说，开始程坤江还冷静些，两人唠得还可以。谁知程坤江下车时踹了商克峰的车，指着商克峰大骂。商克峰下车把程坤江拽到江边，而程坤江却跟他动起手来……就这样，他捡起鹅卵石，打在程坤江的头上，失手打死了程坤江。”

“商克峰把程坤江害死，程坤江是你丈夫，商克峰却让你帮他逃脱法律的制裁，而你也按照商克峰所说的做了。这说明你跟商克峰的暧昧关系不是寻常男女的那种私情。你为什么如此帮他?”

马文秀显然内心很不平静，眼睛有些湿润，说：“我帮商克峰，有两方面的原因，首先是商克峰有恩于我，他改变了我的命运，没有他或许我仍旧贫穷。当初，程坤江在东林石油机械厂下岗时，干什么都不成。在家庭陷入困境时，我在北山宾馆辞职，到了年薪二十万的商克峰经营的新概念酒店，正因为我有了高年薪，程坤江才承包了东林石油机械厂的一个车间，一步一步发展起来。另一方面，我和程坤江的感情已消失殆尽。我当时内心的纠结和对商克峰的责备，只是以我和程坤江仍是夫妻为出发点，虽然我俩的婚姻已名存实亡。”

顾梦阳沉默了会儿，接着问：“‘12·1’案件发生后，有一段时间在东林不见了你和商克峰，你俩是否去了外地?”

“那段时间我俩去了海南。”马文秀说，“我当时对商克峰说：‘要是警察传你，你去把事说清就行了。我的那份证言已经证明你没有作案时间，你这么躲起来，会让警察更起疑心。’商克峰跟我说：‘不是我想躲的，是刘玉东让我躲的。我被警察传去，究竟有多大的危险性，刘玉东是清楚的。我们现在的对头是刑侦支队支队长顾盛宽，如果不是他对我抓住不放，警察就会找别的线索，别的线索查不属实，这案件就不了了之。’我问他：‘我们下一步怎么办？’他对我说：‘刘玉东会想办法的。’他还对我说：‘这些年刘玉东从我这儿拿的钱不是小数，他不会见死不救。’”

“你俩去了海南什么地方？”

“我俩去了海南三亚，是刘玉东给安排的。住的酒店的老板叫郑炳荣……”

“黄东风这个名字你听说过吧？”

“黄东风……”马文秀思索着。

顾梦阳提示说：“黄东风是广东汕头人，2010 年间到东林跟商克峰合伙经营酒店……”

“啊，我想起来了。”马文秀打断顾梦阳的话说，“黄东风当时是新概念酒店最大的股东，他投资了两千多万……”马文秀说到这儿，戛然而止。

顾梦阳直截了当地问：“黄东风虽然死于车祸，但经我们的调查，他的死是谋杀。他是怎么死的？我想你应当清楚。”

马文秀前倾着身子咳嗽了两声后，卸下包袱般长嘘了一口气说：“那我就什么都告诉你吧。黄东风的死的确是谋杀，我也参与了对他的谋杀……黄东风或许不知道我与商克峰的关系。一次他喝多酒后，我送他回客房时，他欲跟我发生关系，我推脱说，身体不方便……其实，黄东风在新概念酒店所住的客房里，商克峰已安装了摄像头。我刚离开黄东风的客房，商克峰便给我打电话，让我到他办公室。他在办公室跟我说：‘黄老板看上了你。两天后，你晚间在青梅山庄用公用电话给黄老板打个电话，约他到青梅山庄。’我说：‘你拿我当什么人了？’商克峰说：‘我岂能把我的宝贝送给别人，你放心，黄老板不会把你怎么样的。你约完他就直接离开青梅山庄回家。’5 月 17 日晚间 8 点多钟，我按商克峰的吩咐在青梅山庄用公用电话给黄东风打了个电话。我离开青梅山庄往家返途中，在东四立交桥上看到了车祸后黄东风驾驶的帕萨特车。过后，商克峰给了我五十万元钱，让我严守秘密……”

马文秀的交代，与专案组对案件的推断基本一致。

2

马文秀的交代，不仅解开了商克峰所犯两起命案和刘玉东为什么庇护商克峰的悬念，还使专案组推测出安彦斌有可能躲藏的地点，那就是商克峰害死程坤江后和马文秀在海南三亚住过的郑炳荣开的酒店。

翟文瑞决定，为了稳妥起见，在没有捕获安彦斌前，先不对商克峰等人采取行动。

姜鹏带领两名民警坐飞机奔赴海南。

在三亚警方的配合下，姜鹏了解到，郑炳荣在海棠湾经营的酒店叫阳光海岸。不过通过调查酒店入住人员的情况，没有查到叫安彦斌的人。

在三亚市公安局刑侦支队，一名姓胡的刑警对姜鹏说：“如果你们调查的人长期在海南住的话，说不定会租房住。我看直接找酒店老板郑炳荣了解情况更便利些。”

姜鹏说：“我们找的这个人很重要，这个人如果在海南的话，有可能就是投奔郑炳荣来的，郑炳荣或许不会说实话。他不说实话也就罢了，他若是再给我们要找的人通风报信的话，那就麻烦了。”

“不会像你想象的那样。”胡刑警说，“郑炳荣是我表姐夫，两年前被人绑架，警察解救他时，有一个警察身负重伤。这之后，他对警察有种特殊的感情，肯定会协助警方调查。”

姜鹏见胡刑警如此说，就说：“那好吧。不过你得做好你表姐夫的工作，不能有什么不测。”

“放心吧。”胡刑警拿起办公桌上的车钥匙说，“你们跟我走吧。”

在宽敞的酒店办公室，郑炳荣热情地握着姜鹏的手，第一句话就说：“原来是东林来的客人。我跟你们副市长、公安局局长刘玉东是朋友，还熟悉你们东林开酒店的商克峰。”

郑炳荣的话，姜鹏听了心中一紧，他不知对方与刘玉东和商克峰的关系好到什么程度。他说：“正因为你熟悉商克峰，我们才到你这儿了解情况。”

郑炳荣面露诧异，他把几人让到沙发上，问：“你们想了解什么情况？”

胡刑警对郑炳荣说：“姐夫，东林的警察想了解的情况牵扯到一起大案，无论涉及谁，你都要予以协助。”

郑炳荣思忖下，表情凝重地点下头。

姜鹏说：“2014 年年初，经刘玉东的介绍，商克峰到你这儿来过吧？”

郑炳荣说：“来过，他和一个叫马文秀的女人在我这儿待了近一个月。”

“两个月前，商克峰介绍过别人到你这儿来过吗?”

“商克峰是介绍过一个人到我这儿，这个人叫武华，四十多岁。商克峰说，武华是他的亲属，得了肝病，要到这儿休养。”

姜鹏掏出安彦斌的照片递给郑炳荣说：“是这个人吗?”

郑炳荣没细看，便肯定地说：“是这个人。”

姜鹏兴奋地问：“他现在在哪儿?”

“他前天走了，去了外地。”郑炳荣说，“不过他没有退房，东西还在这儿。”

“我们可以到他的房间去看看吗?”

“我有种出卖朋友之嫌。”郑炳荣尴尬地笑着说，不过他还是拿起电话，告诉外间的秘书，领客人到2332客房。

姜鹏等人到了安彦斌所住的客房，见安彦斌的随身衣物都还在，证明确如郑炳荣所说，他没走远，还会回来。

姜鹏对安彦斌所住的客房进行了布控……

两天后的傍晚，安彦斌刚一走进客房，就被姜鹏等人所控制。姜鹏在他的拎包里搜出了化名武华的身份证和已办好美国签证的护照。

3

刘玉东接到省委组织部的通知，让他到中央党校学习。商克峰得知后，几次约刘玉东吃饭，刘玉东都因事务繁忙而没能赴约。

在刘玉东临走的那天晚上，商克峰打电话说：“您走之前，咱俩得见一面呀。”

刘玉东说：“我明天上午的飞机，你今晚下班后到虹云桥北岸，我在那儿等你。”

虹云桥是在城市边缘新建的江桥，桥的北岸是一片茂密的树林，空气新鲜，景色雅致。东林市财政局在此新建了一个三星级酒店标准的招待所，刘玉东就住在招待所里。

商克峰5点半钟开车到了虹云桥北岸，他将车停下没几分钟，便在后视镜中看到了刘玉东，忙下车迎接。

刘玉东挥手示意商克峰坐回车里，商克峰又返回车里。

刘玉东打开副驾驶的车门也上了车。

商克峰说：“刘市长，您学习后就到省公安厅上任了吧？”

“应当是这么个情况。”刘玉东说，“我临走前有些工作需要安排，所以这段时间比较忙，连跟你吃顿饭的时间都没有。”

“这我能理解。”商克峰考虑到自己的处境说，“况且专案组的人还正查我。”

“我没跟你见面跟专案组查你没关系。”刘玉东笑了下，说，“专案组不是现在没把你怎么样吗？”

“那是有您在。”商克峰露出一副可怜相，“刘市长，前年您去学习，前脚刚走，警察就把马文秀传唤到公安局。这次您要调走，我真不知道那些惦记我的警察，会把我怎样……”

“他们找不到安彦斌就不会把你怎样。”

“他们不会找到安彦斌的，我估计他现在已到了国外。”

“他到了国外？”

“为了稳妥起见，我用化名给安彦斌办了去美国的护照，几天前我在清江把出国手续给了他。”商克峰说，“安彦斌的儿子在美国宾夕法尼亚大学留学，他和儿子相聚，就不会再回中国了。”

“马文秀没了踪影，安彦斌到了国外，那你就不用担心什么了。”刘玉东说，“况且查你的专案组不会再待多久了，我到省厅上任常务副厅长后，就会把到东林挂职锻炼的翟文瑞调回省厅，由他组织的专案组自然会解散。”

商克峰和刘玉东没有想到，此时，在三十米外的一辆白色面包车内，顾梦阳正面色冷峻地监听着他俩的谈话。坐在驾驶员位置上的郑君看到刘玉东已下了车，说：“小顾，刘市长已下了车，商克峰我们还跟吗?”

“我们不用跟了。你通知另外两组的人，分别抓捕商克峰和孟凡生。”顾梦阳说，“姜鹏等人押解安彦斌所乘的航班7点10分入港。我们先到机场接机。”

“好的。”郑君拿起手机安排抓捕任务。

商克峰开车离开刘玉东不到十分钟，刚拐入车流稀少的一个路段，一辆警车迎面驶来，横在他的奥迪车前……

4

安彦斌被押解回来，商克峰也已到位，孟凡生既没在单位也没在家里，使抓捕落空。

负责抓捕的民警向翟文瑞汇报了情况。顾梦阳给在新概念娱乐城蹲守的民警打电话。民警说，孟凡生大都很晚才到娱乐城。

顾梦阳对翟文瑞说，得抓紧时间让孟凡生到位，他若知道商克峰被抓的信儿，肯定会逃。

翟文瑞说，那我们就想个办法把孟凡生引出来……

晚9时许，正是娱乐场所生意红火的时间。在新概念娱乐城的一个大包厢里，服务生把一瓶轩尼诗XO酒打开，斟在三个客人的杯里。

一个老板模样的人喝了一口，把酒杯在灯光下看了会儿，猛然把酒泼在服务员的脸上："他妈的，你们怎么拿假酒骗人?"

服务生面带委屈，抹了下脸说："我们这儿不可能卖假酒。"

"拿假酒糊弄我们刘老板，把你们老板找来。"旁边一人说。

服务生见自己无法解决问题，就扭身摔门找人去了。

没过几分钟，服务生领进包厢两个穿黑西服的人。其中一个胖子指着刘老板说："你们到这儿来消费的，还是找事的?"

"我们不差钱，到这儿来当然是消费来的。"刘老板说，"看样子你不是老板。我也是生意人，你把你们老板找来，我跟他谈谈经营之道。"

"我把我们老板找来怕吓着你，你有什么话就跟我说吧。"

"你既然这么跟我说话，那我们就不在这儿消费了。"刘老板说着从沙发上起身。

胖子看到两个大茶几上摆着上万元钱的酒水和食品，露出狠相说："你走可以，不过你得先把单买了，否则你走不出这间包厢。"

刘老板淡笑着说："是吗?那我倒想试试。"

刘老板话音刚落，包厢门被打开，从外边冲进三个魁梧的男子。

胖子见冲进来的不是自己人，不免紧张了，变换口吻说："那好，我给你找我们老板。"接着他要往外走，可他的道被人堵住。胖子想动武，可他刚把手伸向怀中，就被对方有力的手所控制，接着他怀中的砍刀被对方掏出。

胖子的同伙见对方出手麻利，没敢动手。

刘老板说："你在这儿打电话叫你老板吧。"

胖子掏出手机给谢志打着电话……

谢志听说有人闹事，便给孟凡生打了个电话。

谢志刚挂断手机，办公室虚掩的门被人推开，两名男子走了进来，其中一个亮出手中的工作证说："警察，因你涉嫌违法犯罪，现拘传你。"

谢志恍然明白，胖子所遇到的事并非偶然……

孟凡生此时正在附近新概念酒店的一间客房里，听了谢志说的事，从床上蹦下来，气恼地说："在东林，谁他妈的敢在我的地界猖狂。"

新概念娱乐城的大厅里热闹非凡，身着三点式的女郎在圆台的钢管上尽情地舞着。孟凡生穿过大厅，走进包厢的走廊，从各包厢里传出的声嘶力竭的歌声和男女的嬉戏声，使孟凡生没有意识到异样。他走进走廊尽头的最大包厢，包厢里的静谧让他忽然感觉到很不对劲，他把手伸进了裤兜，握着"七七"式手枪。

孟凡生进了包厢，见胖子三人被五人围住。

胖子见到孟凡生，冷笑着对刘老板说："我们老板来了。"

孟凡生从裤兜里刚掏出手枪，就被身后伸过来的一只手握住，继而对方一个翻腕，他手中的手枪就到了对方的手里。

孟凡生惊悸地扭过头，看到了顾梦阳冷艳的面容。

顾梦阳指着他喝令："把他铐上。"

刘老板等人掏出手铐，给孟凡生等人都戴上了。

孟凡生被押解出来时，眼前的一切让他目瞪口呆，仅过了几分钟的时间，包厢外边的走廊站满了荷枪实弹的警察，正对每个包厢进行清查。到了大厅，大厅已没有了彩灯下的暧昧色调，穿黑西服的保安、花枝招展的小姐和毒贩，在警察的看押下，靠墙抱头蹲成一排。

孟凡生见此情景，额头上沁出汗珠，身体打战……

5

孟凡生坐在开发区分局的审讯室里，被固定在让人感觉凉飕飕的审讯椅上。他压根儿也不会想到，他的人生竟会有如此大的反差。

顾梦阳走进了审讯室，直视着孟凡生："孟凡生，你涉嫌违纪违法问题，纪委的人没有找你谈话，我们却直接把你锁进审讯椅里，这说明了什么？"

孟凡生的身体出现了毒瘾反应，他头痛、涕泪涟涟，并伴有忽冷忽热感、剧烈的肌肉挛缩感。看押他的警察用纸巾帮他擦了下脸。他一副无赖相，有气无力地说："你们直接把我锁进审讯椅里，无非就是想整我呗。"

"看样子你还挺顽固。"顾梦阳拿起办公桌上的一瓶矿泉水，喝了一口，说，"即使我们想整你的话，也得有个理由吧。"

孟凡生口干舌燥，也想喝水，他没有回答顾梦阳的问题，而是说："给我点儿水喝吧。"

顾梦阳冷笑了下，说："水当然可以给你喝，但你最起码得有个端正态度吧？"

没等孟凡生回答，顾盛宽手拿一沓儿材料走了进来，对女儿说："你忙别的事吧，我问问孟凡生。"

"好的。"顾梦阳出了审讯室。

孟凡生“嘿嘿”两声：“这是爷儿俩轮番上阵啊。”

顾盛宽手拿的是审讯笔录，谢志被抓后，他便想在他身上打开孟凡生的缺口。他之前一直认为，自己的重伤是刘玉东指派孟凡生所为。可当他从谢志那里得知，自己的重伤是孟凡生让谢志找人所为，便想质问孟凡生。

他把椅子拽到孟凡生的跟前坐下，说：“孟凡生，你我师徒一场，我没害过你吧?”

“当然没有。”孟凡生干笑了一下说。

顾盛宽有些激动，晃着手中的材料说：“那你为什么要害我?”

孟凡生装作不解地反问：“我怎么害你了?”

顾盛宽冷笑一声，把笔录翻到某一页上，拿到孟凡生的眼前让他看。

孟凡生看着审讯记录。

问：你除了帮孟凡生经营娱乐城外，还帮他做过什么?

答：去年4月初，孟凡生让我派人跟踪你们公安局一个叫顾盛宽的人，并从他的身上抢了一个棕色背包。

问：你把这件事详细说一遍。

答：4月初哪一天我忘了，孟凡生领我到开发区的一个小区，给我一张照片，指着三楼一扇窗户说，照片上的人在这儿住，他明天可能坐火车去外地，你要在他去火车站的途中，把他身上的包抢下来……

孟凡生没料到，谢志会这么轻易地把自己撂出来。

顾盛宽开导说：“孟凡生，娱乐城里黄赌毒俱全，你身边的人是不会给你担当什么事的，我希望你也争取个好态度。”

孟凡生对顾盛宽的回应是，毒瘾再次发作，涕泪涟涟。

顾盛宽情绪复杂地盯了孟凡生片刻，从办公桌上拿起手铐钥匙，给孟凡生打开了手铐，又从兜里掏出两片药，将药和一瓶矿泉水递给孟凡生："把这两片镇定药吃了会好受些。"

孟凡生眼中露出一丝感激，他把药塞进嘴里，喝下整瓶矿泉水，坦白说："刘玉东在新概念酒店自己所住的客房里发现摄像头后，便指派人抓薛贺，又从薛贺的嘴里得知，他在客房里安摄像头是你的主意。于是，刘玉东便让我在你去清江之前，把你的背包抢下。刘玉东和我都认为，你到清江会举报刘玉东，你的背包里肯定有举报刘玉东的材料。再则，我妻子狄玉和刘玉东关系暧昧，我也不想让你掌握的刘玉东在客房里的录像内容扩散出去……"

在以后的审讯中，孟凡生断断续续地还交代，他包庇商克峰杀害何静，向商克峰索要了两百万的好处费，并将其中的二十万给了法医肖刚，让他隐瞒给何静尸检时检测出迷奸粉的实情……

6

有了马文秀和孟凡生的直接证据，商克峰不再狡辩，交代了图财谋杀黄东风的犯罪事实。当问及他杀害何静的原因时，商克峰说："这个女人该死，她要是不气死我父亲，我也不会杀她。"接着他叙述了事情经过：2014年6月3日下午，他在街上遇见何静后，以旧情难忘的借口约何静就餐，在就餐的过程中把迷奸粉放入何静的酒杯中，而后把何静诱骗到青年公寓，将何静从阳台上推下楼摔死。

商克峰涉嫌的三起命案已交代两起，可对"12·1"案件仍拒不交代。

顾梦阳说："仅以我们已掌握的这两起命案，日后法院怎么判你，你心里应当明白。即使你想隐瞒一些事情，也没什么意义。"

"我知道，我罪孽深重，就是我再隐瞒什么，日后也改变不了法院对我的死刑判决。"商克峰嘴上这么说，其实他有自己的打算，他目前交代了一些问题，只是无奈境况下的权宜之计。他想，只要刘玉东仍在位，自己就有希望。自己设计谋害黄东风的事，只有马文秀的证言，安彦斌指使人在帕萨特车上做手脚的证据，警方是无法得到的。自己杀死何静的事，肖刚早已把何静尸检的证据丢弃了。若是自己在诉讼阶段翻供的话，再加上刘玉东帮自己运作，法院就很难认定自己的杀人罪行。自己若是把害死程坤江的事交代了，就会把刘玉东牵扯进来，若刘玉东倒台，自己就只能走向刑场了。

商克峰沉默了会儿，又辩白说："马文秀证实的我别的犯罪，我都认。可程坤江是安彦斌害死的。马文秀指认我害死了程坤江一事不属实。"

顾梦阳直视着商克峰。

商克峰避开她的目光，把头低了下来。

顾梦阳从椅子上站起，走近商克峰说："我知道你的想法。你是在考虑刘玉东，是吗？虽然刘玉东因你的事被牵扯了进来，但你不愿更多地牵扯他。你是不是还有个幻想，只要刘玉东仍在位，他还能帮上你……"

商克峰当然不会承认顾梦阳一语中的的话，他打断她的话说："我说过，我罪孽深重，哪有什么幻想呢？"

正做审讯笔录的郑君忽然问："在你所做的案件中，安彦斌可以说是你的左膀右臂，可你知道我们为什么没有提到他吗？"

商克峰有些诧异地摇摇头。

“那我现在问你，安彦斌在什么地方?”

“安彦斌之前在监狱服刑，后因病被取保候审。我也不知道他现在在什么地方。”

“安彦斌因病被取保候审，是你帮着办的吧?”

商克峰倒不否认，点下头：“对。”

郑君笑着问：“那么安彦斌到美国的手续，也是你帮着办的了?”

商克峰听了郑君的这句问话，身体一激灵，有些口吃地说：“怎么……他到美国了？我可没帮他办过到美国的手续。”

郑君揭穿了商克峰的内心打算：“其实，你不交代害死程坤江的罪行，除了不愿把刘玉东牵扯进来外，还有个重要的原因，那就是你以为，安彦斌已用化名到了美国，我们很难找到他，所以你就让他永久地背负害死程坤江的罪名……”

商克峰听得有些发蒙，边听边看着顾梦阳和郑君，想从两人的表情中琢磨出点儿什么。

郑君给顾梦阳使了个眼色。

顾梦阳从裤兜掏出手机说：“我给你看几张照片吧。”

商克峰在顾梦阳的手机上看到安彦斌坐在审讯椅里的照片时，瞬间愣住了，脸也变得煞白……

在几个主要犯罪嫌疑人中，最难审问的是安彦斌，这个受过公安机关屡次打击、心计颇深、既感恩于商克峰又祈望能到美国跟儿子团聚的人，在被押进看守所一个月后，才像挤牙膏似的交代了在“12·1”案件中为商克峰顶罪的犯罪事实。

尾　声

在省公安厅刑侦总队的大力协助下，“8·9”专案初战告捷，商克峰、孟凡生犯罪团伙被定为黑恶势力，共犯有组织、领导黑社会性质组织罪，杀人罪，强奸罪，贩卖毒品罪，妨害公务罪，伤害罪，私藏枪支弹药罪等12项罪名。涉案犯罪嫌疑人24名。

在东林市公安局内部，除了孟凡生外，法医肖刚因包庇商克峰被刑事拘留。其他受牵连较轻的民警，因为副市长兼公安局局长刘玉东外出学习，没有明确的指示，故而没做处理。

“8·9”专案的犯罪嫌疑人还没有移送到起诉阶段，刘玉东学习归来。“8·9”专案似乎对他并没有产生什么负面影响，学习回来后，他从容地做着赴任省公安厅常务副厅长前的交接工作。

刘玉东赴省城清江市那天，东林市公安局中层以上领导干部早7点便到公安局门前与刘玉东合影，而后公安和武警部门的20余辆大吉普随他所乘的车启程，浩浩荡荡地给他送行。

当坐在大吉普副驾驶位置上的刘玉东满面春风地进入清江地界时，前面忽然出现一辆面包车，挡住了去路，几个身着便装的人站在面包车前。

刘玉东莫名地有些紧张。送行车辆里的人诧异地探出头来，看着前面的情形。

给刘玉东开车的司机下了车，指着那几个人，耀武扬威地说："你们怎么堵路？赶快闪开。"

一个五十余岁的人平和地说："你们是给刘玉东送行的吧？你让他下车说话。"

"你是谁？"司机说，"你怎敢让省公安厅常务副厅长下车跟你说话？"

那人威严地说："我是谁不要紧，你让刘玉东下车就是了。"

刘玉东已感觉出前面堵路的人不同凡响，没等司机叫就下了车，走到那人面前。

那人拿出证件，递给刘玉东："我是省纪委副书记郑义，你涉嫌违纪违法问题。请你跟我们走一趟，接受调查。"

刘玉东返还郑义的证件时，身体筛糠似的抖了起来……